Euphoria

Der Tanz der Götter

Impressum:

Bibliografische Information Der Deutschen Bibliothek:
Die Deutsche Nationalbibliothek verzeichnet diese
Publikation in der Deutschen Nationalbibliografie;
detaillierte bibliografische Daten sind im Internet über
dnb.d-nb.de abrufbar.

3. Auflage
© Oktober2011 Nina Nell
Umschlaggestaltung: Nina Nell
Satz und Layout: Nina Nell
Herstellung und Verlag: Books on Demand GmbH, Norderstedt
ISBN: 9783842345157

euphoria.ninanell.de

*Der Kampf gegen die Wirklichkeit ist des Leides bester Freund.
Die Akzeptanz sein ärgster Feind.
Und doch die Erlösung und sein letztendliches Schicksal.*

1

Die Wahrheit

Ihre beste Freundin sah sie mit einem Blick an, der ihr äußerst unangenehm war. Schrecken lag darin. Und ernsthafte Zweifel, ob sie noch ganz bei Sinnen war. Lucy wusste genau, was sie dachte. Auch ohne ihren Gedanken zu lauschen; was ihr immer besser gelang, seit Nikolas wieder da war.

»Bist du verrückt?«

Endlich sprach sie die Worte aus, die ihr so deutlich im Gesicht standen.

Lucy seufzte. Sie konnte es ihr nicht verdenken. Schließlich hatte sie ihr nicht eine Silbe von dem Mann erzählt, um den es hier ging. Sie hätte ihr sowieso nicht geglaubt.

»Mit einem Kerl zusammenzuziehen, den du nicht einmal kennst … das ist irre!«

»Ich kenne ihn«, entgegnete Lucy mit leiser Stimme und starrte dabei auf ihre Kaffeetasse, an der sie sich die Hände wärmte. *Er hat mir das Leben gerettet,* hätte sie am liebsten hinzugefügt. *Außerdem kann ich hören, was er denkt und fühlt, was in ihm vorgeht.* Aber sie hielt den Mund. Obwohl sie wusste, dass sie ihr irgendwann die Wahrheit sagen musste. Sie würde sich nicht mit der abgedroschenen Geschichte zufriedengeben, die sie sich für sie ausgedacht hatte. Keine Frau zieht einfach mit einem Mann zusammen, den sie gerade erst kennengelernt hat und mit dem sie nichts weiter verbindet als Verliebtheit, Leidenschaft und eine seltsame, unergründliche Vertrautheit. Das war wirklich irre. Aber zwischen Lucy und Nikolas gab es mehr. Viel mehr.

»Mach dir keine Sorgen«, sagte Lucy und hob den Kopf, um ihrer Freundin ein sanftes, vertrauenswürdiges Lächeln zu schenken. »Das wird schon gutgehen.«

Miriam zog die Augenbrauen so hoch, dass sich tiefe Furchen in ihrer Stirn bildeten und schnaubte entsetzt. Ihr Blick war erschreckend. Lucy wusste nicht, ob sie gleich das Handy aus ihrer Handtasche zücken und einen Seelenklempner anrufen oder ihr links und rechts eine verpassen würde, um sie zur Vernunft zu bringen. Sie sah aus, als würde sie beides tun wollen.

»Du ziehst mit einem wildfremden Mann zusammen, der dir gerade ein Haus geschenkt hat und ich soll mir keine Sorgen machen? Willst du mich veräppeln?«

»Das ist schon in Ordnung. Das Haus ist ein Geschenk von…« Sie biss sich auf die Lippe und senkte wieder den Kopf. Wie sollte sie ihr die ganze Geschichte bloß beibringen?

»Von wem?«

Lucy ließ den Blick durch die Cafeteria schweifen und suchte verzweifelt nach einer Idee. Aber noch bevor ihr etwas einfallen konnte, ergriff Miriam wieder das Wort.

»Ich will ihn sehen!«

Lucy stutzte. »Was?«

»Den Typen. Ich will ihn sehen und ihn zur Rede stellen. Vielleicht erzählt *er* mir ja, was hier verflixt noch mal los ist. Du tust es ja nicht.«

Sie hatte die Worte noch nicht zu Ende gesprochen, da stand sie schon auf, zog sich energisch ihren Mantel über und griff nach ihrer Handtasche, wobei sie Lucy einen auffordernden Blick zuwarf. Diese nahm noch einen letzten Schluck Kaffee und stand dann ebenfalls auf.

»Er wird dir dasselbe sagen, wie ich«, formulierte sie vorsichtig und knöpfte ihren Mantel zu.

»Na hoffentlich kann er wenigstens besser lügen, als du.«

Lucy machte ein schuldbewusstes Gesicht, als Miriam ihr die Tür aufhielt.

Während sie wortlos zur Straßenbahn gingen, überlegte sie, wie sie ihre beste Freundin doch noch davon abbringen konnte tatsächlich mit ihr nach Hause zu fahren, um Nikolas auszufragen. Sie wollte ihn nur ungern mit den Gedanken konfrontieren, die Miriam sich machte. Schließlich konnte er sie so deutlich hören, wie sie. Er konnte den ständigen Gedankenstrom der Menschen um ihn herum zwar auch abstellen, aber die Wucht, die auf Grund der Wut und der Sorge hinter Miriams Gedanken steckte, würde selbst *seine* Mauer zum Einsturz bringen. Sie würde ihm diese verrückten Bilder, die sie sich ununterbrochen ausmalte, geradezu um die Ohren hauen. In ihrem Kopf war die Geschichte schon längst klar. Für sie war Nikolas ein Irrer, der Lucy mit einem gigantischen Geschenk locken wollte, um seine psychisch kranken Machenschaften ausleben zu können. Er würde sie womöglich verführen, danach umbringen und schließlich zerstückeln und in das Gemäuer dieses Hauses eingießen. Dass man Lucy mit einem Haus locken konnte war sonnenklar. Miriam war sich sicher, dass Lucy eine seelisch labile Phase durchlebte und blind vor Liebe und Begeisterung war. Mehr vor Begeisterung als vor Liebe vermutlich. Höchstens Verliebtsein. Sie musste ihre Freundin vor diesem Irren beschützen, der ihre Situation – damit meinte sie ihren seelischen Knacks, den sie ihrer Meinung nach seit der Sache im Sommer hatte – schamlos ausnutzte. Ja, sie musste sie beschützen! Koste es, was es wolle.

Lucy seufzte schwer, als sie in die Bahn einstiegen. Miriams Gedanken zu lauschen war nicht nur anstrengend, es war wie ein Horrortrip durch die Welt der Psychothriller. Warum las sie nur so viele Krimis? Als Lucy hörte, wie Miriam ein Szenario mit der Polizei durchspielte, um auf alles vorbereitet zu sein, entschied sie sich, ihre Gedanken zu unterbrechen.

»Hör zu«, seufzte sie. »Ich kann verstehen, dass du dir Sorgen machst, aber es gibt absolut keinen Grund dafür. Nikolas ist ein sehr netter und einfühlsamer Mensch und…«

»Die sind *alle* zuerst nett und einfühlsam. Und dann entpuppen sie sich als Psychokiller. Ich hatte wirklich gedacht, dass du vernünftiger bist, Lucy. Du benimmst dich wie ein verknallter Teenager!«

»Er ist kein Psychokiller!«, stieß Lucy verärgert hervor.

»Und woher weißt du das? Was weißt du denn schon von ihm? Wer ist er? Was macht er beruflich?«

Lucy stockte und wich ihrem Blick aus. Sollte sie ihr sagen, dass er Gardist war? Dann würde sie ihr aber weitere Fragen stellen und sie konnte ihr wohl kaum erzählen, dass er seinen Job in der anderen Welt (wie klang denn das?) aufgegeben hatte, um mit ihr zusammen sein zu können. Sie konnte ihr vielleicht sagen, dass er im Ausland einen Job als Gardist gehabt hatte. In Italien zum Beispiel. So wie sie es zu Anfang auch vermutet hatte. Aber wo? Und für wen?

»Siehst du! Du weißt es nicht. Du weiß gar nichts von ihm und fragst mich, warum ich ihn verurteile? Er könnte sonst wer sein.«

»Natürlich weiß ich, was er von Beruf ist«, sagte Lucy und schickte ein überspitztes »Tze!« hinterher, um die Selbstverständlichkeit ihrer Worte zu untermalen. Danach überlegte sie schnell, welcher Beruf zu ihm passen würde. Sie betrachtete die Menschen in der Straßenbahn und hoffte auf irgendeine Idee. Aber ihr fiel nichts ein. Gardist war einfach der Beruf, der perfekt zu ihm passte. Vielleicht noch Polizist, aber das hätte jetzt wirklich wie aus der Luft gegriffen geklungen.

»Weißt du nicht«, murmelte Miriam überzeugt, wandte den Blick seufzend von ihr ab und lehnte sich resignierend in ihrem Sitz zurück. In dem Moment stieg ein älterer Herr in die Bahn ein und setzte sich neben Miriam. Seinen Aktenkoffer stellte er zwischen seine Beine. Er sah wie ein typischer Professor aus und als Lucy den Bruchteil eines Satzes aus seinem Kopf wahrnahm, in dem er über die Hausaufgaben nachgrübelte, die er seinen Schülern aufgegeben hatte, kam ihr eine Blitzidee.

»Er ist Lehrer.«

Miriam hob den Kopf und sah sie skeptisch an.

»Lehrer?«

Das war einfach perfekt! Genau dieser Gedanke war ihr nämlich gekommen, als sie gemeinsam durch das Land gejagt worden waren. Während sie sich auf der Flucht näher gekommen waren, hatte er ihr alles beigebracht, was sie wissen musste, um ihr ganzes Leben zu verändern. Er war ein Lebenslehrer! Das war er wirklich.

»Was für ein Lehrer?«

Wieder stockte sie. Spontan fiel ihr Motivationstrainer ein. Er verstand es wirklich einem die Ängste und Sorgen zu nehmen und einem klarzumachen, wie mächtig man war.

»Äh...«

Zum Glück mussten sie jetzt aussteigen. Lucy sprang auf und stieg schnell aus. Aber Miriam ließ nicht locker. Den ganzen Weg von der Bahnstation bis zum Nobelviertel löcherte sie sie mit Fragen, schimpfte, meckerte und regte sich über Lucys Naivität auf. Irgendwann sagte Lucy, er würde an einer Universität unterrichten und eine Doktorarbeit über das Gesetz der Anziehung schreiben. Das ließ Miriam für einen kurzen Moment verstummen. Schließlich war sie eine selbsternannte Expertin, was das Gesetz der Anziehung anging. Als sie sich dann wieder gefasst hatte und nach Luft schnappte, um weiter zu reden, waren sie schon angekommen. Lucy öffnete schnell das Gartentor und ging voraus. Es entlockte ihr jedes Mal ein Lächeln, ihr Haus zu sehen. *Ihr* Haus. Der Palast ihrer Träume.

Als sie den Schlüssel aus ihrer Handtasche kramte, öffnete

sich schon die Tür.

»Hey, Schatz!«

Da stand er. Der Mann ihrer Träume – im Haus ihrer Träume. Groß und selbstbewusst thronte er im Türrahmen, auf seinen Lippen sein altbekanntes, schelmisches Lächeln, das sogar 80-jährige Frauen dahinschmelzen ließ. Das hatte sie selbst erlebt! Lucys Herz raste los und sprang ihm in die Arme, noch bevor sie die Tür erreicht hatte. Sie vergaß fast, dass ihre beste Freundin noch hinter ihr stehen musste und Nikolas womöglich gerade kritisch beäugte. Oder ihn sogar versuchte mit ihren Blicken zu töten. Sofort klärte Lucy ihn in Gedanken darüber auf, dass sie ihn gerade zu einem Lehrer ernannt hatte.

Ich wusste nicht, was ich sagen sollte. Sie hat mich verrückt gemacht mit ihrer Fragerei, dachte sie ihm entgegen und küsste zur Begrüßung sein Schmunzeln.

Sie spürte in seinen Gefühlen nicht den Hauch von Ärger über ihre verrückte Idee. Nur Verständnis und ein wenig Amüsement. Später würde er sie damit bestimmt aufziehen.

Als Lucy sich umdrehte, stand Miriam schon neben ihr. Und wie vermutet musterte sie Nikolas äußerst kritisch und auch ein wenig herablassend. Das war ihre Art einen gewissen Abstand zu wahren. Und nach ihren Gedanken zu urteilen, war das ihrer Meinung nach mehr als notwendig. Nicht nur, weil sie befürchtete er könne ihrer besten Freundin etwas tun. Sondern hauptsächlich deswegen, weil sie ihn sehr sympathisch fand und mit aller Macht gegen diese Tatsache anzukämpfen versuchte. Um das zu erreichen malte sie sich abermals die unfassbarsten Horrorgeschichten aus. Und es funktionierte. Ihre Abneigung ihm gegenüber stieg an. Lucy konnte sie bis ins Mark fühlen. Sie fing regelrecht an, ihn zu hassen, weil sie sich vorstellte, wie er Lucy die gemeinsten Dinge antat.

Nikolas lächelte sanft, jedoch zeichnete sich in seinem Gesicht auch Schrecken und Fassungslosigkeit über ihre erschreckenden Gedanken und Vorstellungen ab. Lucy konnte sich noch daran erinnern, wie er reagiert hatte, als *sie* ihn für einen Killer gehalten hatte. Damals hatte ihn das sehr verletzt.

Sie macht sich nur Sorgen um mich, erklärte sie ihm in Gedanken. Dann stellte sie die beiden vor:

»Miri, das ist Nikolas. Niko, das ist meine beste Freundin, Miriam.«

Sie gaben sich die Hand.

»Freut mich sehr dich endlich kennenzulernen«, sagte er freundlich. »Lucy spricht sehr oft von dir.«

Miriam reagierte nicht auf seine Worte. Sie ließ seine Hand wieder los uns starrte ihn nur an. Als die unangenehme Stille zwischen ihnen jedoch fast zu knistern begann, bat Lucy sie schnell herein.

»Das Wohnzimmer wird dir gefallen! Es passen mindestens drei Tannenbäume rein!«, erzählte Lucy aufheiternd und schob sie über die Türschwelle. Doch als Miriam hinüber schritt und den Boden des Hauses betrat, passierte etwas Unglaubliches.

Es erklang ein Geräusch als würde ein riesiger Bogen Papier zerreißen. Und es war so laut, dass sie alle zusammenzuckten und die Hände nach oben rissen, um sich die Ohren zuzuhalten. In diesem Moment flog Miriam rückwärts aus der Tür und über die Veranda und landete schließlich im hohen Bogen auf dem zur Seite geschaufelten Schnee auf der Wiese. Als hätte sie etwas mit einem Seil von der Tür weggerissen. Lucy sprang sofort die Treppe hinunter. Nikolas folgte ihr.

»Was zur Hölle war denn das?«, stöhnte Miriam. Sie rollte sich von dem kleinen Schneeberg hinunter und ließ sich von Nikolas aufhelfen. Natürlich war er wieder einmal schneller gewesen als Lucy.

»Alles in Ordnung? Hast du dich verletzt?«

Miriam klopfte sich verwirrt den Schnee von der Kleidung, ignorierte Nikolas und sah dann Lucy an.

»Hast du das mitgekriegt?«

Lucy warf Nikolas einen irritierten Blick zu und hörte, wie er auf Alea schimpfte.

»Alea?«, rief Lucy entsetzt. »*Sie* hat das getan?«

»Nicht mit Absicht«, entgegnete er und bedeutete ihr mit einem kurzen Blick, dass sie die Sache vielleicht später klären sollten. Lucy biss sich sofort auf die Lippe, aber es war zu spät. Miriam stemmte die Fäuste in die Hüften und funkelte die beiden wütend an.

»Wenn ihr mir jetzt nicht auf der Stelle erklärt, was hier los ist, werde ich fuchsteufelswild, kapiert?! Hier läuft doch was ganz Anderes, als der Quatsch, den du mir weismachen willst, Lucy. Ich lass mich nicht für blöd verkaufen! Was ist da gerade passiert, verdammt? Und wer zum Geier ist Alea?«

»Na schön.« Nikolas seufzte schwer, tauschte mit Lucy einen Blick und nickte dann. »Ich werde es dir erklären. Aber ich vermute du kannst das Haus erst betreten, wenn du aufhörst mich zu hassen.«

Es war nicht leicht gewesen Miriam davon zu überzeugen, dass Nikolas weder irre war noch einen teuflischen Plan verfolgte oder ihr etwas antun wollte, sobald sie das Haus betrat. Aber schließlich war sie mit hinein gekommen. Natürlich nachdem sie ihre Vorurteile über Bord geworfen hatte und Nikolas so gut es ging neutral betrachtete. Das Ganze hatte knapp eine Stunde gedauert. Jetzt waren Lucy und Miriam halb erfroren und Nikolas, der in Pulli und Jeans draußen gestanden hatte, hatte nicht einmal kalte Finger bekommen. Es war Lucy immer noch ein Rätsel, wie er es schaffte seinen Körper derart zu kontrollieren.

Lucy hatte Miriam in eine Wolldecke eingewickelt und klammerte sich selbst an ihrer Tasse heißen Tees fest. Als Nikolas Miriam den Kaffee brachte, setzte er sich zu ihnen an den großen Küchentisch.

Eine Weile lang herrschte betretenes Schweigen. Man hörte nur das Klappern von Miriams Zähnen, das nach ein paar Schlucken Kaffee endlich nachließ. Als sie dann den Kopf hob und Nikolas ansah, ergriff er schließlich das Wort.

»Lucy sagt, dass du dich mit dem Gesetz der Anziehung auskennst.«

Miriam nickte langsam und vorsichtig.

»Das Haus ist ein Geschenk von einer guten Freundin«, erklärte er. »Ihr Name ist Alea. Sie hat es vor ein paar Monaten bauen lassen und selbst an dem Bau mitgewirkt.« Er machte einen Moment Pause, um nach den richtigen Worten zu suchen. »Du weißt, dass man die Wirklichkeit mit seinen Gedanken erschafft, nicht wahr?«

Wieder nickte Miriam. Dieses Mal noch langsamer.

»Nun, ich denke Alea hat es einfach ein wenig übertrieben. Sie hat es ganz sicher gut gemeint, als sie das Haus programmiert hat, aber...«

Jetzt unterbrach Miriam ihn mit einer raschen Handbewegung.

»Warte«, sagte sie und runzelte die Stirn. »Hast du gerade *programmiert* gesagt?«

Er schwieg einen Moment und sah Lucy dabei an. Diese nickte kurz und fuhr dann für ihn fort.

»Du weißt doch, dass man alles mit seinen Gedanken programmieren kann. Das ist doch nichts Neues, Miri.«

Sie blickte Lucy mit einem solch erstaunten Gesicht an, als sei sie gerade vom Himmel gefallen.

»Willst du mir jetzt echt erzählen, dass diese Alea das Haus mit ihren Gedanken so programmiert hat, dass alle, die ins Haus wollen, von der Veranda geschossen werden?«

»Nicht alle«, sagte Lucy schnell. Dann suchte sie lange nach den richtigen Worten, wobei sie nervös auf ihrer Unterlippe herumkaute. »Nur die, die ... einem von uns etwas tun wollen, glaube ich.« Dann sah sie Nikolas fragend an, der ihre Worte mit einem Nicken bestätigte.

Miriam wich zurück und stellte ihre Kaffeetasse ab.

»Du verarschst mich! Ihr beide verarscht mich! Was soll das? Was habe ich dir getan, dass du mich so behandelst? Dass du mich belügst und mir Dinge verschweigst? Wir waren mal Freunde, Lucy!« Ihre Stimme wurde immer lauter und bei den letzten Worten war sie aufgestanden und hatte den Stuhl mit den Beinen so heftig nach hinten geschubst, dass er jetzt umkippte und klappernd auf dem beheizten Steinboden landete.

»Ich lüge dich nicht an, Miri!«, sagte Lucy verzweifelt und stand ebenfalls auf. »Das ist die Wahrheit. Alea hat sehr starke Fähigkeiten. Sie macht so etwas ständig!«

»Gib dir keine Mühe. Ich hatte gehofft, dir irgendwie helfen zu können wieder normal zu werden, aber anscheinend hat dich der Typ hier komplett verdreht. Ich gehe.«

Als Miriam zur Tür schritt, stand Nikolas auf.

»Warte, Miriam!«

Widerwillig drehte sie sich beim Gehen noch einmal um und blieb sofort stehen, als sie sah, was Nikolas tat. Er hatte den Arm ausgestreckt und jonglierte in seiner Handfläche drei von den Schokoladenmuffins, die in einer großen Schale auf dem Tisch standen. Sie schwebten über seiner Handfläche und drehten sich im Kreis, als führen sie auf einem unsichtbaren Karussell. Miriam blieb der Mund offen stehen. Dann löste sich einer der Muffins und schwebte direkt auf Miriam zu. Sie wich erschrocken einen Schritt zurück, öffnete jedoch die Hand, als sich der Muffin direkt vor ihrer Brust befand.

»Gib Lucy keine Schuld«, sagte er. »Ich hatte sie darum gebeten es geheim zu halten. Und ich bitte dich jetzt um dasselbe. Es darf niemand erfahren, dass ich … diese Dinge kann. Wir haben schon einmal erlebt, was passiert wenn dieses

Wissen in die falschen Hände gerät.«

Miriam sah ihn jetzt mit gemischten Gefühlen an. Sie war erschrocken darüber, was sie gerade gesehen hatte, aber gleichzeitig war sie fasziniert und begeistert. Dann stellte sich in ihr die Frage, was er damit meinte, dass dieses Wissen schon einmal in die falschen Hände geraten war. Sie sagte jedoch nichts.

»Er meint die Sache, die im Sommer passiert ist«, erklärte Lucy und kam ein paar Schritte auf ihre Freundin zu. »Ich war damals gar nicht zu Hause«, gestand sie. »Ich habe gelogen und das tut mir sehr leid. Aber ich wusste nicht, wie ich dir das erklären sollte.«

Miriam sah sie mitfühlend an. Ihre Wut war verflogen und in ihrem Gesicht spiegelte sich plötzlich Dankbarkeit wider. Dankbarkeit dafür, dass sie ihr endlich die Wahrheit sagte.

»Wo warst du *dann*?«, fragte sie besorgt.

Lucy zögerte einen Moment und als sie gerade Luft holte, um ihr alles zu erzählen, erklang erneut ein seltsames Geräusch. Es kam aus dem Wohnzimmer. Lucy kannte dieses fast ohrenbetäubende Rauschen. Sie hatte es früher schon einmal gehört. Sie wusste spontan nur nicht mehr wann und wo.

Sie verließen alle drei rasch die Küche und als sie das Wohnzimmer betraten, erschrak Miriam so sehr, dass sie den Muffin fallen ließ und einen kurzen Schrei ausstieß.

Aus dem Nichts erschien gerade in diesem Moment mitten im Wohnzimmer eine Gestalt. Man konnte zunächst nur Umrisse erkennen, die darauf hindeuteten, dass es sich um eine sehr große Person handelte. Das Bild wurde aber rasch deutlicher und innerhalb von Sekunden sah man, um wen es sich bei dem unerwarteten Besucher handelte.

Lucy lachte und Nikolas rief sofort voller Freude seinen Namen aus.

»Hilar! Was machst *du* denn hier?«

Hilar setzte das breiteste Lächeln auf, zu dem er fähig war und schlenderte lässig auf seine Freunde zu. Als er dann aber Miriam erblickte, die ihn wie versteinert anstarrte, blieb er irritiert stehen.

Lucy nahm Miriams Hand und rüttelte sanft an ihr.

»Das ist schon in Ordnung. Er ist ein Freund von uns.«

Aber Miriam blieb versteinert. Hilar blickte unsicher an sich hinunter und zupfte seine grüne Uniform zurecht. Er berührte seine Abzeichen, wischte über die Ärmel, als wollte er sie säubern und ging sich dann durch sein stoppeliges, blondes Haar. Dann sah er wieder auf, betrachtete Miriam erneut und sah dann Nikolas und Lucy ratlos an.

»Hätte ich was Anderes anziehen sollen?«

2

VERÄNDERUNG

Hilar hatte endlich damit aufgehört im Wohnzimmer auf und ab zu gehen und setzte sich nun auf die Couch. Miriam gegenüber. Sie starrte ihn immer noch an. Lucy seufzte und ließ sich in die Polster sinken.

Was für ein verrückter Tag, dachte sie und schickte den Gedanken an Nikolas, der ihr zustimmend zunickte.

Sehe ich so schrecklich aus? Das war Hilar, der sich unter Miriams erstarrten Blicken zunehmend unwohler fühlte. Vielleicht hätte es ihm nicht so viel ausgemacht, wenn er ihre Gedanken hätte hören können, um zu erfahren, was in ihr vorging. Aber keiner von ihnen konnte auch nur einen ihrer Gedanken zu fassen kriegen, um sie zu lesen. Nicht mehr. Es waren zu viele. Und sie jagten sich und tobten so schnell durch ihren Kopf, dass selbst Nikolas schwindelig wurde bei dem Versuch sie zu greifen. Das Einzige, was sie alle deutlich spüren konnten, waren ihre Gefühle. Verwirrung, Schrecken, Faszination, Traurigkeit, Wut, Hass, Ärger, Liebe, Freundschaft … und alles gleichzeitig.

Lucy legte eine Hand auf Miriams Knie und sah sie mitfühlend an.

»Willst du heute Nacht hier bleiben?«, fragte sie sanft. Sie wollte ihre Freundin in diesem Zustand nicht nach Hause schicken. Sie wirkte völlig apathisch.

Miriam sah sie nun an und bewegte ganz langsam ihren Kopf hin und her.

»Ich muss nach Hause. Alles sacken lassen und nachdenken. Das ist einfach zu verrückt.« Sie sprach jedes Wort so langsam aus, als würde sie sich selbst nicht sprechen hören.

»Ich weiß«, entgegnete Lucy. »Ich konnte es am Anfang auch nicht glauben. Aber ich war da. Ich habe es gesehen.«

Lucy spürte Miriams Widerstand gegen die Vorstellung, dass es ein Land gab, das nicht gefunden werden konnte. Ein Land, das man nur mit einem erweiterten Bewusstsein betreten konnte. Sie glaubte ihr zwar, dass sie im Sommer von irgendeinem energetisch aufgeladenen Gegenstand getroffen worden war und sich ihr Körper und ihr Bewusstsein dadurch verändert hatten, aber dass dieser Gegenstand aus einer anderen Welt gekommen war, genauso wie diese beiden Männer, war einfach zu viel.

Miriam stand nun auf und Hilar, Nikolas und Lucy taten es ihr gleich.

»Soll Niko dich nach Hause fahren?«

Wieder schüttelte sie ganz langsam mit dem Kopf.

»Aber … es geht dir doch gut, oder? Muss ich mir Sorgen machen?«

Miriam sah Lucy mit einem Blick an, den sie nicht deuten konnte. Und wieder schüttelte sie ganz langsam mit dem Kopf.

»Ich ruf dich an«, sagte sie klanglos.

Dann begleitete Lucy ihre beste Freundin zur Tür.

»Ich glaub, ich hab sie ganz schön erschreckt, oder?«, flüsterte Hilar seinem besten Kumpel zu.

»Schon. Aber es ist noch irgendetwas Anderes mit ihr«, erwiderte er kaum hörbar und sah den beiden Freundinnen nach. »Sag Lucy nichts. Sie soll sich keine Sorgen machen.«

»In Ordnung. Was hast du in ihrem Kopfchaos denn gehört?«

Nikolas schwieg, formulierte seine Antwort jedoch in seinen Gedanken und baute gleichzeitig eine mentale Wand in seinem

Kopf auf, damit Lucy ihn nicht hören konnte.

Ich konnte kaum etwas verstehen, aber ich denke, sie ist in Schwierigkeiten. Sie hätte nicht so reagiert, wenn sie emotional stabil gewesen wäre. Ich weiß aber nichts Genaues, deswegen sollten wir Lucy erst einmal nichts sagen. Kann ich dich um etwas bitten?

Klar! Hilar drückte die Brust raus und richtete sich auf, was ihn fast wie einen Riesen erscheinen ließ. Er war stolz seinem besten Freund einen Gefallen tun zu können. Nikolas war schon so oft für ihn da gewesen, dass er es gar nicht mehr zählen konnte. Jedoch hatte er Hilar in der Vergangenheit nur sehr selten um einen Gefallen gebeten. Er musste sie ihm geradezu aufdrängen, um sich ab und zu bei ihm zu revanchieren. Jetzt hatte er endlich mal eine Chance für ihn da zu sein, ohne ihm seine Freundschaftsdienste aufdrücken zu müssen. Nikolas wusste das. Und er wusste auch, dass Hilar weit mehr als sein Bestes geben würde. Was äußerst wichtig war. Denn er konnte deutlich fühlen, dass Miriam – und damit auch Lucy – etwas Einschneidendes bevorstand. Und er würde bald erfahren, was.

Lucy kuschelte sich in Nikolas' Umarmung und seufzte leise. Das Knistern des Kaminfeuers wirkte beruhigend auf sie, nach diesem ereignisreichen Tag. Und die Wärme, die Nikolas' Körper ausstrahlte und mit der er sie ganz und gar einhüllte, entspannte sie so sehr, dass ihr fast die Augen zufielen. Schläfrig ließ sie einzelne Momente des Tages noch einmal in ihrem Kopf Revue passieren. Sie hatte sich Miriams Reaktion ganz anders vorgestellt. Wenn es um Übersinnliches ging, war sie immer diejenige gewesen, die sich vor Begeisterung kaum zurückhalten konnte. Sie war ein großer Fan bekannter telekinetisch begabter Menschen, von denen man so hörte. Und sie hatte sich immer gewünscht auch selbst über solche Fähigkeiten zu verfügen. Sie besaß womöglich jedes Buch, das nur im Entferntesten etwas damit zu tun hatte und liebte jeden

Film – egal ob er schlecht oder gut war – in dem der Held besondere Fähigkeiten besaß. Dafür, dass sie sonst eine solche Begeisterung für dieses Thema an den Tag legte, hatte sie heute viel zu abgeklärt auf Nikolas' kleines Muffins-Kunststück reagiert. Irgendetwas war nicht in Ordnung mit ihr. Vielleicht lag es daran, dass sie sie so lange belogen hatte, dachte Lucy. Sie hatte spüren können, wie sehr sie das verletzt hatte. Vielleicht brauchte sie auch wirklich einfach nur Zeit, um die ganze Sache zu verarbeiten. Sie wusste wie schwer es war, eine solch verrückte Geschichte zu glauben.

Lucy versuchte sich mit einem tiefen Atemzug die Schläfrigkeit auszutreiben und lehnte ihren Kopf zurück, wobei er auf Nikolas' Schulter landete. Dieser drehte seinen Kopf langsam zu ihr und sah sie tiefsinnig an. Seine Lippen waren den ihren so nah, dass sie sich fast berührten.

»Mach dir keine Sorgen«, flüsterte er. »Es wird alles gut.«

Lucy lächelte. Sie hatte sich schon daran gewöhnt, dass Nikolas einfach jeden ihrer Gedanken kannte. Sie schaffte es nicht immer eine mentale Mauer aufzubauen, um *geheim* zu denken. So wie er. Jetzt, wo sie darüber nachdachte, fiel ihr auch auf, dass es in seinem Kopf eigenartig still in den letzten Stunden war. Sie runzelte die Stirn und sah ihm in die Augen.

»Hast du auf stumm gestellt?«

Jetzt lachte er leise.

»Ich will dich mit meinen Gedanken nicht stören«, flüsterte er. »Du bist auch so schon erschöpft genug.«

Ja, damit hatte er Recht. Sie fühlte sich ausgelaugt und müde. Es war wohl für sie anstrengender gewesen, als sie gedacht hatte, Miriam die Wahrheit zu sagen. Aber trotzdem hatte sie das Gefühl, dass Nikolas seine Gedanken noch aus einem anderen Grund verbarg. Sie spürte nach, ob sie in seinen Gefühlen einen Hinweis auf seine Gedanken finden konnte, aber bemerkte schnell, dass er auch dort eine Mauer aufgebaut hatte. Langsam wurde sie misstrauisch. Doch gerade als sie ihn mit Fragen löchern wollte, kam ein Schwall von Zuneigung aus seiner Richtung, die ihr sofort das Herz erwärmte und ein wildes Geplapper von Gedanken, die sich hauptsächlich um Weihnachten, Hilar und seinen neuen Beruf als Lehrer drehten. Lucy machte ein entschuldigendes Gesicht. Darüber hatten sie noch gar nicht gesprochen, seit Miriam und Hilar wieder gegangen waren.

Nikolas lächelte und sah nachdenklich ins Kaminfeuer.

»Die Idee ist gar nicht schlecht«, sagte er. »Ich muss mich ja irgendwie in diese Gesellschaft einfügen und zu unterrichten würde mir sogar gefallen.«

Lucy setzte sich nun auf und sah ihn erfreut an. Sie spürte, dass er damit nur von irgendeinem anderen Thema ablenken wollte. Aber zu ihrem Verdruss funktionierte es.

»Wirklich? Wäre das etwas für dich?«

Lucy hatte immer noch Schuldgefühle, weil er ihretwegen so weit von seiner Heimat weg war. Und nach allem, was er in dieser Welt durchgemacht hatte, wollte sie alles tun, damit er sich hier wohlfühlte.

Er nickte und streichelte ihr sanft über die Wange.

»Und mach dir darum bitte keine Gedanken mehr. Es war meine Entscheidung und ich bereue sie nicht.«

Lucy ließ erleichtert die Schultern sinken.

»Na schön«, seufzte sie. »Aber von dieser anderen Sache wirst du mir noch erzählen, oder?«

Er grinste, ließ sich aber nicht dazu verleiten in ihre Falle zu tappen. Jemanden unerwartet und ohne Vorwarnung auf ein Thema anzusprechen führte normalerweise dazu, dass die Person zumindest kurz an diese Sache dachte, auch wenn sie es gar nicht wollte. Das hatte Lucy schnell herausgefunden. Und jetzt versuchte sie diesen Trick bei ihm anzuwenden.

»Das funktioniert bei mir nicht, Schatz«, sagte er lachend.

Lucy schnaubte enttäuscht und sah ihn bittend an. Normalerweise konnte er ihrem Bettelblick nicht widerstehen, aber dieses Mal blieb er standhaft.

»Du wirst es erfahren, Lucy. Schon bald. Vertrau mir.«

»Na schön«, seufzte sie resignierend und ließ sich wieder in seine Arme sinken. Sie hatte kein Problem damit, ihm zu vertrauen. Alles, was er tat – und auch das, was er nicht tat – war immer wohlüberlegt. Er hatte sicher seine Gründe, also beließ sie es dabei.

»Was glaubst du, was Alea noch alles mit dem Haus angestellt hat?«

Nikolas lachte leise. »Ich werde sie bei Gelegenheit fragen. Mich interessiert viel mehr, was Paco mit dem Auto gemacht hat. Bisher konnte ich noch keine Programme daran entdecken.«

»Vielleicht hat er es ja auch gar nicht programmiert, sondern es einfach so gelassen wie es war«, sinnierte Lucy.

Wieder lachte Nikolas.

»Du kennst Paco nicht. Er hat Alea mit all ihren Programmen, die sie in dieses Haus gesteckt hat, mit Sicherheit übertreffen wollen. Das da draußen sieht vielleicht aus wie ein Auto, aber ich bin mir sicher, dass es von den Programmen her nicht mehr viel mit einem Auto gemein hat.«

Lucy sah ihn amüsiert an.

»Ich wollte schon immer mal einen Transformer haben«, scherzte sie und lachte in sich hinein.

Dann gab Nikolas ihr einen neckenden Kuss auf die Nase und verschwieg ihr, dass er so etwas Ähnliches tatsächlich vermutete. Für heute war es genug. Er spürte, dass Lucy erschöpft und müde war. Er wollte sie nicht überfordern. Das hatte er in den letzten eineinhalb Wochen, in denen er jetzt hier war, schon viel zu oft getan. Sie musste sich langsam und sachte an all diese Dinge gewöhnen. Sie waren immer noch neu für sie. Und sie wusste noch nicht einmal einen Bruchteil von dem, was er wusste.

»Gehen wir schlafen«, sagte er sanft. Es war schon eine enorme Leistung, wie Lucy sich – ohne die Hilfe des Kristalls – in den letzten Monaten entwickelt hatte. Sie hatte sich ganz allein von ihren Krankheiten geheilt und erneut ihre mentalen Fähigkeiten wachgerüttelt. Sie waren zwar noch nicht stabil, aber für diese kurze Zeit sehr stark ausgeprägt. Besonders ihre Fähigkeit die Gefühle anderer Menschen wahrzunehmen. Das war die erste Fähigkeit die sich im Sommer bei ihr gezeigt hatte und jetzt war sie die am stärksten ausgeprägte. Wenn sie nicht aufpasste, würde sich diese Fähigkeit in einen Fluch verwandeln. Er musste ihr helfen sie zu kontrollieren. Sonst würde sie das Leid ihrer besten Freundin – das sich gerade ankündigte, wie ein Unwetter – mit in den Abgrund stürzen. Er hoffte nur, dass er – gemeinsam mit Hilars Hilfe – einen Teil dieses Unwetters abwenden konnte. Es würde eine schwere Zeit auf sie zukommen. Das spürte er so deutlich wie Lucys Gedanken, die nun vor Erschöpfung immer leiser wurden.

Nikolas legte ihre Arme um seinen Hals, hob sie sanft hoch und trug sie aus dem Wohnzimmer. Ihr Kopf lag schwer auf seiner Schulter. Als er sie die große Wendeltreppe hinauf trug, seufzte sie erschöpft und sagte: »Ich kann immer noch nicht glauben, dass das alles wirklich passiert.«

Er lehnte seine Wange gegen ihre Stirn und versuchte sie mit einem Gefühl der Gelassenheit und innerem Frieden zu beruhigen. Er wusste, dass sie diese Gefühle in ihm deutlich spüren konnte.

»Ich weiß«, sagte er leise. »Ich weiß, Lucy.«

3

Abschied

Hilar packte gerade ein paar Klamotten achtlos und ohne jede Ordnung in eine große Reisetasche, als es an der Tür klopfte.

»Komm 'rein, Paco.«

Sein Freund betrat zögerlich den Raum und beobachtete Hilar einen Moment lang dabei, wie er durch das Zimmer fegte und hier und da einige Dinge einsammelte, um sie ebenfalls in der Reisetasche zu verstauen.

»Wie lange wirst du bleiben?«, fragte er leise. Paco hatte durch Alea von Hilars Reise erfahren. Und diese wusste es von König Quidea, der Hilar mit einem langen Gespräch und einigen persönlichen Utensilien auf den Aufenthalt in der anderen Welt vorbereiten wollte. Das alles hatte in der vergangenen Nacht stattgefunden und Paco war etwas gekränkt, dass er die Neuigkeit nicht von Hilar selbst erfahren hatte. Obwohl er schon gestern gespürt hatte, dass eine Veränderung anstand.

»Keine Ahnung. So lange bis sich das Drama dort gelegt hat, schätze ich.«

Paco setzte sich seufzend auf einen Stuhl und beobachtete ihn weiter.

»Die Menschen und ihre Dramen«, flüsterte er zu sich selbst und schüttelte mit dem Kopf.

»Die werde ich ihnen schon austreiben«, lachte Hilar unbeeindruckt. Beinahe hätte er erwähnt, dass Paco ebenfalls ein sehr pikantes Drama sein Eigen nannte und sich vielleicht endlich einmal darum kümmern sollte. Aber er verkniff es sich und versuchte auch nicht zu sehr daran zu denken, aber Paco hatte seine Gefühlsregung bereits aufgeschnappt. Er sah ihn ernst an.

»Ich habe dieses Drama nicht erschaffen«, entgegnete er.

Hilar seufzte.

»Nein, aber du machst es zu einem, indem du zulässt, dass es dich kontrolliert.«

Paco stand jetzt auf und stellte sich vor ihm auf. Die Morgensonne, die durch das Fenster in den Raum fiel, schien ihn nun direkt an und ließ ihn aussehen, wie einen leuchtenden, grün uniformierten Engel.

»Ich werde dich an deine Worte erinnern, wenn du jemanden so sehr liebst, dass du sie nicht vergessen kannst.«

Hilar sah ihn einen Moment lang an und legte dann eine Hand auf seine Schulter.

»Ich verstehe dich doch, Alter«, versicherte er ihm. »Aber ich will nicht, dass du an ihr zerbrichst, verstehst du?«

Paco senkte den Kopf und machte ein gequältes Gesicht.

»Kann ich dich überhaupt allein lassen? Oder muss ich Angst haben, dass du den Kerl umbringst, wenn niemand da ist, der dich aufhält?«

Als Paco den Kopf hob, erschrak Hilar. In seinem Gesicht zeichnete sich nicht nur Wut, sondern auch der blanke Hass ab und ein Hauch von Wahnsinn funkelte in seinen Augen. Dann packte Hilar ihn am Kragen und durchbohrte ihn mit einem warnenden Blick.

»Reiß dich zusammen, Paco!«

Dann riss sich Paco von ihm los und schrie ihn so wütend an, dass der Hall seiner Stimme durch den Flur hinter ihm gellte.

»Du weißt, was er ihr angetan hat!«

»Und du weißt, was passiert, wenn du so weitermachst!«,

schrie Hilar zurück. »Hass erzeugt neuen Hass! Du darfst dich nicht so gehenlassen. Willst du so enden, wie die Anderen?«

Bei seinen letzten Worten war Paco zusammengezuckt und sah ihn nun erschrocken an. Mit den *Anderen* meinte er die Menschen aus der Gegenwelt. Die Menschen, die sich vom Hass, von der Wut und der Angst hatten überwältigen lassen und nun die Opfer ihrer eigenen Gefühle waren. Sie hatten die Kontrolle verloren und wussten jetzt nicht mehr, wie sie sie zurückerlangen konnten. Nein, so wollte er nicht enden. Ganz sicher nicht.

»Es ist«, seine Stimme klang jetzt dünn und schwach und Hilar spürte, dass er mit den Tränen kämpfte, »nur so schwer. Es wird von Tag zu Tag schlimmer, anstatt besser.«

Hilar sah ihn besorgt an und überlegte, was er tun sollte. Er konnte Nikolas jetzt nicht im Stich lassen und einfach hier bleiben, um auf Paco aufzupassen. Andererseits wollte er das Häufchen Elend vor sich auch nicht sich selbst überlassen.

»Geh ruhig«, sagte er jetzt. »Nikolas braucht dich. Ich komme schon klar.«

»Ich glaub dir kein Wort, Mann!«

In diesem Moment erklang eine sehr hohe, sanfte Stimme in ihren Köpfen. Alea stand plötzlich in der Tür und lehnte lässig und mit verschränkten Armen am Türrahmen.

Ich passe schon auf, dachte sie so deutlich, dass es nicht zu überhören war und sah Paco dabei streng an.

»Und jetzt wird es langsam Zeit. Nikolas wartet. Und Miriam auch.«

Hilar sah sie überrascht an und Alea lächelte amüsiert.

»Denkst du, es ist mir entgangen, dass sie dir pausenlos im Kopf herumschwirrt? Sie braucht deine Hilfe. Komm schon.«

Hilar zog rasch den Reißverschluss der Tasche zu und folgte Alea. Paco ging mit ihnen.

»Dass du mir keinen Blödsinn machst, klar?«, warnte Hilar

noch einmal. »Sonst komme ich zurück und prügele dich windelweich!«

Paco lachte stumm und sah ihn amüsiert an. »Das will ich sehen.«

Hilar kicherte. »Leg es nicht drauf an.«

»Grüß Lucy bitte von mir, ja?«, sagte Alea plötzlich und beendete damit ihr Gebalge.

Dann verließen sie das Gebäude und betraten den Park direkt hinter dem Gardezentrum in dessen Mitte ein großer, schneeweißer Brunnen stand. Die Wasserfontäne schoss mindestens fünf Meter in die Höhe und das Wasser prasselte verspielt auf einige geflügelte Fischfiguren, die aus dem Becken ragten und ebenfalls Wasser spien. Vor dem Brunnen stand Quidea in seinen altbekannten, lässigen Kleidern und winkte die drei väterlich lächelnd zu sich. In seiner Hand hielt er einen Portalschlüssel. Als Hilar direkt vor ihm stand, reichte Quidea ihm einige Geldscheine, die mit einem dicken Gummi zusammengehalten wurden.

»Heute Abend geht es los. Du solltest etwas … partygerechtes tragen. Kauf dir davon etwas, in Ordnung?«

Hilar nahm das Geld und steckte es sich in die Brusttasche. Dann nickte er mit ernstem Gesicht.

»Sorge dafür, dass Lucy nichts davon mitbekommt. Sie wird es in nächster Zeit schwer haben.«

»Ich werde mein Bestes tun.«

»Dessen bin ich mir sicher. Und Paco?«

Quidea sah Paco nun an und senkte dabei den Kopf, so dass sein Blick erschreckend mahnend wirkte.

Paco hielt die Luft an und nickte.

»Habe verstanden. Es tut mir leid.«

»Gut, dann wäre jetzt alles geklärt. Mach dich auf den Weg, Hilar.«

Quidea gab Hilar den Portalschlüssel und trat mit den

anderen ein Stück beiseite.

Hilar zögerte nicht lange. Er zwinkerte seinen Freunden noch einmal fröhlich zu, strich dann mit dem Daumen über den Kristall und hielt ihn über das Becken. In diesem Moment trat ein gleißendes Licht aus dem Schlüssel, das wie ein Wasserfall in den Brunnen tauchte, Hilar dabei vollkommen einhüllte und mit ihm im Nichts verschwand.

4

Ahnung

Lucy hatte bereits Kaffee gekocht und stand nun geistesabwesend vor der Kaffeemaschine. Sie hatte es sich zur Gewohnheit gemacht zu jeder vollen Stunde – wenn sie daran dachte – Euphoria zu spielen und Glücksgefühle in sich entstehen zu lassen. Jeden Tag suchte sie sich dafür ein anderes Glücksgefühl aus. Heute wollte sie das Gefühl von Sorglosigkeit in sich hervorrufen, aber seltsamerweise gelang es ihr nicht. Es schien ihr, als gäbe es dieses Gefühl in ihr gar nicht.

Seltsam, dachte sie. Vor einer Woche hatte sie dieses Gefühl schon einmal völlig grundlos in sich hervorgerufen. Und da hatte es ganz problemlos funktioniert. Warum klappte es *jetzt* nicht? Das Gefühl musste doch irgendwo sein.

Sie goss sich den Kaffee in die dunkelblaue Weihnachtstasse mit den Schneeflocken und ging dann zum Kühlschrank. Als sie die Milch herausholte, hielt sie inne. Plötzlich entstand genau das gegenteilige Gefühl in ihr. Sorge. So tief und so zermürbend, dass sie mit einem Mal fürchterliche Angst bekam.

»Was zum Geier...«

Schnell stellte sie die Milchtüte ab, knallte den Kühlschrank zu und lief die Treppe hinauf. Nikolas war noch im Badezimmer, also stieß sie die Tür auf und stolperte in den Raum, in dem sie vor lauter Wasserdampf kaum etwas sehen konnte. In diesem Moment stieg er gerade aus der Dusche und stockte, als er sie mitten im Raum stehen sah. Lucy schnappte nach Luft und ließ ihren Blick langsam über seinen nackten Körper wandern. Und dabei vergaß sie völlig, warum sie eigentlich hereingeplatzt war.

Nikolas lachte.

Der Klang seiner Stimme hörte sich plötzlich seltsam dumpf und viel zu weit weg an. Lag es daran, dass ihr gerade das Blut in den Kopf schoss und in ihren Ohren rauschte? Ihr Schädel fühlte sich an wie eine 2000 Watt Glühbirne. Als er nach dem Handtuch griff und es sich um den Bauch wickelte, wanderten ihre Augen weiter auf seine Brust. Dann zwang sie sich den Blick zu heben, was ihr mehr als schwer fiel, um in seine Augen zu sehen. Als sie bemerkte, wie er sie anlächelte, polterte ihr Herz nur umso schneller los und wieder musste sie tief Luft holen. Nachdem sie sich gezwungen hatte ihm eine Weile in die Augen zu sehen, fiel ihr dann aber endlich wieder das unangenehme Gefühl ein, das sie in der Küche gespürt hatte und weshalb sie eigentlich auch ins Badezimmer geplatzt war. Also riss sie sich zusammen.

»I ... irgendwas stimmt nicht«, stammelte sie und deutete mit dem Zeigefinger auf ihr Herz. »I ... ich kann nicht mehr ... spielen.«

Nikolas' Gesichtsausdruck wurde ernster.

»Was meinst du damit?«

Sie holte noch einmal tief Luft und erklärte ihm dann, dass sie kein Gefühl von Sorglosigkeit in sich entstehen lassen konnte und dass stattdessen Angst in ihr aufstieg.

Er trat ein paar Schritte auf sie zu und fühlte in sie hinein. Als er dann bemerkte, dass es ein fremdes Gefühl war, sah er ihr eindringlich in die Augen und sagte: »Nimm das Gefühl an. Kämpfe nicht dagegen.«

Lucy versuchte ruhig einzuatmen und das Gefühl zu akzeptieren. Allerdings hatte sie die starke Vermutung, dass es einen Grund für dieses Gefühl gab und dass gerade in diesem Moment irgendetwas passierte. Etwas Schlimmes.

»Es ist etwas nicht in Ordnung, glaube ich«, sagte sie mit zittriger Stimme.

Nikolas nahm jetzt ihr Gesicht in seine Hände und schloss die Augen, um ihrem Gefühl nachzuspüren. Er sah sofort Miriam vor sich. Dann öffnete er schnell die Augen und versuchte sie mit einem Kuss zu beruhigen.

»Es ist nicht *dein* Gefühl«, sagte er. »Du musst lernen, die Gefühle anderer von deinen eigenen zu unterscheiden.«

»Von wem ist das Gefühl?«, fragte sie besorgt. »Es ist nicht deins. Das spüre ich genau.«

Nikolas sah sie stumm an. Offenbar hatte sich ihre Fähigkeit nun so stark entwickelt, dass sie selbst die Gefühle von Menschen wahrnehmen konnte, die sich nicht in ihrer unmittelbaren Umgebung befanden.

»Von wem auch immer das Gefühl ist, du darfst es nicht zu deinem eigenen machen. Betrachte es mit Distanz«, sagte Nikolas und versuchte die Bilder in seinem Kopf, die er von Miriam sah, vor ihr zu verstecken. Jedoch konnte er es nicht vermeiden ein leichtes Gefühl von Angst zu spüren. Angst, dass Lucy mit ihrer besten Freundin abstürzen würde, weil ihre Fähigkeit der Empathie zu stark war. Viel zu stark.

Lucy sah ihn erschrocken an. Sie spürte seine Sorge.

»Was ist hier los?«, fragte sie.

»Mach dir bitte keine Sorgen. Vertrau mir.«

Lucy sah ihn eine unendliche Weile an.

»Ich vertraue dir. Aber du verschweigst mir etwas und ich will wissen, warum.«

Er löste sich nun von ihr und seufzte.

»Dafür gibt es einen guten Grund, den ich dir aber jetzt noch nicht verraten kann. Es ist wichtig, dass du zuerst lernst, deine eigenen Gefühle von denen anderer zu unterscheiden.«

Lucy runzelte die Stirn.

»Ist etwas mit meiner Familie?«

»Nein«, sagte er sofort und strich ihr sanft über die Wange. Es war klar, dass sie sich zuerst um ihre Familie sorgte. Ihr Leid hatte ihr schon immer zu schaffen gemacht. Das hatte er schon erfahren, als er sie im Sommer kennengelernt hatte.

»Versprichst du, dass du es mir sagst, wenn ich es gelernt habe?«

»Ja«

»Na schön, dann lass uns das jetzt bitte trainieren«, sagte sie entschlossen.

»Nichts lieber als das«, summte er nun heiter und schickte ein neckisches »Fast nichts« hinterher, wobei er sie von oben bis unten betrachtete und frech grinste. Damit hatte er Lucy endlich wieder zum Lächeln gebracht und nahm nun zufrieden seine Kleider, um sich anzuziehen. Lucy ging derweil wieder in die Küche, nippte an dem Kaffee, der nur noch lauwarm war und wartete ruhelos auf ihr Training.

5

FREMDE WELT

»Verflixt!«, knurrte Hilar und nahm ein knallbuntes T-Shirt von der Kleiderstange. Er hatte keinen blassen Schimmer von den Gebräuchen und Sitten in dieser Welt und schon gar nicht davon, was man hier auf Partys trug. Warum musste er nur immer so tun, als hätte er von allem Ahnung? Er wusste verdammt noch mal *gar nichts* von dieser Welt. Für den Fernsehsender, der den Menschen in Lumenia ab und zu Einblick in die Gegenwelt gab, hatte er sich nie die Bohne interessiert. Warum auch? Lumenia war perfekt. Wieso sollte er sich die kranke Welt ansehen, von der sie sich vor langer Zeit getrennt hatten? Das verschmutzte nur unnötig die positiven Gedanken der Lumenier. Insgeheim war er ein Gegner dieses Fernsehsenders. Aber für diesen speziellen Auftrag hätte er ihm womöglich genützt. Warum hatte er sich letzte Nacht nicht einen ihrer verrückten Filme angesehen? Er war unvorbereitet. Und dafür hätte er sich gerade ohrfeigen können. Er wollte alles richtig machen, für Nikolas da sein und ihm eine große Hilfe bei seinem Plan sein. Und jetzt? Jetzt wusste er nicht einmal welche Klamotten er kaufen sollte.

Vor ihm, auf der anderen Seite der Kleiderstange, stand eine junge Frau, die sich gleich mehrere T-Shirts über den Arm legte. Sie waren nicht so bunt wie das, was er gerade in der Hand hielt.

»Entschuldigen Sie«, sprach er sie höflich an.

Die Frau sah auf und zuckte kaum wahrnehmbar zusammen,

als sie ihn sah. Dann bekam ihr Gesicht ein seltsames Strahlen und ihre Augen weiteten sich.

»Ja, bitte?«, flötete sie.

Hilar setzte sein charmantestes Lächeln auf und hob das bunte T-Shirt hoch, um es ihr zu zeigen.

»Würden Sie mir bitte kurz helfen?«

Die Frau tänzelte sofort zu ihm hinüber und strahlte ihn fragend an.

»Aber gern.«

Hilar stutzte zunächst. Ihre Gefühle verwirrten ihn. Sie strahlte eine Faszination und Begeisterung aus, die ihn fast erröten ließ.

»Ähm, ich habe keine Ahnung, was man hier so auf Partys trägt.«

Sie machte ein überraschtes Gesicht und klimperte verwirrt mit den Augenlidern.

»Was meinen Sie mit *hier*? Woher kommen Sie denn?«

Mist. Waren die Menschen in dieser Welt alle so neugierig? Was sollte er jetzt sagen?

»Das ... wollen Sie gar nicht wissen, glaube ich.« Dann grinste er entschuldigend und hoffte, dass er sie jetzt nicht verärgert hatte. Er wusste nicht wie Menschen in dieser Welt reagierten, wenn man ihnen nicht direkt antwortete. Hoffentlich schlug sie ihm jetzt keine ablehnenden oder gar zerstörerischen Gedanken oder Gefühle entgegen. Er sah sie vorsichtig an und war überrascht, als er plötzlich einen Hauch von Angst wahrnehmen konnte, der von ihr ausging. In ihren Gedanken erklang das Wort *Gefängnis*.

Was sollte das nun wieder sein?

»Ich komme nicht aus Gefängnis«, entgegnete er rasch, um sie zu beruhigen, vergaß dabei aber dummerweise, dass die Menschen in dieser Welt üblicherweise keine Gedanken lesen konnten. Die Frau trat mehrere Schritte zurück, wobei sie ihre

Augen vor Erstaunen und Entsetzen immer weiter aufriss.

Hilar biss sich auf die Lippe. Und bevor er noch etwas sagen konnte, stürmte sie schon zur Kasse, um anschließend eilig aus dem Laden zu fliehen.

Das muss ja ein schrecklicher Ort sein, dachte er und zuckte gleichgültig mit den Schultern. Bei nächster Gelegenheit würde er Nikolas fragen, was es mit diesem *Gefängnis* auf sich hatte, damit er beim nächsten Mal vorbereitet war.

Er nahm sich jetzt einfach irgendetwas von der Kleiderstange und trug es ebenfalls zur Kasse. Als er vor der Kassiererin stand, drangen erneut Gefühle von Faszination und Begeisterung zu ihm vor. Er sah sie irritiert an und versuchte in ihren Gedanken zu erfahren, *was* sie so sehr faszinierte, aber er hörte nur wirres Geplapper und Ratlosigkeit über ihre eigenen Gefühle. Als sie den Preis nannte, zog er einen Hundert-Euro-Schein aus seinem Geldbündel und reichte ihn ihr stirnrunzelnd. Dann sah er sich um und begegnete dem Blick eines Mannes, der hinter ihm in der Schlange stand. Er sah ihn ebenfalls fasziniert an. Nicht so innig wie die Frau, aber dennoch reichte es, dass sein Fluchtinstinkt ihn aus dem Laden drängte. Er nahm das Restgeld, schnappte sich die Tüte und stürmte hinaus.

Was haben die bloß?, dachte er, während er die Einkaufsmeile entlang ging. Als er sich umsah, bemerkte er, wie ihn auch die anderen Menschen anstarrten. Allerdings war es kein feindseliges oder entsetztes Starren. In ihren Blicken erkannte er Überraschung und erneut Faszination. Langsam wurde es ihm wirklich unangenehm. Er hatte doch extra etwas *Normales* angezogen. Er war schließlich nicht so verrückt wie Nikolas, in einer lumenischen Uniform in dieser Welt herumzulaufen. Er sah an sich hinunter, verglich seine Kleidung mit dem, was die Menschen um ihn herum so trugen und konnte keinen großen Unterschied feststellen. Die Gardisten hatten sich wirklich große Mühe gegeben, ihm passende Kleidung für diesen Trip zu erschaffen. Vielleicht lag es an seiner Frisur? Er konnte nirgends eine ähnlich stachelige Stoppelfrisur erkennen, wie er sie gern trug. Konnte eine Frisur die Menschen so sehr faszinieren?

Plötzlich blieb er stehen. Er spürte etwas und horchte aufmerksam in sich hinein. Eine Frau hinter ihm fluchte in Gedanken, weil sie fast in ihn hineingelaufen wäre. Als sie jedoch an ihm vorbeiging, verrauchte ihre Wut und verwandelte sich in Staunen. Aber dieses Mal interessierten ihn die Gefühle der Menschen um ihn herum nicht. Ihn interessierte nur ein einziges Gefühl. Es kam direkt von Miriam. Er hatte sich schon gestern Abend, als er und Nikolas diesen Plan ausgeheckt hatten, emotional mit ihr verbunden, so dass er jede Gefühlsregung von ihr wahrnehmen konnte. Jetzt fühlte sie tiefe Verzweiflung und Angst und leider kämpfte sie so sehr gegen diese Gefühle an, dass sie sich damit immer weiter in ein Loch grub, aus dem sie allein nicht mehr herauskommen würde. Nikolas hatte es kommen sehen. Und mal wieder hatte er Recht behalten.

Hilar lief so schnell er konnte die Straße hinunter in ihre Richtung. Er konnte genau fühlen, wo sie sich befand und er sah immer wieder die Bilder einer erschreckend dramatischen Szene vor sich, die sich zu einer für sie lebensverändernden Katastrophe zuspitzte.

6

Eine dramatische Entwicklung

Lucy stockte der Atem. Sie beugte sich vorn über und hielt sich den Bauch, der sich plötzlich unangenehm verkrampfte. Ihr Magen schien sich im Kreis zu drehen und ihr wurde augenblicklich übel. Gleichzeitig stieg Panik in ihr hoch und eine Verzweiflung, die sie fast zum Weinen brachte.

Nikolas packte sie sofort bei den Schultern und richtete sie wieder auf.

»Es ist nicht *dein* Gefühl!«, wiederholte er. »Versuche es mit Abstand zu betrachten.«

Lucy starrte ins Nichts und schnappte nach Luft.

»Es fühlt sich aber an wie meins. Ich kann es nicht unterscheiden.«

»Doch das kannst du!«, sagte Nikolas fest. Seine Stimme wurde vor Angst immer lauter.

Lucy sah ihm nun in die Augen. »Damit hilfst du mir nicht.« Sie konnte seine Angst zwar verstehen, aber im Moment machte er sie damit nur noch nervöser.

»Tut mir leid.«

Er beruhigte sich sofort, so dass seine Sorge um Lucy allmählich abflaute.

»Was passiert hier? Was ist hier los? Irgendetwas stimmt doch nicht«, hauchte sie zittrig.

«Lucy, du kämpfst immer noch gegen das Gefühl an. Du fürchtest dich davor und machst es dadurch nur noch stärker.«

»Weil ich nicht weiß, was es bedeutet«, sagte sie verzweifelt. »Irgendetwas ist nicht in Ordnung. Das spüre ich genau.«

Nikolas seufzte. »Und wenn dem so ist? Was änderst du mit diesem Kampf daran?«

Plötzlich verstummte sie und sah ihn ruhig an. Er hatte Recht. Es änderte gar nichts. Ihre Schultern sanken gemeinsam mit ihrer Aufregung hinab und ihr Herzschlag beruhigte sich sofort.

»Nimm es als etwas an, das da ist. Und versuche es neutral zu betrachten. Dann kannst du es auch von deinen eigenen Gefühlen unterscheiden.«

Lucy atmete tief ein und tat, was er sagte. Das Gefühl war immer noch da, aber die Angst davor war verschwunden. Sie akzeptierte es, nahm es an und versuchte es wie ein neutraler Beobachter zu betrachten. Als wäre sie nicht in ihrem Körper, sondern würde ihren Körper von außen betrachten und analysieren was darin vor sich ging. Und dann entstand so etwas wie ein Unterschied. Sie konnte es nur ganz schwach fühlen, aber das Gefühl der Verzweiflung fühlte sich plötzlich ein wenig fremd an. Wie eine fremde Schwingung, die nicht zu ihrer eigenen passte.

Sie sah auf und seufzte erleichtert. Nikolas machte ebenfalls ein erleichtertes Gesicht.

»Gut gemacht«, flüsterte er und meinte eigentlich »Gott sei dank!«

Dann schloss Lucy die Augen und fokussierte ihre Aufmerksamkeit auf das Gefühl, um herauszufinden, woher es kam. Und fast in derselben Sekunde sah sie Miriam vor sich.

Sie fuhr sofort zusammen und riss die Augen auf.

»Es ist Miri!«, rief sie entsetzt. »Warum hast du mir nichts gesagt?«

Nikolas hielt sie an den Schultern fest, um sie davon abzuhalten sofort aus dem Haus zu rennen und mit dem Wagen, den sie noch nicht fahren konnte, zu Miriams Haus zu brettern.

»Hör mir jetzt zu. Miriam ist in Sicherheit. Dafür habe ich gesorgt. Sie wird heute Abend wie geplant auf die Party gehen und uns dort treffen.«

Lucy sah ihn erschrocken an. Er hatte es die ganze Zeit gewusst. Schon gestern Abend. Sie konnte nicht fassen, dass er es ihr verschwiegen hatte. Sie hatte ihm vertraut!

»Sie ist meine Freundin, Niko«, sagte sie fassungslos. »Sie braucht mich! Es geht ihr schlecht. Es geht ihr wirklich schlecht!«

»Es ist jemand bei ihr. Mach dir keine Sorgen«, sagte Nikolas verzweifelt. Er konnte spüren, wie ihr Vertrauen zu ihm langsam schwand, was ihm mindestens genauso wehtat wie ihr verängstigtes Gesicht.

»Aber ICH bin nicht bei ihr. Ihre beste Freundin sollte jetzt bei ihr sein! Lass mich zu ihr!«

»Du kannst noch nicht damit umgehen, Lucy. Die Emotionen werden dich wie eine Naturgewalt niederreißen. Bitte!«

Er hatte Angst. Er hatte fürchterliche Angst um sie. Aber Lucy riss sich wütend von ihm los.

»Und wenn schon. Wem oder was ich mich aussetze ist ganz allein *meine* Entscheidung!« Mit diesen Worten stürmte sie durch den Flur, schnappte sich ihre Jacke und knallte die Haustür hinter sich zu.

Wie Nikolas vermutet hatte, ging sie zum Auto. Sie hatte bereits ein paar Fahrstunden gehabt und glaubte, dass sie die kurze Strecke zu Miriams Haus schon hinbekommen würde. Aber Nikolas war natürlich schneller. Als sie am Auto ankam, stieg er bereits ein. Lucy warf ihm einen wütenden Blick zu, als sie sich auf den Beifahrersitz setzte und sich anschnallte.

»Vermutlich ist es mit diesem Wagen gar nicht möglich einen Unfall zu bauen«, sagte er und drehte den Schlüssel im Zündschloss. »Aber ich gehe lieber kein Risiko ein.«

»Das hättest du doch sowieso schon längst gesehen, wenn ich

einen Unfall bauen würde. So wie du alles siehst«, sagte sie schnippisch.

Nikolas sah sie gequält an. »Ich wollte dich nur schützen.«
»Bitte, fahr jetzt!«

Sie konnte nicht fassen, dass sie sich gerade tatsächlich mit ihm stritt. Mit Nikolas! Dem Mann ihrer Träume. Das hätte sie nie für möglich gehalten. Alles, was er tat und alles, was er war, bestand aus Liebe und Fürsorge. Er war der Inbegriff von Mitgefühl und Verständnis. Aber dieses Mal hatte er es wirklich übertrieben. Wie hatte er ihr nur so etwas Wichtiges verheimlichen können?

Während der Fahrt schwiegen sie sich an. Nikolas lauschte ständig ihren Gedanken, wobei er mit traurigem Gesicht auf die Straße starrte. Und Lucy konnte nur an Miriam denken. Sie hatte keine Ahnung, warum es ihr so schlecht ging. Was überhaupt los war.

»Es ist ihre Familie«, sagte Nikolas leise.

Lucy sah ihn nicht an. Sie starrte auf das Armaturenbrett und spürte erneut Miriams Verzweiflung und ihren Schmerz. Es fühlte sich so schrecklich an, was sie gerade durchmachte. Als würde ihr alles Leben aus dem Leib gerissen werden. Lucy wusste, dass ihre Familie manchmal Probleme hatte. Sie sprach nicht oft davon, aber manchmal versank sie in diese stille Traurigkeit und erzählte ihr ein wenig von den Problemen in ihrer Familie. Wie sie sich ständig bekämpften, Schuld hin- und herschoben, sich zerstritten, anschrien, niedermachten und hassten. Dabei war sie aber nie ins Detail gegangen. Lucy wusste nur, dass sie sich nicht sehr gut verstanden. Aber Miriam beteuerte immer, dass sie sich aus allem heraushielt und sich von alldem nicht herunterreißen lassen wollte. Sie zeigte sich immer so fröhlich und strebsam. So voller Energie und Elan. Sie hatte große Ziele und verfolgte sie mit überschwänglicher Begeisterung, konzentrierte sich immer nur auf das Positive. Sie war ein richtiger Optimist. Lucy hatte es nie ernst genommen, wenn Miriam manchmal so traurig aussah. Sie hatte immer gedacht, dass es wohl nicht so schlimm sein konnte, wenn sie ansonsten immer fröhlich und ausgelassen war. Und vermutlich war Lucy auch immer viel zu beschäftigt mit ihren eigenen Problemen gewesen, um die Probleme ihrer Freundin zu sehen. Sie war immer die Starke gewesen. Die, die immer Kraft und Energie hatte. Diejenige, die andere aufbaute und tröstete, wenn sie niedergeschlagen waren. So wie Lucy. Erst jetzt wurde ihr langsam bewusst, dass ihre Freundin ihren Schmerz immer nur unterdrückt hatte, um für andere stark sein zu können. Um für jeden in ihrer Familie da zu sein. Und auch für Lucy. Plötzlich bekam sie ein furchtbar schlechtes Gewissen. Diese Familienprobleme bestanden schon seit sie sich kennengelernt hatten. Und sie hatte nie bemerkt, wie sehr ihr das zu schaffen machte. Sie hatte ihr einfach geglaubt, wenn sie ihr die starke, felsenfeste Miriam vorgegaukelt hatte. Wenn sie ihr glauben machen wollte, dass sie über all diesen Dingen stand und es ihr nichts ausmachte. Und wahrscheinlich hatte sie das nur getan, um Lucy nicht zu beunruhigen. Weil sie selbst genug Probleme hatte.

Lucys Augen füllten sich mit Tränen.

»Ich habe sie im Stich gelassen«, sagte sie mit einem tiefen Schluchzen.

»Du wusstest es nicht«, beruhigte Nikolas sie und legte sanft eine Hand auf ihr Knie. »Dafür hat sie gesorgt.«

»Ich hätte es erkennen müssen.«

Er parkte den Wagen am Straßenrand gegenüber von Miriams Elternhaus und sah Lucy nun tief in die Augen.

»Nein, hättest du nicht«, sagte er.

»Erzähl mir jetzt bitte nichts von Akzeptanz«, sagte sie schluchzend. Sie konnte es fast nicht mehr hören. Sie hätte aufmerksamer sein müssen. Punkt. An dieser Tatsache konnte selbst *er* nicht rütteln.

»Die vergangenen Ereignisse hatten ihren Grund und ihre Ursache. Zu glauben, dass sie hätten anders sein müssen ist eine Lüge, die dir das Leben zur Hölle macht.«

Lucy sah ihn jetzt wieder an und wischte sich das Gesicht trocken.

»Eine Lüge?«, fragte sie verwirrt. »Aber ich bin doch normalerweise nicht so stumpfsinnig. Ich hätte ihre Gefühle erkennen müssen.«

»Hast du aber nicht«, entgegnete er knapp. Lucy wich überrascht zurück. Jetzt gab er ihr auch noch Recht?!

»Und das hatte seinen Grund. Erkennst du nicht, was du hier machst? Du willst dafür leiden, dass es jemandem schlecht geht, der dir etwas bedeutet.«

»Weil ich vermutlich mit die Schuld daran trage, dass es ihr schlecht geht«, erwiderte Lucy etwas beleidigt.

»Das tust du nicht. Niemand ist Schuld daran. Es ist einfach wie es ist. Alles was passiert ist, ist eine Aneinanderkettung von Ereignissen, die eine Wirkung nach sich gezogen hat. Da steckst nicht nur du mit drin, sondern unzählige Menschen und Situationen, die womöglich weiter zurückreichen als wir es uns vorstellen können.« Nikolas zeigte nun mit dem Finger auf das Haus. »Das, was da drin vor sich geht, ist das Ergebnis von unzählbaren Ereignissen, die schon lange davor stattgefunden haben. Es sind Menschen involviert von denen jeder einzelne eine eigene Geschichte, eigene Muster, eigene Traumata und Überzeugungen mit sich bringt. Diese Menschen sind von Eltern, Großeltern und wer weiß wie vielen anderen Menschen erzogen und geprägt worden, die ebenfalls ihre Geschichten und Überzeugungen hatten und die wiederum aus den verschiedensten Situationen entstanden sind. Es ist ein riesiges Ereignisnetz das kein Mensch mehr zurückverfolgen kann. Das Ganze ist einfach eine Situation. Die Wirkung unzähliger

Ursachen. Ein völlig neutraler Realitätszustand. Und als solches solltest du es auch betrachten. Niemand ist Schuld daran. Es *ist* einfach.«

Lucy verstand, was er ihr damit sagen wollte. Er hatte ihr schon im Sommer erklärt, dass Situationen niemals gut oder schlecht waren. Sie waren einfach die Wirkung von Ursachen. Und Ursachen hatten wiederum Ursachen und Gründe. Es gab also an keiner Situation etwas zu meckern oder zu beschuldigen. Es war einfach wie es war.

»Du hast Recht«, sagte sie kleinlaut und senkte den Kopf. Obwohl sie immer noch wütend auf ihn war, war sie froh, dass er jetzt bei ihr war. Ohne ihn hätte sie sich jetzt womöglich in ihre Schuldgefühle hineingesteigert. Und das war für niemanden besonders hilfreich.

Lucy sah hinüber zu dem Haus und versuchte nachzufühlen, was darin vor sich ging. Aber jetzt war das fürchterliche Gefühl von Verzweiflung und Angst, das sie von Miriam gespürt hatte, plötzlich verschwunden. Stattdessen fühlte sie Erschöpfung und Müdigkeit und ein sehr starkes Gefühl von Überraschung und sogar ein wenig Freude. Sie sah Nikolas verdutzt an und fragte ihn, ob er sehen konnte was los war. Aber er lächelte nur und sagte: »Hilar ist gerade gekommen.«

7

Miriam

»Was machst du hier?«

Miriam sah Hilar verstört an und schloss die Küchentür. Dann wischte sie sich mit einem zitternden Zeigefinger das verschmierte Augen-Make-Up aus dem Gesicht und richtete etwas nervös ihr langes, hellbraunes Haar.

Hilar stand da wie ein Zinnsoldat und starrte sie nur an. Er spürte plötzlich ein so tiefes Mitleid mit ihr, dass er sie am liebsten fest in den Arm genommen hätte. Er fühlte ihre Zerrissenheit, die tiefe Traurigkeit in ihrem Herzen und die Verzweiflung, die sich mit Erschöpfung und Müdigkeit mischten. Sie stand so hilflos da. Zitternd und völlig fertig. Aber er musste die Fassung wahren. Er durfte sich nicht zu sehr emotional in diese Angelegenheiten einbringen. *Abstand, Junge! Abstand!*, sagte er in Gedanken zu sich selbst. Dann holte er tief Luft und antwortete ihr.

»Ich … dachte ich komme mal vorbei und sehe nach, wie es dir geht. Du weißt schon. Nach allem, was du gestern erfahren hast. Du warst ganz schön neben der Spur.«

Natürlich war das gelogen. Aber das wusste sie ja nicht. Er hatte nur irgendwie diesen Streit beenden müssen und ihm war nichts Besseres eingefallen, als mitten hinein zu platzen und die fürchterliche negative Energie in diesem Haus rapide ansteigen zu lassen. Offenbar hatte es auch funktioniert. Er hörte die Familie im Wohnzimmer jedenfalls nicht mehr streiten. Sie murmelten nur irgendetwas Unverständliches vor sich her.

Aber in ihren Köpfen hörte er verwirrte Gedanken über die Situation. Ein völlig Fremder, der einfach ins Haus platzte, sich Miriam krallte und eine unerhörte Fröhlichkeit verbreitete. Sie waren tatsächlich wütend darüber. Wütend, dass er ihren Streit unterbrochen hatte. Er konnte es kaum fassen.

»Es geht mir gut«, sagte Miriam kühl. »Ich verkrafte das schon. Es ist okay.«

Hilar sah sie mit einem ungläubigen Blick an und schnaubte leise. Sie war zweifellos eine gute Lügnerin. Und womöglich konnte man auf ihr kühles, gleichgültiges Schauspiel hereinfallen, wenn man nicht gerade die Fähigkeit besaß Gedanken zu lesen und Gefühle wahrzunehmen. Aber da war sie leider an den Falschen geraten.

»Du hattest doch nicht einmal Gelegenheit darüber nachzudenken, habe ich Recht?«

Miriam sah ihn überrascht an.

»Tut mir leid, aber Schauspielerei funktioniert bei mir nicht«, fügte er entschuldigend hinzu. »Ich kann genau fühlen, was in dir vorgeht.«

Miriam trat nun einen großen Schritt zurück und blickte ihn erschrocken an.

»Ich dachte ihr könnt nur *Gedanken* lesen?«, flüsterte sie und warf einen kurzen Blick zur Küchentür. Wenn jemand aus ihrer Familie hörte, was sie da sagte, hätten sie gleich wieder einen Grund gehabt, ein Drama zu veranstalten.

Hilar schüttelte langsam mit dem Kopf.

»Da ist noch so viel mehr, wovon du nichts weißt, Miriam.«

Sie sah ihn einen Moment lang an, als versuchte sie in seinen blauen Augen erkennen zu können, wovon er sprach. Aber kurz darauf schien ihr das alles ganz egal zu sein. Sie verschränkte die Arme vor der Brust und machte ein wütendes Gesicht.

»Meine Gefühle gehen dich gar nichts an! Und warum habt

ihr mir dieses kleine Detail nicht schon gestern erzählt?«, wisperte sie aufgebracht und sah wieder wachsam zur Tür.

Hilar verschränkte jetzt ebenfalls die Arme vor der Brust.

»Tut mir leid. Aber für meinen Geschmack warst du gestern schon verwirrt genug«, entgegnete er mit gespielter Empörung. Er wusste, dass sie nicht wirklich wütend war. Sie versuchte nur ein wenig Ordnung in ihren Kopf zu bekommen. Und da half es ihr am besten, wenn sie einige Dinge – mit denen sie im Moment sowieso nicht umgehen konnte – wütend verdrängte. Sie überforderten sie in dieser Situation nur. So wie er und Nikolas es gestern schon vermutet hatten.

Plötzlich hörten sie eine Tür zuknallen. Miriam stürmte sofort aus der Küche. Hilar folgte ihr.

»Wo sind sie hin?«, rief sie und lief zu ihrer Mutter, die völlig verstört mitten im Wohnzimmer stand. Ihr liefen unentwegt Tränen über das Gesicht. Ihr Vater saß auf der Couch, mit den Ellenbogen auf den Knien aufgestützt, und verdeckte mit den Händen sein Gesicht.

»Sie fahren nach Hause«, sagte ihre Mutter mit zitternder Stimme.

Hilar hörte in Miriams Kopf erneut ein Chaos an Gedanken. Sie machte sich Sorgen, dass ihre Schwester und ihr Mann bei dem Wetter einen Unfall bauten, wenn sie wütend mit dem Auto fuhren. Dann wandte sie sich zu ihrem Vater um und erneut mischten sich Angstgedanken mit hunderten von anderen Bildern, Szenen und Ereignissen in ihrem Kopf.

»Was ist mit dir, Papa? Geht's dir nicht gut?«

Ihr Vater antwortete nicht. Er stand nur mit einem tiefen Seufzen auf, murmelte ein »Ich leg mich hin« und ging schließlich träge die Treppe hinauf.

»Papa!«, rief sie. »Was hast du?«

Hilar spürte ihre Panik. Die Angst davor, dass die jahrelangen Streitereien sich irgendwann auf die Gesundheit ihrer Eltern auswirken würden. Sie wusste, dass Stress dem Körper schadete. Ganz besonders wenn der Stress niemals aufhörte. Sie sah schon den Krankenwagen vor dem Haus stehen, weil irgendjemand einen Herzinfarkt erlitten hatte oder einen Schlaganfall oder an Krebs erkrankte oder...

»Es geht ihm gut. Er ist nur müde«, beruhigte Hilar sie schnell.

Dann wandte sie sich unruhig ihrer Mutter zu, die immer noch weinend im Raum stand. Als sie bemerkte, dass sie sie beide ansahen, holte sie tief Luft, wischte sich die Tränen aus dem Gesicht und räusperte sich.

»Es tut mir sehr leid ... ähm«

»Hilar«, sagte Hilar und lächelte sanft.

»Tut mir leid, Hilar. Du bist mitten in eine Krise geplatzt. Kann ich dir irgendetwas anbieten?«

Sie wollte eine gute Gastgeberin sein. Obwohl gerade ein weiteres Mal ihre Familie auseinanderbrach und sich die Familienmitglieder gegenseitig hassten, verurteilten und beschuldigten. Sie wollte nicht, dass er von der Dramatik allzu viel mitbekam. Schließlich war er ein Gast. Also versuchte sie zu lächeln. Hilar konnte fühlen, wie schwer es ihr fiel.

»Danke«, sagte er und deutete eine kleine Verbeugung an. Nicht, um seinem Dank mehr Ausdruck zu verleihen, sondern weil er großen Respekt vor ihrer Stärke hatte. »Aber ich brauche nichts.«

Dann wandte sie sich phlegmatisch um und ging langsam in Richtung Küche.

»Mama?«, rief Miriam besorgt.

Ihre Mutter drehte sich kraftlos zu ihr um und versuchte einige Tränen wegzuzwinkern, als sie sie ansah.

»Es kommt wieder in Ordnung. Bestimmt wird alles gut«, bekräftigte Miriam.

Das kommt nie wieder in Ordnung. Diesen Gedanken hörte

Hilar so deutlich aus ihrem Kopf wie ein Gewitter. Und obwohl Miriam den Gedanken ihrer Mutter nicht hatte hören können, las sie ihn ihr direkt von ihrem gequälten Gesichtsausdruck ab. Sie sah den Schmerz in ihren Augen und die tiefe, unendliche Traurigkeit darüber, dass ihre Familie immer mehr zerbrach und sich ihre Kinder immer weiter von ihr entfernten. Es schmerzte sie so sehr, als würde ihr jemand das Herz in Stücke reißen. Sie antwortete nicht. Sie konnte nicht. Denn alles was sie sagen würde, würde ohnehin wie eine Lüge klingen. Und die Wahrheit wollte sie ihrer Tochter nicht antun. Stattdessen drehte sie sich um und verschwand in der Küche.

In diesem Moment brach Miriam in Tränen aus. Sie weinte so heftig los, dass sich ihr ganzer Körper vor Schmerz und Verzweiflung schüttelte. Hilar schlang sofort beide Arme um sie und drückte sie ganz fest an sich.

»Schhh«, machte er und hielt ihren bebenden Körper, als wollte er ihn davor bewahren zu zerbrechen. Denn genauso fühlte es sich an. Sie zitterte am ganzen Leib und ihr Schluchzen drang ihm so tief ins Herz, dass es ihn fast wütend machte. Am liebsten hätte er sofort die ganze Familie in diesem Raum versammelt, um alles wieder in Ordnung zu bringen. Nur, damit es ihr besser ging. Damit sie endlich aufhörte zu weinen. Es tat ihm weh, sie so zu sehen. Und diese Tatsache erschreckte ihn fast so sehr, wie das Drama, das sich hier abspielte. Wie die Dramen, die sich allgemein in dieser Welt abspielten. Er konnte es nicht verstehen. Warum taten sie das? Warum um Himmels Willen fügten sie sich selbst solches Leid zu? Wahrscheinlich würde er diese Welt nie begreifen.

Miriam konnte sich gar nicht beruhigen. Also half er ihr ein wenig, indem er ihr Energieniveau anhob. Er sammelte seine Energie, atmete ein paar Mal tief ein und hob die Schwingung ihres Körpers an, indem er seine eigene um ein Vielfaches ansteigen ließ. Er hob sie regelrecht mit hinauf in eine andere

Ebene und sendete ihr aus seinem Herzzentrum Kraft. Was ihre Verbindung miteinander nur umso mehr verstärkte. Sie wurde sofort ruhiger. Und als sie in seinen Armen langsam wieder anfing ruhiger zu atmen, sagte er: »Ich verspreche dir, dass ich dir helfe, alles in Ordnung zu bringen. Es wird alles wieder gut. Vertrau mir.«

Und das sagte er, obwohl er genau wusste, dass ihr noch etwas viel Schlimmeres bevorstand und dies erst der Anfang von einem Drama war, das sie niemals vergessen würde.

Lucy hatte auf der Heimfahrt kaum mit Nikolas gesprochen. Sie war wütend, dass er ihr nichts von Miriams Problemen gesagt hatte. Und noch viel wütender war sie, dass er hinter ihrem Rücken Hilar beauftragt hatte sich um Miriam zu kümmern. Wo es doch *ihre* beste Freundin war und es *ihre* Aufgabe gewesen wäre dies zu tun. Sie fühlte sich hintergangen und ausgeschlossen und sie wusste nicht, wie sie mit dieser Sache umgehen sollte. Ein Teil von ihr wollte mit ihm darüber reden und ihn fragen was ihn dazu bewegt hatte, so zu handeln. Denn sie wusste bei aller Wut auch, dass er immer wohlüberlegt handelte. Und immer zum Wohle der Menschen, die er liebte. Aber ein anderer, viel mächtigerer Teil von ihr, war wütend. Sehr wütend sogar.

Während der Fahrt hatte sie Miriams Leid so stark gespürt, dass ihr fast übel geworden war. Sie hätte weinen können vor Seelenschmerz. Aber mittlerweile war es in ihr ruhiger geworden. Seltsam ruhig sogar. Offenbar hatte es Hilar geschafft, Miriam zu beruhigen.

Lucy verbrachte die nächsten Stunden allein mit ihrem Tagebuch und genoss ein ausgedehntes, entspannendes Bad. Als es dann langsam Abend wurde, ging sie ins Schlafzimmer, um sich für die Weihnachtsfeier zurechtzumachen. Sie hatte sich so sehr auf diese Feier gefreut, seit Nikolas wieder da war und sich extra eine rote Bluse dafür gekauft. Sie passte perfekt zu ihrem dunklen Haar und ihrer neuen Hose. Aber dieser dumme Streit vermieste ihr die ganze Freude. Dennoch verbrachte sie mindestens eine Stunde damit, ihre Haare zu machen und sich Make-Up aufzulegen. Wahrscheinlich wollte sie sich damit dazu zwingen, sich wenigstens ein bisschen zu freuen. Schließlich war es das erste Mal, dass sie nicht als Single zu dieser Weihnachtsfeier ging. Sie wollte diesen Abend genießen. Und wenn sie erst mal dort war, würde sie sich Miriam zur Brust nehmen und mit ihr über alles reden. Sie wollte wenigstens einen Teil von den Freundschaftsdiensten, die Miriam ihr all die Jahre geleistet hatte, zurückgeben. Wenigstens einmal für sie da sein und ihr helfen. Sie hatte immer noch ein furchtbar schlechtes Gewissen, dass sie nicht gemerkt hatte, wie schlecht es ihr all die Jahre gegangen sein musste.

Als sie sich Puder, Lidschatten und ein wenig Lippenstift aufgetragen hatte, betrachtete sie sich im Spiegel und war tatsächlich ein wenig stolz. Sie hatte in ihrem Leben nie wirklich Gelegenheit gehabt, sich für einen besonderen Anlass aufzubrezeln und heute wollte sie die Gelegenheit beim Schopfe greifen. Obwohl ihr Miriams Leid dabei sehr aufs Gemüt drückte.

»Lucy?« Nikolas' Stimme erklang zaghaft und leise durch die Tür. »Darf ich reinkommen?«

Lucy schickte ihm in Gedanken ein *Ja* und versuchte ihre Wut ein wenig runterzuschrauben, als er die Tür öffnete. Und als er dann dastand, jagte ihr Herz – ungeachtet ihrer Wut – los wie eh und je. Er sah aus wie einer dieser Traummänner aus den kitschigen, alten Liebesfilmen, die sie so liebte. Sein dunkles Haar hatte er sich zurück frisiert, so dass sie ihn das erste Mal ohne seinen verwegenen Pony sah. Sie fragte sich, welches Gel es auf dieser Welt schaffen konnte, seine widerspenstigen Locken zu bändigen. Er sah umwerfend aus. Und sie musste leider zugeben, dass ihre Wut auf einmal vollkommen nebensächlich war.

Nikolas betrachtete sie wie ein verliebter Schuljunge, der seine Freundin das erste Mal vor dem großen Ball zu Gesicht bekam. Seine Augen funkelten und seine Gefühle für sie jagten ihr entgegen, so dass sie sie fast vernebelten. Ihrer beide Gefühle erfüllten den Raum wie eine dicke, rosa Wolke. Dann lächelte er sein typisches Koboldlächeln und streckte die Hand nach ihr aus.

»Wollen wir?«

8

Die Weihnachtsfeier

Als sie ankamen, wurde es schon dunkel. Das Vereinsgebäude war wunderbar mit Lichterketten beleuchtet und vor dem Eingang standen zwei kleine geschmückte Tannenbäume mit blinkenden Lichtern. Die meisten waren schon drin und feierten. Das konnte man deutlich hören. Aber es waren noch viele, die mit ihnen gemeinsam die große Halle betraten und ihre Jacken abgaben.

Es lief »Jingle Bell Rock« und auf der Fläche, auf der normalerweise Volleyball gespielt wurde, tanzten und amüsierten sich die Leute und tranken Glühwein.

Lucy hielt sofort nach Miriam Ausschau und als Nikolas ihre Sorge spürte, tat er es ihr gleich.

»Sie ist noch nicht hier«, sagte er zu ihr. Er konnte ihre oder Hilars Gegenwart noch nicht spüren.

Lucy seufzte.

»Lass uns einen Glühwein trinken, solange wir warten, in Ordnung?« Er wollte, dass sie sich wenigstens ein bisschen amüsierte. Er vermutete, dass der Abend noch schwer genug werden würde. Also wollte er dafür sorgen, dass Lucy den Abend genoss, solange es möglich war. Er nahm ihre Hand und zog sie zu dem langen Tisch mit den Getränken.

»Zwei«, sagte er zu dem jungen Mann, der hinter dem Tisch stand und ihn fasziniert anblickte.

Sogar Jungs stehen auf dich, dachte Lucy ihm amüsiert entgegen und schmunzelte. Sie spielte auf die alte Dame in der

Nachbarschaft an, die so entzückt von Nikolas war. Sie wäre fast eifersüchtig geworden, als sie ihn letzte Woche so angehimmelt hatte. Aber es war nicht nur die alte Dame gewesen. Irgendwie schien jeder fasziniert von ihm zu sein. Sie wusste nicht, woran es lag. Schließlich war sie voreingenommen. Sie liebte einfach alles an ihm.

So ist das nicht, dachte er zurück und schmunzelte ebenfalls. *Er sieht nur zu mir auf.*

Als sie ihre Tassen mit dem heißen Glühwein bekamen, stand plötzlich Vanessa neben ihnen. Eine blonde Schönheit, die ihre Zeit am liebsten damit verbrachte mehr Gift zu versprühen, als man ertragen konnte. Sie war eine Mitstreiterin im Sportverein und natürlich eine der besten. Beliebt war sie nicht besonders. Höchstens bei den Zicken mit denen sie sich umgab und die sie anhimmelten, als sei sie ein Popstar. Jetzt stand sie hier, betrachtete Nikolas mit einem fast gierigen Blick und machte ihm mit einem peinlich überschwänglichen Flirtversuch schöne Augen. Aber Nikolas sah sie vollkommen unbeeindruckt an, was Lucy sehr beruhigte. Obwohl sie ihr vor Eifersucht am liebsten den Glühwein ins Gesicht gekippt hätte. Jetzt lachte Nikolas leise und sah Lucy belustigt an. Dann wandte sich auch Vanessa zu ihr um und blickte herablassend auf sie nieder.

»Lucy, du kommst ja in Begleitung! Wie ist *das* denn passiert?«

Sticheleien. Natürlich. Lucy versuchte über die Anspielung, sie sei ein ewiger, hoffnungsloser, kranker Single, zu grinsen und nahm einen Schluck Glühwein.

Wie kommt die an so einen heißen Typen? Der kann doch nur ausgeliehen sein, stichelte sie in Gedanken weiter.

»Nun ja«, sagte Nikolas jetzt und stellte seine Tasse ab. Dann legte er einen Arm um Lucys Hüften und zog sie ganz nah zu sich. »Ich hab sie gesehen und mich unsterblich in sie verknallt.« Dann gab er ihr einen langen, innigen Kuss und hauchte ihr ein »Ich liebe dich« auf die Lippen. Als er sich wieder zu Vanessa umwandte, starrte sie die beiden mit offenem Mund an. Dann räusperte sie sich verstört und zog beleidigt die Augenbrauen hoch.

»Naja«, sagte sie mit piepsiger Stimme und hob die Nase hoch. »Dann herzlichen Glückwunsch. Ach übrigens«, piepste sie weiter, »du kannst Miriam ausrichten, dass sie abgemeldet ist. Mark gehört mir.«

Im nächsten Moment war sie so schnell verschwunden, wie sie zuvor aufgetaucht war.

»Was?« Lucy sah ihr verstört nach. Was meinte sie damit? Mark war doch immer noch mit Miriam zusammen. Das wusste sie genau. Wahrscheinlich wollte sie Lucy mit diesem Spruch nur provozieren. Sie war bestimmt nur beleidigt, weil sie bei Nikolas nicht hatte landen können.

»Danke«, seufzte sie und lächelte Nikolas zaghaft an. »Die nervt mich schon seit Jahren mit ihren Sticheleien. Bei ihr ist man nur etwas Wert, wenn man sich bis zur Unkenntlichkeit schminkt und einen tollen Freund vorzeigen kann.«

Nikolas sah sie überrascht an.

»Dir ist doch hoffentlich klar, dass sie nur neidisch ist, oder?«

»Neidisch? Auf *mich*? Ich bitte dich«, sagte Lucy lachend. »Sieh sie dir doch mal an. Sie ist so selbstverliebt, dass es schon fast weh tut. Sie ist ganz sicher auf niemanden neidisch.«

»Du hast Recht«, sagte er jetzt und sah ihr dabei tief in die Augen.

Lucy verschluckte sich fast an ihrem Glühwein.

»Auf niemanden, bis auf dich. Weil du schön bist, ohne dich bis zur Unkenntlichkeit zu schminken und keinen Freund brauchst, um wertvoll zu sein. Aber sie schon. Das glaubt sie zumindest.«

Jetzt wurde sie rot. Aber glücklicherweise konnte man das

bei diesem Licht nicht sehen. Hatte er sie gerade wirklich als *schön* bezeichnet? Nun gut, sie war nicht gerade eine Vogelscheuche. Aber schön? Das musste die rosarote Brille sein. Sein Blick auf die Realität war getrübt. Außerdem hatte er sie nicht gesehen, als sie noch krank gewesen war. Wenn er sie je so gesehen hätte, würde er sie ganz sicher nicht als schön bezeichnen.

»Doch, das habe ich«, sagte er nun und zwinkerte ihr dabei neckisch zu.

»Du hast was?«

»Dich gesehen, als du noch krank warst.«

»WAS? Wann?«

Noch bevor er antworten konnte, spürten sie gleichzeitig Miriams Gegenwart. Sie war hier. Sie drehten sich zur selben Richtung um und sahen, wie sie mit Hilar die Halle betrat. Obwohl sie lächelte, sah sie traurig aus. Es zerriss Lucy fast das Herz, sie so zu sehen. Als Lucy zu ihr gehen wollte, nahm Nikolas ihre Hand und sagte: »Denk bitte daran, was wir geübt haben.«

Sie wusste, was er meinte und nickte. Sie hatte das Gefühl, dass sie es jetzt schaffen würde, Miriams Gefühle von ihren eigenen zu unterscheiden. Als Miriam sie sah, machte sie ein erleichtertes Gesicht, eilte auf ihre beste Freundin zu und fiel ihr sofort in die Arme. Lucy hielt sie ganz fest und ließ sie lange nicht los.

»Wollen wir reden?«, flüsterte sie ihr leise ins Ohr. Miriam antwortete nicht, aber in ihren Gedanken erklang ein ganz deutliches *Ja*.

Lucy nahm sofort ihre Hand, teilte Nikolas und Hilar in Gedanken mit, dass sie gleich wieder zurück wären und zog Miriam aus der Halle hinaus durch einen langen Korridor. Sie öffnete eine der Umkleidekabinen, knipste das Licht an und setzte sich mit Miriam auf eine Bank. Es roch nach Schweiß und

Gummi, aber das störte jetzt nicht. Sie waren allein und es war ruhig. Und das war das Wichtigste.

»Was ist passiert?«, fragte Lucy vorsichtig.

Miriam versuchte die Fassung zu bewahren, atmete tief ein und tat so, als würde es sie nicht sonderlich berühren. So machte sie es immer, wenn sie befürchtete die Kontrolle über ihre Gefühle zu verlieren. Sie wehrte sich dagegen, schon wieder zu weinen. Das konnte Lucy fühlen. Und sie wollte sie auch nicht zu sehr mit der Sache belasten.

»Belaste mich ruhig, Miri«, antwortete Lucy auf ihre Gedanken. »Ich will für dich da sein. Bitte gib mir eine Chance dazu.«

Miriam sah sie mit großen Augen an.

»Du kannst diese Gedankensache auch?«

Lucy nickte.

»Nicht so gut wie Niko oder Hilar. Und auch nicht immer. Manchmal hab ich noch Aussetzer.« Dabei lachte sie leise, aber Miriam blieb ernst.

»Bitte sag mir, was passiert ist. Ich weiß nur von Nikolas, dass es einen Familienstreit gab«, bat Lucy weiter.

Miriam holte tief Luft.

»Meine älteste Schwester … ist jetzt auch für immer fort. Sie hat den Kontakt abgebrochen, genauso wie Chrissy vor fünf Jahren. Sie sagt«, Miriam stockte kurz der Atem und ihre Augen füllten sich mit Tränen, »sie will nichts mehr mit uns zu tun haben. Sie gibt meinen Eltern die Schuld an ihren Problemen. Sie haben so viel falsch gemacht, sagt sie. Und mich … hat sie angeschrien, weil ich sie verteidigt habe. Ich solle mich 'raushalten, weil ich sowieso nicht mitreden kann. Ich habe ja nicht das erlebt, was sie erlebt haben und so weiter.« Miriam zog ein Taschentuch aus ihrer Hosentasche und tupfte sich damit vorsichtig die Tränen vom Gesicht. Sie hatte sich ihre verweinten Augen stark überschminkt. »Zum Schluss hat sie mir vorgehalten, dass ich immer alle in Schutz nehme und nie eine eigene Meinung habe. Dass ich nur in meiner Fantasiewelt lebe und von der Realität keine Ahnung habe. Und dann ist sie einfach gefahren.«

Miriam entfloh ein Schluchzen, jedoch versuchte sie sofort wieder, sich zu fangen. Lucy konnte ihren Schmerz so deutlich fühlen, als gäbe es zwischen ihnen keinerlei Trennung. Es fühlte sich fürchterlich an. Von Menschen verlassen zu werden, die man liebte. Nur wegen eines dummen Streits. Wegen hunderter dummer Streits. Es ging schon seit Jahren so. Immer war irgendjemand Schuld an irgendwas oder verhielt sich nicht so, wie er oder sie es sollte. Diese Familie war ein einziger, nie enden wollender Kampf. Jeder bekämpfte jeden. Lucy konnte immer noch nicht fassen, dass sie all die Jahre kaum etwas von diesem Drama mitbekommen hatte. Jetzt, wo sie so deutlich sehen konnte, was sich schon seit so langer Zeit in ihrer Familie abspielte, war sie geschockt. Zutiefst geschockt. Sie hätte es nie für möglich gehalten, dass Miriam in Wirklichkeit so viel auszuhalten hatte. Wo sie doch immer die Fröhlichkeit und Stärke in Person gewesen war.

»Es tut mir so leid, Miri.« Jetzt kamen Lucy ebenfalls die Tränen. »Ich habe das all die Jahre nicht bemerkt.«

Miriam sah sie an und lächelte milde.

»Das solltest du doch auch gar nicht. Du hattest doch genug Sorgen.«

»Ach, hör auf, Miri. Hör auf, immer alles allein durchstehen zu wollen. Wozu sind Freunde denn da? Ich hätte dir so gern geholfen.«

Miriam nahm nun Lucys Hand und streichelte sie sanft.

»Du weißt, wie es dir in den letzten Jahren ging, Lucy. Ich hätte nicht einmal im Traum daran gedacht, dich noch mit meinen Sorgen zu belasten. Ich hatte Angst um dich und wollte immer, dass es dir gut geht, verstehst du?«

Und schon wieder war sie die Starke. Kaum zeigte Lucy eine kleine Schwäche und ein paar Tränen, spielte Miriam die Beschützerin.

»Ich sage dir jetzt etwas und ich will, dass du dir das für immer merkst. Wenn es jemandem schlecht geht, der mir wichtig ist, dann will ich das wissen. Weißt du nicht mehr, wie es dich verletzt hat, dass ich dir die Sache verschwiegen habe, die im Sommer passiert ist? Das tut mir immer noch leid und ich werde es nie wieder tun. Und ich möchte, dass du mir dasselbe versprichst. Ich bin deine Freundin und ich will wissen, was mit dir los ist.«

Miriam sah sie einen Moment an und lächelte dann zaghaft.

»In Ordnung. Versprochen.«

Sie besiegelten ihre Versprechen mit einem Händedruck und kicherten dabei wie kleine Schulmädchen. Dass sie dabei etwas verschnupft klangen, fanden sie nur um so lustiger.

»Wollen wir wieder zurück zur Party? Ich glaube wir können beide ein bisschen Spaß vertragen«, sagte Miriam. Lucy merkte, dass sie das Ganze einfach so schnell wie möglich vergessen wollte. Sie wollte es verdrängen. So, wie sie es immer tat. Aber Lucy hatte plötzlich das Gefühl, dass noch irgendetwas passieren würde. Eine furchtbar negative Vorahnung. Sie fühlte sich erschreckend dramatisch an. Sie versuchte nachzufühlen, was es damit auf sich hatte, aber sie konnte keine konkreten Bilder sehen. Miriam bemerkte ihren verwirrten Blick und fragte sie, was los sei. Aber Lucy hörte sie kaum, so versunken war sie.

»Hey, was hast du?« Miriam rüttelte an ihren Schultern und als Lucy sie schließlich ansah, brach sie in Tränen aus.

»Mein Gott, was ist mit dir?«, fragte Miriam besorgt.

»Ich weiß nicht. Ich weiß es nicht. Irgendetwas stimmt nicht.«

In diesem Moment kam Nikolas in den Raum. Dicht gefolgt

von Hilar. Nikolas kniete sich sofort vor Lucy nieder und nahm ihr Gesicht zwischen seine Hände.

»Lucy, das ist nicht *dein* Gefühl, hörst du?« Er sprach jedes Wort aus, als wäre es ein vollständiger Satz. Aber Lucy liefen weiterhin unentwegt Tränen über das Gesicht.

»Was hat sie?«, fragte Miriam panisch.

»Sie ist ein Empath«, sagte Hilar mit besorgtem Gesicht. »Ihre Fähigkeit ist allerdings viel zu stark ausgeprägt.«

»Was bedeutet das?« Miriam hielt Lucys Hand so fest, dass es wehtat.

»Sie fühlt die Emotionen anderer Menschen, als wären es ihre eigenen.«

Jetzt spürte Lucy sofort Schuldgefühle, die von Miriam ausgingen.

»Hörst du wohl auf, dich schuldig zu fühlen?«, rief Lucy atemlos und sah Miriam bittend an. »Das ist *mein* Problem, nicht deins.«

Man musste kein Empath sein und auch kein Gedankenleser, um das Erstaunen und das Entsetzen aus Miriams Gesicht zu lesen.

»Lucy«, flüsterte sie und sah ihre Freundin dabei eindringlich an. »Wenn das wirklich wahr ist, dann hör auf damit. Hör auf, meine Gefühle zu fühlen. Das sind meine. Nicht deine. Lass das bitte!«

»Ich kann damit nicht aufhören«, sagte Lucy unter Tränen. »Es kommt automatisch.«

»Aber du kannst sie von deinen eigenen Gefühlen unterscheiden. Du weißt, wie das geht. Konzentriere dich«, sagte Nikolas.

Miriam konnte kaum fassen, was sie hier erlebte. Erst gestern hatte sie erfahren, dass Lucys neue Freunde Gedankenleser waren und jetzt sah sie, wie Lucy selbst Gedanken las und Gefühle anderer Menschen wahrnahm. Sie war fassungslos.

Und ein weiteres Mal mit der Situation vollkommen überfordert.

Hilar nahm Miriam jetzt bei der Hand und bat sie mit ihm hinauszugehen. Er vermutete, dass Lucy sich besser konzentrieren konnte, wenn sie nicht allzu vielen Emotionen ausgesetzt war. Sie ging sofort mit ihm mit und als Lucy mit Nikolas allein war, sagte sie: »Es waren nicht *nur* ihre Gefühle, Niko.«

Sie wusste, was es war. Es war ihre Intuition gewesen. Sie hatte sie das letzte Mal so deutlich im Sommer gespürt. Als sie in diesem Hotelzimmer eingesperrt gewesen war. Nur, dass ihr Gefühl damals positiv gewesen war. Jetzt war es so negativ, dass es ihr fast die Luft abschnürte.

»Ich weiß«, sagte Nikolas. »Aber du musst dich jetzt trotzdem beruhigen. Es wird eine lange Nacht.«

Nikolas ließ in sich ein sehr starkes Gefühl von Kraft, Liebe und Vertrauen aufsteigen, das sofort die Schwingung des Raumes ansteigen ließ. Lucy nahm das Gefühl direkt in sich auf. Und einen kurzen Moment später ging es ihr schon besser.

»Aber ich glaube, es wird alles gut. Also mach dir keine Sorgen, ja?«, fügte er noch hinzu, bevor er ihre Hand nahm und mit ihr zurück zur Party ging.

Lucy wollte sofort Miriam beruhigen. Sie wusste, dass sie sich bestimmt fürchterliche Sorgen machte. Aber sie konnte sie zunächst nirgends entdecken. Die Halle füllte sich immer mehr mit festlich gekleideten Menschen, die Musik schien immer lauter zu werden und der Geruch von Alkohol lag schwer wie Blei in der Luft. Sie hatte immer mehr das Bedürfnis diese Party so schnell wie möglich zu verlassen und sich ins Bett zu legen. Sie war erschöpft und müde.

Als Lucy Hilar entdeckte, fragte sie ihn, wo Miri sei. Er machte ein sehr bedrücktes Gesicht und zeigte auf einen Tisch in der Nähe des Ausgangs. Miriam stand dort und sprach mit Mark

Vrender. Ihrem Freund. Im ersten Augenblick war Lucy erleichtert, dass Mark endlich da war und sich ein wenig um Miriam kümmerte. Aber eine Sekunde später brachen erneut schmerzhafte Gefühle über Lucy herein.

»Nein«, flüsterte sie.

Nikolas nahm Lucys Hand und Hilar senkte den Kopf.

»Er macht Schluss, oder? Er macht gerade Schluss mit ihr«, vermutete Lucy. »Das kann er nicht machen! Nicht heute!« Sie wurde fast hysterisch.

»Beruhige dich, wir kümmern uns um sie. Sie ist nicht allein, Lucy. Wir gehen gleich zu ihr und …« Nikolas hielt plötzlich inne und riss den Kopf zur Seite. Ein neues Gefühl stach ihm wie ein Messer ins Bewusstsein. Lucy zuckte zusammen, als sie es mit ihm fühlte. Und auch Hilar drehte sich um und machte ein Gesicht, als stünde ein Krieg bevor. In seinen Augen funkelten Wut und Kampfbereitschaft.

»Raus hier«, flüsterte Nikolas und festigte den Griff um Lucys Hand. »So schnell wie möglich!«

Als Lucy seinem Blick folgte, riss er sie schon mit sich. Aber sie konnte noch flüchtig erkennen, wovor sie so plötzlich aus dem Gebäude flohen. Ihr blieb fast das Herz stehen. Sie fühlte sich zurückversetzt in die Ereignisse des Sommers, als Nikolas sie mitten in der Stadt einfach geschnappt und mit sich gerissen hatte. Weil jemand hinter ihr her war. Genauso wie jetzt. Es war dieselbe Situation. Hinten in der Ecke der großen Halle stand Marius.

Lucy keuchte erneut bei der Geschwindigkeit, die Nikolas an den Tag legte. Sie sprinteten zum Auto und drehten sich noch einmal um, bevor sie einstiegen. Hilar war ihnen auf den Fersen und rief: »Wo ist Miriam?«

Lucy sackte fast das Herz in die Hose. Sie sah Nikolas erschrocken an.

»Wir müssen sie mitnehmen! Wir können sie nicht allein

hierlassen.«

Ich weiß, dachte er und lief zu Hilar. Dann sahen sie sich beide um und versuchten Miriam zu erspüren.

Sie ist nicht mehr hier, dachte Hilar einen kurzen Moment später.

Nein, sie ist weggefahren. Das waren Nikolas' Gedanken.

Spürst du, wohin?

Es verging eine gefühlte Ewigkeit, in der sie versuchten zu erfühlen, wo sie sich befand. Lucy schloss ebenfalls die Augen und nutzte ihre Fähigkeit der Empathie. Sie spürte Trauer. Und Wut. Aber vor allem fühlte sie den Wunsch nach Geborgenheit und Schutz. Sehnsucht nach Liebe. Nach Familie.

»Ich weiß, wo sie ist!«, rief Lucy und setzte sich sofort ans Steuer.

»Lucy! Bist du verrückt? Lass *mich* fahren!«, rief Nikolas.

Lucy ignorierte ihn einfach. »Steigt ein!«

Sie taten sofort, was sie sagte und noch bevor die Türen geschlossen waren, trat sie aufs Gaspedal.

Dass sich der Wagen seltsam leicht fahren ließ, bemerkte sie zunächst nicht. Sie war viel zu sehr damit beschäftigt, ihrem Gefühl zu folgen und die Verbindung zu Miriam aufrechtzuerhalten.

Nikolas suchte in ihren Gedanken nach Informationen, wo sie hinfuhr und versuchte gleichzeitig mit auf den Verkehr zu achten. Er konnte nicht leugnen, dass Lucy ausgesprochen gut fuhr. Zwar viel zu schnell, aber wirklich geschickt. Sie jagte durch die Straßen wie ein Rennfahrer und seltsamerweise wurden die Ampeln immer genau dann grün, wenn sie darauf zufuhr. Es war fast wie verhext. Hilar saß auf der Rückbank und grinste amüsiert. Als Nikolas ihn durch den Rückspiegel anblickte und dann seine Gedanken hörte, sagte er zu Lucy:

»Schatz, lass mal das Lenkrad los.«

»Wie bitte?«

»Vertrau mir, lass los.«

Lucy zögerte noch einen Moment. Dann löste sie aber ein paar Finger vom Lenkrad, so dass sie es nur noch mit ihren beiden Zeigefingern festhielt und ließ es schließlich ganz los. Mit offenem Mund beobachtete sie jetzt, wie es sich von selbst bewegte. Es drehte sich nach links, als sie in eine Straße einbiegen wollte und korrigierte von selbst die Spur.

»Was ... wie ...«

»Paco«, sagte Hilar und lachte los.

Als sie in ein ruhiges Wohnviertel mit wenig Verkehr einbogen, löste Lucy auf Nikolas' Gedanken hin auch den Fuß vom Gaspedal. Das Auto fuhr trotzdem weiter.

»Wie geht denn *sowas*?«, fragte sie voller Überraschung.

»Es folgt deinen Gedanken«, erklärte Hilar.

Dann hielt es am Straßenrand an. Alle drei blickten durch die Windschutzscheibe direkt auf Miriam, die auf der anderen Straßenseite ein Haus anstarrte. Es war das Haus ihrer Schwester, Christina. Chrissy, wie sie sie liebevoll nannte. Sie hatte immer sehr an ihr gehangen. Sie hing an all ihren Schwestern. Aber Chrissy hatte sie seit fünf Jahren nicht mehr gesehen. Früher hatte sie über alles mit ihr reden können. Sie waren wie beste Freundinnen gewesen, hatten sich gegenseitig ihre Geheimnisse erzählt, zusammen wunderschöne Dinge erlebt und schwere Zeiten gemeinsam durchgestanden. Und sie waren immer füreinander da gewesen, wenn es einem von beiden einmal schlecht gegangen war. Während sie Miriam beobachteten, hörten sie alle drei ihre Gedanken, sahen ihre inneren Bilder und nahmen ihre Gefühle wahr.

Sie erinnerte sich an eine Situation, in der sie fürchterliche Angst gehabt hatte. Solche Angst, dass sie hatte weinen müssen. In diesem Moment war Christina für sie da gewesen. Sie hatte sie im Arm gehalten und ihr Mut zugesprochen. Dieser kleine Moment hatte ihr immer viel bedeutet. Er gab ihr bis heute Kraft, wenn sie wieder einmal Angst hatte. Im nächsten Moment sahen sie Miriam mit ihrem ersten Freund. Es war eine Situation, in der sie unglücklich gewesen war, weil er sie schlecht behandelt hatte. Christina war auch hier für sie da gewesen. Sie hatte sie beschützt. So, wie es große Schwestern taten.

Aber das war alles vorbei. Jetzt gab es eine unsichtbare Mauer zwischen ihnen. Sie hatte mittlerweile Kinder, die sie ebenfalls seit fünf Jahren nicht gesehen hatte. Sie liebte diese Kinder. Sie waren ihr so sehr ans Herz gewachsen, dass sie in den ersten Jahren, in denen sie sie nicht hatte sehen dürfen, fast daran zu Grunde gegangen wäre. Der Schmerz saß so tief, dass es sich anfühlte, als müsse sie daran sterben. Sie liebte diese Familie, die dort in dem Haus lebte und nicht ahnte, dass sie gerade davor stand und sich nach ihr verzehrte. Sich danach sehnte nur einmal von ihrer Schwester in den Arm genommen zu werden und erneut Worte des Trosts von ihr zu hören. Oder das Kinderlachen zu hören, das sie so vermisste.
Wahrscheinlich wussten die Kinder gar nicht mehr, wer sie war. Hatten ihren Namen schon längst vergessen und dass sie früher so gern mit ihr gespielt hatten.

Schmerzen. Sie alle drei fühlten ihre Schmerzen und litten mit ihr diese fürchterlichen Qualen. Wie sie da stand und ein Haus anstarrte, das sie nicht zu betreten wagte. Weil sie Angst hatte abgewiesen zu werden. Lucy weinte. Sie wusste nicht, dass die Dinge so schlimm standen. Dass sich Miriam so sehr nach ihrer Schwester sehnte und nach den Kindern. Es war, als reiße sie der Schmerz in Stücke. Sie alle drei hofften, dass sie hinübergehen und einfach klingeln würde. Sie hatten das Gefühl, dass es gutgehen würde. Aber Miriam traute sich nicht. Sie litt Höllenqualen. Hilar wischte sich unauffällig eine Träne aus dem Augenwinkel und auch Nikolas kämpfte mit den Tränen. Dann öffneten sie alle gleichzeitig die Türen, um dem

Leid ein Ende zu setzen. Als sie jedoch zu ihr eilten, krümmte sich Miriam plötzlich mit schmerzverzerrtem Gesicht, stieß ein gequältes Seufzen aus und sackte schließlich in sich zusammen. Sie fiel seitlich in den Schnee und blieb regungslos liegen.

9

Eine lange Nacht

Hilar lief nervös im Flur auf und ab. An dem Raum, in dem Miriam gerade untersucht wurde, blieb er immer wieder einen Moment stehen und schien zu lauschen. In Wirklichkeit versuchte er aber nur den Stand der Dinge zu erfühlen. Wenn er ein paar Informationen aufgeschnappt hatte, lief er weiter. Lucy stand mit Nikolas etwas weiter entfernt von dem Untersuchungsraum.

»Du wusstest es, oder?«, fragte Lucy. »Du wusstest, was passieren würde.«

Nikolas nickte langsam und machte ein entschuldigendes Gesicht.

Lucy senkte den Kopf und seufzte.

»Was wird mit ihr passieren?«

»Ich bin nicht sicher. Ich konnte nur fühlen, dass mit ihrem Körper etwas nicht stimmt. Was es genau ist, weiß ich nicht. Ich kenne mich mit Krankheiten nicht aus.«

»Hast du es mir deshalb verschwiegen? Weil du Angst hattest, ich würde durch meine Fähigkeit ihre Krankheit übernehmen?«

Nikolas antwortete nicht. Er sah sie nur besorgt an und seufzte.

Plötzlich bekam es Lucy ebenfalls mit der Angst zu tun.

»Ist es etwas Schlimmes?«, fragte sie leise.

Nikolas reagierte weder mit einem Nicken noch mit einem Kopfschütteln. Er sah sie weiterhin an. Ganz so, als versuchte er in ihr einen Hinweis darauf zu finden, ob sie schon etwas von Miriam übernommen hatte. Dann endlich sagte er etwas.

»Mit schlimm meinst du unheilbar?«

Lucy nickte.

»Keine Krankheit ist unheilbar. Das ist nur ein Glaube. Wenn du glaubst, dass eine Krankheit unheilbar ist...«

»...dann ist sie es auch«, beendete Lucy seinen Satz.

Sie seufzte erneut. Jetzt kam es darauf an, was Miriam glaubte. Und sie war sich nicht sicher, ob sie in ihrem Zustand überhaupt noch an etwas glauben konnte. Sie war völlig am Ende.

»Dann müssen wir sie zum Glauben bewegen«, rief Hilar plötzlich quer über den Flur. Dann kam er entschlossen auf die beiden zu.

»Ich will euch helfen«, sagte er. »Habt ihr etwas dagegen, wenn ich noch eine Weile bleibe?«

Nikolas sah Lucy fragend an. *Er könnte eines der Gästezimmer haben, oder?*, dachte er.

Lucy zögerte keine Sekunde.

»Natürlich!« Je mehr Menschen da waren, die helfen konnten, umso besser.

Aus Hilars Richtung strömten plötzlich so heftige Glücksgefühle, dass Lucy ihn überrascht anblinzelte. Er freute sich wie ein Schneekönig, dass er noch mehr Zeit hatte, um … Miriam nahe zu sein. Er wurde augenblicklich rot und setzte sofort seinen Flurmarsch fort. Er warf ihnen ein kurzes »Yo, danke!« entgegen und konzentrierte sich dann wieder auf das Untersuchungszimmer. Derweil konzentrierte sich Lucy auf Miriams Eltern, die im Warteraum saßen. Ihre Mutter weinte immer noch.

»Sie wird doch nicht … sterben, oder?« Ihr Herz fing vor Angst heftig an zu rasen, als ihr die Worte über die Lippen kamen.

Aus Nikolas' Kopf kam eine unheimliche Stille. Er wusste es nicht.

»Sie hat im Moment keinen sehr starken Lebenswillen«, sagte er leise.

Hier stirbt keiner!, kam es aus Hilars Richtung. *Ich werde ihren Lebenswillen schon wieder wecken!*

Lucy spürte seine starre Bockigkeit. Er wollte diese Möglichkeit gar nicht erst in Betracht ziehen. Und das wollte Lucy auch nicht. Sie würde ihr ebenfalls helfen, ihren Lebenswillen wiederzufinden. Nikolas betrachtete die Situation etwas nüchterner. Er würde natürlich auch alles tun, um ihr zu helfen. Aber er wusste auch, dass es letzten Endes Miriams Entscheidung war. Und gegen den freien Willen eines Menschen konnte keiner von ihnen etwas tun.

Lucy gefiel der Gedanke nicht. Sie überlegte, ob sie Hilar dazu überreden konnte einen Kristallsplitter aus Lumenia zu holen, um ihn Miriam irgendwie in den Körper einzupflanzen. Das würde ihre Energie anheben und sie heilen.

»Lucy«, mahnte Nikolas.

»Was denn? Bei mir hat das doch auch geklappt.«

»Das wäre gegen ihren Willen. So funktioniert das nicht.«

»Es war auch gegen *meinen* Willen, als mich der Kristall getroffen hat.«

»Es war ein Unfall. Du hast ihn angezogen, weil du gesund sein *wolltest*.«

Plötzlich war sie still. Bedeutete das, dass Miriam ... sich nach dem Ende *sehnte*? Lucy wollte nicht darüber nachdenken. Sie schob den Gedanken ganz weit nach hinten und dachte weiterhin über die Option Kristallsplitter nach. Jedoch kam ihr mit diesem Gedanken auch die Erinnerung an den Sommer zurück ins Bewusstsein. Und an die Verfolgungsjagd. Und plötzlich fiel ihr Marius wieder ein.

»Er hat uns nicht gesehen. Keine Angst«, beruhigte Nikolas

sie, noch bevor sie etwas sagen konnte.

»Was macht er bloß hier?«

Nikolas überlegte einen Moment lang. Lucy verfolgte jeden seiner Gedanken. Er hätte sie gar nicht aussprechen müssen. Aber er tat es trotzdem.

»Ich denke, er kann sich an etwas erinnern. Es ist wahrscheinlich meine Schuld.« Er machte kurz Pause und beobachtete Hilar einen Moment, wie er im Flur auf und ab ging. Dann fuhr er fort: »Es war vielleicht doch nicht so klug, ihm meine ganze Energie in den Körper zu jagen.« Die letzten Worte hatte er so leise ausgesprochen, dass seine Gedanken fast lauter gewesen waren.

Lucy stutzte.

»Aber wie hättest du es anders machen sollen? Du sagtest doch, Lumenier dürfen niemandem schaden.« Das war eine der Regeln, nach denen die Lumenier lebten. Nikolas hatte ihr noch nicht viel erzählt, aber das war eines der Dinge gewesen, die sie unbedingt hatte wissen wollen. Die ganzen letzten Monate waren ihr Marius' Worte nicht mehr aus dem Kopf gegangen: *Du bist Lumenier. Du tust niemals jemandem etwas.* Sie hatte sich schon gedacht, dass die Menschen in Lumenia friedliebend waren und deshalb niemandem schaden wollten. Aber das war nicht alles gewesen. Nach ihrem Glauben war alles miteinander verbunden und deshalb fiel auch alles, was sie jemandem antaten, auf sie selbst zurück. Sie taten es sich damit quasi selbst an.

»Was ist dann dein Job in der Garde, wenn du gegen niemanden kämpfen darfst?«, war damals Lucys nächste Frage gewesen. Und Nikolas' simple Antwort: »Wir beschützen den Kristall.«

Sie wusste noch nicht, wovor er beschützt werden musste, oder warum er überhaupt beschützt werden musste und warum sie verschiedene Uniformen trugen, um diesen Job zu machen. Ob es vielleicht Abstufungen in den Garde-Jobs gab. Vielleicht gehörte er zu der Nachtschicht und Alea passte dann tagsüber auf den Kristall auf. Sie wusste nicht einmal einen Bruchteil von dieser Welt. Immer, wenn sie ihm Fragen über Lumenia stellte, zögerte er. Er wolle sie nicht überfordern, sagte er immer. Aber wie schlimm konnten solche Informationen schon sein?

Als Nikolas ihr nicht antwortete und sie auch in seinem Kopf keine Antwort fand, fragte sie weiter: »Was meinst du überhaupt damit, dass es deine Schuld ist, dass er sich erinnern kann? Ich dachte, deine Leute hätten seine Erinnerungen gelöscht. Dann ist es doch *ihre* Schuld, oder nicht? Sie haben bestimmt irgendwas falsch gemacht.«

Nikolas sah sie jetzt an und machte ein fürchterlich besorgtes Gesicht.

»Erinnerungen lassen sich nicht vollständig löschen. Nicht so. Sie lassen sich durch Hypnose in den Hintergrund verdrängen. Aber im Unterbewusstsein sind sie immer noch vorhanden.«

»Ihr habt sie hypnotisiert?«, fragte Lucy überrascht.

Er nickte.

»Aber vielleicht habe ich durch meine Energie-Attacke sein Bewusstsein so sehr erweitert, dass er einen bewussten Zugang zu diesen Erinnerungen gefunden hat. Ich bin mir nicht sicher. Vielleicht ist ihm auch gar nicht bewusst wen er sucht. Oder ob er überhaupt jemanden sucht. Er kann jedenfalls keine Informationen mehr über dich haben. Wir haben alles vernichtet.«

Lucy seufzte erleichtert. Vielleicht war er nur verwirrt und wusste selbst nicht einmal, was er hier überhaupt wollte. Aber vielleicht – und das machte Lucy Angst – drohte erneut eine Jagd aufzuflammen.

Plötzlich öffnete sich die Tür und der Arzt trat hinaus in den

Flur. Miriams Eltern hatten die Tür gehört und eilten sofort aus dem Warteraum auf den Arzt zu. Ihre Blicke waren erschreckend angsterfüllt. Lucy traute sich nicht näher heran zu gehen. Sie wollte es nicht hören, wenn der Arzt die schlechte Nachricht verkündete. Sie wäre am liebsten aus dem Krankenhaus gelaufen. Nikolas nahm ihre Hand und beruhigte sie mit einem »Es wird alles gut«.

Dann machte sie den Fehler und lauschte in den Kopf des Arztes, während er sprach.

Soll ich ihnen sagen, wie schlecht die Chancen stehen? ... Sie sehen so fertig aus. ... Manchmal hasse ich meinen Job. ... Wer von ihnen ist dieser Hilar, nach dem sie gefragt hat? ... Sie hätte früher kommen sollen. ...

Während Miriams Eltern mit dem Arzt sprachen, liefen Lucy Tränen über das Gesicht. Er sagte ihnen, dass eine Chemo-Therapie angebracht wäre, diese aber erst in zwei Wochen beginnen könnte. Sie wollten vorher noch einige Untersuchungen mit ihr machen.

Nikolas legte seinen Arm um Lucys Schultern und ging zu dem Doktor.

»Dürfen wir rein?«, fragte er.

Der Arzt nickte. »Es geht ihr soweit gut. Sie sollte aber möglichst Stress vermeiden.«

Dann nahm Nikolas Lucys Hand und ging in den Untersuchungsraum. Miriam saß auf einem Bett und starrte ins Nichts. Sie hatte nicht reagiert, als Lucy und Nikolas in den Raum gekommen waren. Und sie reagierte auch nicht, als Hilar hinein polterte und die Worte des Arztes lautstark als »dummes Krankheitsgefasel« beschimpfte und mit einem verächtlichen »Der hat doch keine Ahnung!« abschloss.

Als sich Lucy neben Miriam auf das Bett setzte, hätte sie die Welle von Traurigkeit und Angst, die aus Miriams Richtung über sie hereinbrach, fast wieder aus dem Zimmer gejagt. Aber sie biss die Zähne zusammen, nahm einen tiefen Atemzug und legte dann ihre Hand auf Miriams Knie.

»Wir kriegen das wieder hin. Ganz sicher«, sagte sie so fest, wie sie es in diesem Moment schaffte. Dennoch zitterte ihre Stimme ein wenig.

Miriam sah sie nicht an, als sie sprach. Ihr Blick verharrte weiterhin im unbekannten Nichts. Und ihre Stimme klang kraftlos und leer. »Ist schon gut, Lucy«, murmelte sie teilnahmslos.

Dann trat Hilar näher. Bei der gedrückten Stimmung im Raum wirkte seine bebende, energiegeladene Stimme irgendwie unpassend.

»Egal, was der Typ gesagt hat«, brummte er, »er hat Unrecht!«

Jetzt sah Miriam auf und zog fragend die Augenbrauen hoch. Lucy hörte in ihrem Kopf die Frage, wen er wohl meinte. Miriam dachte sofort an Mark, der ihr auf der Weihnachtsfeier wohl etwas sehr Unangenehmes gesagt hatte. Offenbar verdrängte sie die Tatsache, dass der Arzt gerade eine schwere Krankheit bei ihr diagnostiziert hatte. Alles, woran sie denken konnte, war Mark. Und ihre Familie.

»Genau den meine ich«, antwortete Hilar. »Und den Onkel Doktor auch.« Dann warf er dem Arzt, der gerade mit Miriams Eltern hereinkam, einen verhöhnenden Blick zu. »Vertrau mir«, sagte er dann leise zu ihr. »Er hat wirklich keine Ahnung.«

Dann trat Hilar zur Seite, um Platz für ihre Eltern zu machen, die sie weinend in die Arme schlossen und kaum ein Wort herausbrachten. Ihr Vater stammelte immer wieder »Es wird alles gut, es wird alles gut«, aber Lucy, Nikolas und Hilar fühlten die zermürbende Angst, die er um seine Tochter hatte. Es war eine Szene wie aus einem Melodram. Alle weinten. Und die Stimmung im Raum sackte immer weiter ab, wurde immer drückender und deprimierender. Lucy fiel es von Minute zu Minute immer schwerer zu atmen. Die Luft wurde so dick, dass sie immer mehr das Gefühl hatte, sie würde einen Sumpf versuchen einzuatmen. Sie rang nach Luft und versuchte sich klarzumachen, dass sie nicht wirklich erstickte. Dass es sich nur so anfühlte. Aber sie geriet trotzdem in Panik. Sie musste hier raus. Sie musste einfach so schnell wie möglich an die frische Luft. Nikolas schnappte sie sich, warf Hilar einen erklärenden Blick zu und lief mit ihr aus dem Zimmer und schließlich aus dem Gebäude. Als sie draußen waren, umfasste er ihre Schultern, sah ihr tief in die Augen und sagte: »Tieeef einatmen.«

Lucy tat, was er sagte und nahm ein paar sehr tiefe Atemzüge. Die Stimmung hier draußen war besser. Zwar nicht besonders positiv – schließlich befanden sie sich auf dem Parkplatz eines Krankenhauses – aber immerhin besser, als noch vor ein paar Minuten in diesem Raum. Dennoch störte es sie, dass sie anscheinend die Emotionen aller Menschen spüren konnte, die heute diesen Parkplatz betreten hatten. Sie lagen in der Luft wie unterschiedliche Gerüche. Manche waren stark, manche nur ganz schwach. Aber sie konnte sie alle fühlen. Sie flogen einfach durch ihr Bewusstsein.

»Das wird langsam unheimlich«, sagte Lucy erschöpft und nahm noch einen sehr langen, tiefen Atemzug. Die Luft war kalt und klar und roch nach Schnee und Eis.

»Ich weiß nicht, wie du das machst«, sagte Nikolas leise und sah Lucy dabei nachdenklich an. Sogar in diesem spärlichen Licht, das von einer weiter entfernten Laterne schwach zu ihnen hinüber schien, funkelten seine blauen Augen, wie unglaublich seltene Edelsteine. Sie erwiderte seinen Blick wie gefesselt.

»Was meinst du?«

»Deine Fähigkeit scheint sich offenbar völlig selbständig zu verstärken. Ohne, dass du dich darauf konzentrierst, oder dein Energieniveau anhebst. Ganz im Gegenteil. Deine Energie hat in den letzten Stunden immer mehr abgenommen. Und trotzdem hat sich deine Fähigkeit verstärkt. Das verstehe ich nicht.«

Lucy machte große Augen und staunte über seine Worte. Gab es gerade tatsächlich etwas, das sie besser konnte als er? Etwas, das *er* – der Meister der übersinnlichen Fähigkeiten – nicht verstand? Zumindest machte sie irgendetwas – wovon sie nichts wusste – was Nikolas beeindruckte. Obwohl sie nicht sagen konnte, dass sie besonders stolz darauf war. Sie empfand diese Fähigkeit eher als eine Last. Aber trotzdem konnte sie es nicht fassen. *Sie* beeindruckte *ihn*?

Er schmunzelte. »Oder trainierst du etwa heimlich?«

»Nicht, dass ich wüsste«, lachte sie. Plötzlich ging es ihr besser. Hatte er gerade die Energie um sie herum angehoben? Es fühlte sich auf einmal alles viel angenehmer an. »Aber ich würde gerne trainieren, um die Sache kontrollieren zu können. Ich will nicht jedes Mal, wenn ich Miriam sehe, einen halben Nervenzusammenbruch kriegen.«

Er nickte verständnisvoll und sah zu dem Gebäude hinauf.

»Sie kommen gleich runter und fahren nach Hause. Das sollten wir auch tun.«

Lucy stimmte nickend zu. Sie war völlig erledigt und wollte jetzt einfach nur noch ins Bett fallen und diesen verfluchten Tag hinter sich lassen. Aber irgendetwas sagte ihr, dass er immer noch nicht vorbei war.

10

ALBTRÄUME

Es war dunkel und ihr Körper fühlte sich seltsam klein an. Jemand lag vor ihr und hatte ihr den Rücken zugekehrt. Sie streckte eine winzige Hand aus und berührte samtweiches Haar. Es war ihre Mutter. Sie schlief. Würde sie aufwachen, wenn sie mit ihren Haaren spielte? Konnte sie es im Traum überhaupt fühlen, wenn sie ihr Haar berührte? Wenn sie es um ihren kleinen Finger wickelte oder darauf herumdrückte? Was waren das für Fragen?

Lucy rutschte mit ihrem kleinen Körper näher an ihre Mutter heran. Sie war so schön warm. Sie kuschelte sich an ihren Rücken und legte den Kopf in ihren Nacken. Was fühlte ihre Mutter wohl gerade? Sie versuchte in sie hinein zu lauschen, um zu erfahren welche Gefühle in ihr umher schwirrten. Sie wollte wissen wie ihre Mutter die Welt erlebte. Wie sie das Leben sah und mit welchen Gefühlen sie darauf reagierte. Konnte sie für einen Moment durch ihre Augen sehen? Durch ihre Gefühle fühlen? In ihren Körper schlüpfen und alles so wahrnehmen, wie sie. Sie musste alles ganz anders sehen. Schließlich war sie viel größer. Und älter.

Plötzlich riss etwas an Lucys kleinem Körper und sie fand sich in in der Innenstadt wieder. Die Leute huschten an ihr vorbei und es fielen dicke Schneeflocken vom Himmel. Dann stand auf einmal Marius vor ihr und funkelte sie mit eiskalten Augen an. Sie schrie und wollte weglaufen, aber ihr Körper reagierte nicht. Dann streckte Marius die Hand aus.

»Gib mir den Kristall«, sagte er. Seine Stimme jagte ihr erneut eine Gänsehaut über den ganzen Körper.

»Ich hab ihn nicht mehr!«, schrie sie.

Dann tauchte neben ihm noch ein Mann auf. Er war groß und trug eine lumenische Uniform. Sie war blau. Er trat näher an Lucy heran und sie wich instinktiv einen Schritt zurück. Sie hatte Angst vor ihm. Er war mächtig. Sehr mächtig.

»Du wirst es nicht schaffen«, sagte er. »Halte dich aus der Sache heraus.«

Dann deutete er mit dem Finger auf das Dach eines Hochhauses. Dort oben stand Miriam. Sie wollte sich umbringen. Lucy brüllte verzweifelt ihren Namen, aber sie konnte sie nicht hören.

Plötzlich war sie wieder an einem anderen Ort. Sie blickte auf eine Wiese. Es war kalt. Was waren das für Kleider? Sie trug doch nie schwarz. Sie hob die Arme und betrachtete argwöhnisch die schwarze Jacke, die schwarze Hose und die schwarzen Schuhe. Dann sah sie auf und entdeckte Miriams Grabstein.

»NEIN! NEIIIN!«

Die kleine Leselampe flog vom Nachtschrank und zerbrach unter Lucys ohrenbetäubenden Schreien. Sie hielt ihren Kopf zwischen den Händen, als wollte sie die fürchterlichen Gedanken herauspressen und schrie ununterbrochen. Dann ging das Licht an.

»Lucy! Beruhige dich!«

Nikolas versuchte ihre Hände von ihrem Kopf zu nehmen, aber sie wehrte sich, indem sie mit ihren Ellenbogen um sich schlug. Sie wollte diese Bilder loswerden. Sie wollte sie löschen und nie wiedersehen.

»Sie verschwinden nicht, wenn du sie bekämpfst«, rief Nikolas so laut, dass es wahrscheinlich das ganze Viertel gehört hatte. Aber er musste ja gegen ihre Schreie anbrüllen. Sie war hysterisch. All die Gefühle, die nicht ihr gehörten, die sie aber so deutlich fühlte, als wären es ihre eigenen, schienen langsam Überhand zu nehmen. Sie fühlte Miriams Traurigkeit immer noch so deutlich, als würde sie direkt neben ihr sitzen. Und der Traum, dieser fürchterliche Traum wollte einfach nicht aus ihrem Kopf verschwinden. Sie hatte Angst. Schreckliche Angst.

Nikolas legte jetzt einfach seine Arme um ihren Körper und presste sie ganz fest an sich. Dann ließ er seine Energie so rapide ansteigen, dass Lucy augenblicklich ruhiger wurde. Entspannung machte sich in ihr breit. Und eine angenehme Wärme. Der Schmerz und die Angst verschwanden, als hätte jemand einen Hebel in ihr umgelegt.

»Niko«, hauchte sie an seiner Brust. Ihr Körper fühlte sich taub an. Als wären all ihre Sinne überreizt.

»Ja«, flüsterte er.

»Tut mir leid.« Ihre Stimme klang erschöpft. Und ihr Körper lag kraftlos in seinen Armen. »Ich hab dich erschreckt.«

Was würde sie bloß ohne ihn tun? Wie würde sie diese Fähigkeit der Empathie aushalten, ohne seine ständige Hilfe? Es war, als gäbe es zwischen ihr und der Welt da draußen oder zwischen ihr und den Menschen gar keine Barriere mehr. Womöglich konnte sie schon die Gefühle von Tieren spüren.

»Ist schon gut«, wisperte er zurück und streichelte über ihr dunkles Haar. Es fühlte sich an wie warme Seide. Am Ansatz war es ein wenig feucht. »Willst du darüber reden?«

Sie schüttelte wild mit dem Kopf und schob die Erinnerung an den Traum ganz weit weg. Sie wollte nur wissen, ob es Miriam gut ging und ob in nächster Zeit etwas Schlimmes mit ihr passieren würde. Sie war im Moment nicht dazu in der Lage mit ihren Fähigkeiten irgendetwas Konkretes darüber herauszufinden, also schickte sie diese Fragen in Gedanken an Nikolas. Sie traute sich nicht, sie auszusprechen.

Nikolas warf still einen Blick in die Zukunft und fühlte nach, wie es Miriam ging.

»Alles in Ordnung«, sagte er. »Sie schläft. Mach dir keine Sorgen. Hilar passt auf sie auf.«

»Worauf du deine schrille Stimme verwetten kannst!«

Lucy löste sich aus der Umarmung und wandte sich zu Hilar um, der plötzlich in Shorts und T-Shirt in der Schlafzimmertür stand und lässig am Türrahmen lehnte. Offenbar hatte sie ihn mit ihrem Geschrei geweckt.

Sie reagierte auf seinen Kommentar mit einer gedanklichen Entschuldigung. Dann sagte sie sofort: »Lass sie bitte nicht aus den Augen« und sah ihn dabei bedeutsam an.

Er erwiderte ihren Blick ebenso bedeutsam und schmunzelte dann brüderlich.

»Keine Angst. Sie wird nirgendwo hingehen ohne, dass ich ihr wie ein Schatten folge.« Dann zwinkerte er und verschränkte selbstsicher die Arme vor der Brust. Lucy machte ein erleichtertes Gesicht und dankte ihm. Sie spürte genau, dass er es nicht nur wegen des Planes tat, den er mit Nikolas abgesprochen hatte. Oder weil er Nikolas unbedingt einen Gefallen tun wollte. Es war ihm ein persönliches Bedürfnis ihr zu helfen. Er mochte sie.

Lucy hatte diesen Gedanken noch nicht zu Ende gedacht, da verschwand er auch schon wieder und schloss mit einem verlegenen Lächeln die Tür hinter sich.

»Es wird alles gut, Lucy«, wisperte Nikolas und gab ihr einen Kuss auf die Schulter. »Wir lassen nicht zu, dass ihr etwas passiert.«

Obwohl Lucy innerlich wieder vollkommen ruhig war, machte sich ein Gefühl von Sorge in ihr breit. Sie konnte nicht daran glauben, dass alles gut werden würde. Es lag an Miriam, ob sie an ihrer Krankheit sterben würde oder nicht. Und wenn sie es nicht schafften ihren Lebenswillen wieder zu wecken, würde sie einfach gehen. Und Lucy würde nichts dagegen tun können. Ihr ganzer Körper wehrte sich gegen diesen Gedanken und verkrampfte sich sofort wieder. Sie spürte den inneren Kampf, den sie mit sich austrug. Die Tatsache zu akzeptieren, dass die Möglichkeit bestand, dass ihre beste Freundin …

»Es ist so schwer.« Ihre Stimme klang heiser. »So schwer, es zu akzeptieren.«

Nikolas sah sie mitfühlend an. »Ich weiß. Aber denke bitte daran, dass du etwas dagegen tun kannst. Du kannst ihr helfen. Wir alle können das. Und das werden wir auch.«

»Aber ich muss akzeptieren, dass die Möglichkeit besteht«, entgegnete sie. »Wenn sie unsere Hilfe nicht will und wir es nicht schaffen ihren Lebenswillen wieder zu wecken, dann … muss ich das akzeptieren.«

Nikolas stimmte mit einem vorsichtigen Nicken zu.

»Erinnerst du dich an die Geschichte aus meiner Kindheit?«

Lucy sah ihn überrascht an.

»Ja«, flüsterte sie. Ebenfalls vorsichtig. Sie erinnerte sich genau an die schrecklichen Gefühle, die er mit diesem Erlebnis verband.

»Ich wollte auch nicht akzeptieren, dass mein Freund gerade drohte in den Abgrund zu stürzen. Wenn es aber passiert wäre, hätte ich es akzeptieren *müssen*. Aber soweit ist es nicht gekommen.« Er hielt kurz inne und sah ihr tief in die Augen. »Und soweit ist es auch hier noch nicht. Miriam ist zwar krank und es besteht die Möglichkeit, dass sie stirbt. Aber *jetzt* ist sie am Leben und wir werden dafür sorgen, dass es auch so bleibt.«

Lucy lächelte dankbar, aber es fühlte sich an, als wären ihre Wangen aus Blei, so schwer fiel es ihr. Sie wollte all das Leid am liebsten sofort beenden. So, wie sie im Sommer ihr eigenes Leid beendet hatte. Quasi mit einem Fingerschnippen. Sie hatte einfach den Kampf abgeschaltet. Die Gewohnheit gegen alles zu kämpfen, was sie nicht mochte. Es war ihr zwar manchmal schwer gefallen etwas zu akzeptieren, das sie ihr ganzes Leben lang abgelehnt hatte, aber sie hatte es dennoch geschafft. Weil sie nicht mehr leiden wollte.

»Es sind die Kämpfe«, sagte sie jetzt. »Die Kämpfe haben sie krank gemacht, oder? So, wie sie *mich* damals krank gemacht haben.«

Nikolas antwortete ihr in Gedanken. *Die Kämpfe sind die Ursache allen Leids. Aber den meisten Menschen ist das nicht klar. Sie kämpfen, weil sie es für normal halten sich gegen Dinge aufzulehnen, die unangenehm sind. So werden sie groß. Es ist eine Gewohnheit. Eine Art und Weise das Leben zu betrachten. Miriam hat diese Kämpfe mit Verdrängung ausgefochten. Sie hat alles Leid von sich geschoben und es mit aller Kraft zugedeckt, damit sie es nicht mehr sehen musste. Und du weißt, was bei Verdrängungen geschieht.*

»Es wird nur noch schlimmer«, antwortete Lucy gedankenverloren.

Das Leid verschwindet dadurch nicht. Es brodelt unter der Oberfläche und je mehr Druck darauf ausgeübt wird, umso mehr Kraft bekommt es. Irgendwann bricht es aus und fordert Anerkennung und Akzeptanz.

»Ist sie deswegen krank? Will ihr Körper ihr damit sagen, dass sie akzeptieren soll?«

»Ich denke schon. So war es auch bei dir, Lucy.«

Sie erinnerte sich an ihre Erkenntnis, die sie gehabt hatte, als sie mit Nikolas durch Lumenia spaziert war. Sie hatte erkannt, dass sie sich ihr ganzes Leben lang gegen die Welt aufgelehnt hatte. Gegen alles Böse und Schlechte. Gegen Krieg, Hunger und Leid, gegen die Menschen, die so bösartig sein konnten, gegen Umweltverschmutzung, Geldgier … die Liste war endlos. Sie hatte sich so sehr gegen all das Negative in der Welt aufgelehnt, dass ihr Körper irgendwann auf ihre Gedanken und Gefühle reagiert und Allergien gegen die Welt ausgelöst hatte. Sie hatte buchstäblich allergisch auf die ganze Welt reagiert. Es hatte ja fast nichts mehr gegeben, wogegen sie *nicht* allergisch gewesen war. Ja, die Kämpfe hatten sie krank gemacht und ihre Symptome hatten sie regelrecht angeschrien endlich zu akzeptieren. Nikolas hatte ihr geholfen zu verstehen, dass Akzeptanz nicht bedeutete etwas zu mögen. Es hieß nur, dass man aufhörte dagegen zu kämpfen. Mehr nicht. Und als sie das getan hatte, war ihr Körper ganz von selbst geheilt.

»Was ist, wenn sie nicht aufhören kann zu kämpfen?«, fragte Lucy jetzt ängstlich. »Sieh dir doch nur ihre Familie an. Sie ist ein einziger fürchterlicher Kampf. Sie kämpfen so sehr, dass man es sich gar nicht mit ansehen kann. Jeder einzelne von ihnen. Sie sieht seit Jahren zu, wie sie sich gegenseitig zerstören. Wie soll sie das bloß akzeptieren?«

Lucy dachte an ihre eigene Familie, in der es auch reichlich Kämpfe gab. Da war ihr Bruder, der um Aufmerksamkeit und Anerkennung kämpfte und ihr Vater, der gegen ihren Bruder kämpfte, weil er nicht so war wie er ihn gerne hätte. Lucy legte abermals ihre Hände an den Kopf und kniff die Augen zu.

»Das ist zum Verrücktwerden!«, sagte sie. »Überall, wo ich hinsehe, sind Kämpfe. Warum hören nicht alle endlich damit auf?«

Nikolas nahm ihre Hände und küsste sie sanft.

»Weil sie nicht wissen, wie.«

Es war fast drei Uhr morgens, aber Lucy konnte immer noch nicht schlafen. Sie kuschelte sich an Nikolas' Brust und fragte ihn ein wenig über Lumenia aus, um sich auf andere Gedanken zu bringen. Es stellte sich heraus, dass die verschiedenen Farben der Uniformen in Lumenia unterschiedliche Tätigkeitsbereiche und Abstufungen der Gardisten symbolisierten. So gehörten die Grünuniformierten zu der Leibgarde des Kristalls. Die Weißuniformierten begleiteten Quidea, den König von Lumenia und erledigten verschiedene hoch angesehene Aufgaben in Lumenia. Sie sorgten für Ordnung und Gleichgewicht und achteten darauf, dass alles in Frieden und Harmonie blieb. Die Blauuniformierten – und bei diesen wurde Lucy hellhörig – waren dem Schutzwall von Lumenia zugeteilt. Sie achteten darauf, dass Lumenia geheim blieb, kontrollierten die Portale und wurden dafür ausgebildet eventuelle Angriffe oder Eingriffe in Lumenia abzuwehren. Es war auch die blaue Garde gewesen, die es zunächst abgelehnt hatte, dass Nikolas in Lumenia bleiben durfte. Schließlich war er aus der anderen Welt gekommen und sie waren dafür gewesen, dass er dorthin zurückgeschickt wurde.

»Letzten Endes entscheidet aber immer Quidea über solche Dinge«, erzählte Nikolas.

»Und er wollte, dass du bleibst«, schloss Lucy und gähnte ausgedehnt. Langsam wurde sie doch müde.

»Er war ziemlich beeindruckt davon, dass ich es aus eigener Kraft geschafft hatte ein Portal zu öffnen. Wie du weißt, braucht man dafür einen Schlüssel. Und der blauen Garde hat es gar nicht gefallen, dass ich ihr System überlistet habe.« Er lachte amüsiert, wobei sie die Bewegungen seiner Brust wieder wachrüttelten. »Aber mit der Zeit haben sie mich akzeptiert und wir sind jetzt gute Freunde.«

»Vermisst du sie sehr?«, fragte sie nun besorgt, hob träge den Kopf und sah ihn voller Mitgefühl an. Sie konnte nur erahnen, wie schwer es für ihn war, so weit von zu Hause weg zu sein.

Er küsste sie auf die Nase und lächelte. »Es ist nicht weit. Nur ein kleiner Sprung in einen See oder einen Fluss.«

Jetzt wurde sie noch hellhöriger. Es war ihr noch nicht ganz bewusst, aber irgendwo hinter all den Gedanken und Sorgen, die sie sich heute den ganzen Tag gemacht hatte, tüftelte sie einen Plan aus. Falls es Miriam nicht schaffte die inneren Kämpfe aufzugeben, musste sie einen Plan B haben. Sie musste ihr diese Krankheit aus dem Körper jagen, wenn sie es nicht selbst schaffte. Irgendwie.

»Muss es immer Wasser sein?«, fragte sie jetzt und zog eine Mauer um ihre gedankliche Planung, um sie vor Nikolas zu verbergen. Und obwohl sie so müde war, dass sie kaum noch die Augen offen halten konnte, gelang es ihr dieses Mal. Sie fühlte wie sich dieser Teil ihrer Gedanken nach außen hin abschottete und hinter einer dicken Wand verbarg, die aus nichts als Leere und Stille bestand. Wenn jemand also nach diesen Gedanken griff, um sie zu lesen, würde er auf etwas Leeres ohne Inhalt stoßen. Und doch war da etwas. Es war faszinierend, diesen Prozess in ihrem Kopf zu beobachten.

Nikolas antwortete mit einem langsamen »Ja«. Er spürte, dass etwas in Lucy vorging, konnte aber nicht genau deuten was es war. »Aber nur natürliches Wasser aus Seen, Flüssen oder dem Meer. Manchmal gehen auch Brunnen«, erklärte er. »Wasser ist ein Energie- und Informationsträger. Es verbindet uns direkt mit dieser Welt.«

Lucy hörte ihm so aufmerksam zu, wie sie es noch schaffte.

»Wir machen demnächst mal einen Ausflug nach Lumenia, okay? Wir müssen nur vorher deine Energie nach oben jagen. Sonst kommst du nicht durch das Portal.«

Lucy wollte ihn noch fragen was passieren konnte, wenn jemand mit niedriger Energie versuchen würde durch ein Portal zu gehen, schaffte es aber nicht mehr die Worte zu formulieren. Sie murmelte ein »Ja, gern«, und ließ sich von der Erschöpfung, die sich immer mehr in ihr ausbreitete, in den Schlaf ziehen. Sie spürte noch genau seine Fragen und seine Unsicherheit in Bezug auf ihre Neugier, aber sie hielt die Barriere, die einen Teil ihrer Gedanken vor ihm geheim hielt, aufrecht. Sie wusste, dass es Nikolas nicht gefallen würde, was sie vorhatte, also war es besser die Mauer in ihrem Kopf so lange aufrechtzuerhalten, bis sie die Sache über die Bühne gebracht hatte.

11

Plan B

Miriam stand am Fenster und beobachte, wie der Nachbar den Schnee vor seinem Haus zur Seite schaufelte. Ein Hund sprang fröhlich um ihn herum und biss immer wieder in die Schneehaufen, die von seiner Schaufel durch die Luft flogen. Es war ein lustiger Anblick. Aber Miriams Gesicht war wie versteinert. Als wäre es nicht mehr in der Lage Emotionen auszudrücken. Und wenn sie es genauer betrachtete, waren da auch gar keine Emotionen, die es hätte ausdrücken können. Sie sah diesen Hund und ihr Verstand formulierte – scheinbar aus reiner Gewohnheit – Sätze wie: »Oh, wie niedlich. Ich hätte auch gern einen Hund. Ich liebe Hunde.« Aber in ihrem Körper gab es kein Gefühl dazu. Ihr Inneres war wie ausgestorben. Leer. Völlig leer.

Als ihre Mutter die Tür öffnete und in die Küche kam, hörte sie, wie ihr Vater immer noch Ärzte aufzählte. Spezialisten. Die besten ihres Fachs und womöglich die besten des Landes. Er schrieb sie alle auf einen Zettel und notierte ihre Telefonnummern. Und dann recherchierte er weiter im Internet und rief weiterhin Namen durch den Raum. Er wollte ihr Hoffnung machen, aber Miriam wollte das alles nicht hören. Sie wollte gar nichts hören. Und sie wollte nichts mehr fühlen. Aber die Hand, die nun ihren Arm berührte, holte sie in die Wirklichkeit zurück. Sie bewegte sich nicht, sondern sah nur mit den Augen zur Seite. Ihre Mutter hielt ihr das Telefon hin.

»Wer ist das?«, fragte Miriam leise.

»Carla«, antwortete sie vorsichtig.

Jetzt sah sie doch auf und blickte ihrer Mutter fragend ins Gesicht. *Hast du's ihr etwa erzählt?*, war die Frage, die sie gerade aussprechen wollte. Aber der entschuldigende Gesichtsausdruck ihrer Mutter verriet ihr schon die Antwort.

»Ich will sie nicht sprechen«, sagte sie kalt und starrte dann wieder aus dem Fenster.

»Sie macht sich Sorgen«, erklärte ihre Mutter und hielt ihr das Telefon unter die Nase.

Und dann, als bräche ein Vulkan in ihr aus, explodierten die Gefühle in ihr. Die Stille, die vorher in ihr geherrscht hatte, verbrannte in einem Zorn, der die volle Kontrolle über ihr Denken, ihr Handeln und über ihren Körper übernahm. Sie griff nach dem Telefon, schmiss es in hohem Bogen in die Ecke und schrie es dabei so laut an, dass ihre Stimme dabei in ihrem Hals kratzte wie eine Kreissäge.

»AUF EINMAL MACHEN SICH ALLE SORGEN? Auf einmal denken alle an *mich*? Was habt ihr gedacht, als ich noch *nicht* krank war? Dachtet ihr, ich gucke mir an, wie ihr euch zerstört und es ist mir EGAL? Dachtet ihr wirklich, dass ich nicht darunter leide? Ihr egoistischen ARSCHLÖCHER!«

Dann stieß sie die Tür auf und lief weinend aus der Küche. Ihr Vater stand erschrocken im Raum und streckte die Arme nach ihr aus, aber sie lief an ihm vorbei und sprintete die Treppen hinauf, um sich in ihrem Zimmer einzuschließen. Als sie die Tür zugeschlagen hatte, schmiss sie sich auf ihr Bett und weinte. So sehr ihre Gefühle vorher verschwunden gewesen waren, kehrten sie jetzt alle mit brachialer Gewalt zu ihr zurück. Sie tobten in ihr wie ein Orkan und sie schmerzten so sehr, dass sie sie in ihr Kissen schreien musste, um sie zu ertragen.

Sie hatte ihre Familie noch nie angeschrien. Sie hatte immer Verständnis gehabt. Für jeden. Immer hatte sie Streit geschlichtet, die Familie versucht wieder zusammenzuführen und für alle Seiten immer ein offenes Ohr gehabt und Rat gegeben, Mut gemacht und Kraft gespendet. Aber was war mit ihr? War ihnen gar nicht klar, was sie *ihr* seit Jahren antaten? Sie sahen alle nur ihr eigenes Leid und gaben sich gegenseitig die Schuld daran. Wie es Miriam dabei ging, hatte niemanden interessiert. Sie war immer die Starke gewesen. Die Frohnatur, die immer lächelte und positiv dachte. Ganz im Gegensatz zu ihnen. Um Miriam hatte sich nie jemand kümmern müssen. Sie kam immer irgendwie klar. Und jetzt? Jetzt, wo sie krank war, sahen sie sie plötzlich. Erkannten, dass sie auch nur ein Mensch war und leiden konnte. Jetzt hatten sie ein schlechtes Gewissen. *Jetzt* erst.

Aber es war zu spät. Sie wollte niemanden von ihnen mehr sehen. Nie wieder. Sie hatten alles kaputtgemacht. Jahrelang hatten sie mit ihrer Wut und ihrem Hass alles zerstört, was Miriam wichtig war. Und jetzt brauchten sie nicht ankommen und ein schlechtes Gewissen haben. Wie oft hatte sie sie gebeten friedlich zu sein? Wie oft hatte sie Chrissy darum angefleht sie einmal wiedersehen zu dürfen. Oder die Kinder. Hunderte Male.

Sie war am Ende. Es war zu spät. Es war endgültig zu spät. Miriam hörte schlagartig auf zu weinen und wurde ganz ruhig, als ihr ein Gedanke kam, der alldem ein Ende setzen konnte. Sie stand von ihrem Bett auf, ging hinüber zum Schreibtisch und setzte sich hin. Dann zog sie ein Blatt Papier aus ihrem Drucker und begann einen Abschiedsbrief zu schreiben.

Lucy bemühte sich, die Barriere in ihrem Kopf aufrechtzuerhalten, als sie die Tür zum Schlafzimmer öffnete und an die Kommode heranschlich. Sie wusste nicht, warum sie überhaupt schlich. Nikolas war nicht da. Und er würde noch mindestens eine Stunde brauchen, bis er zurückkam. Sie hatte ihm eine lange Einkaufsliste gegeben. Aber aus irgendeinem Grund fiel es ihr leichter ihre Gedanken geheim zu halten, wenn sie schlich. Also schlich sie. Sie hoffte nur, dass nicht versehentlich ein kleines Bild ihres Planes aus der schützenden Mauer in ihrem Kopf herausfiel. Konnte so etwas überhaupt passieren? Vielleicht musste sie die Mauer ein bisschen höher ziehen. Und ein bisschen dicker konnte sie auch ruhig sein. Sie bastelte in ihrem Kopf einen riesigen Schutzwall um ihren Plan herum und zog dann die Schublade mit ihrer Unterwäsche auf. Warum Nikolas den Portalschlüssel gerade hier versteckt hatte, wollte sie jetzt lieber nicht analysieren. Das würde sie nur ablenken und womöglich ihre mühsam aufgebaute Mauer zu Fall bringen. Als sie aber eine rote Rose entdeckte, die quer über ihren Höschen lag, schmolz ihre Entschlossenheit augenblicklich dahin und sie lachte lautlos. Das war schon das dritte Mal, dass sie eine Rose in ihrer Unterwäsche fand. Manchmal lag auch eine Rose auf ihrem Kopfkissen, wenn sie morgens aufwachte oder auf dem Küchentisch, wenn sie nach Hause kam. Manchmal hing sie sogar in der Dusche zwischen dem Duschgel und dem Shampoo.

Sie seufzte verliebt in die Schublade hinein und streichelte über die roten Blütenblätter. Er war so süß mit seinen kleinen »Ich liebe dich«-Hinweisen. Als ihr Blick wieder auf die Höschen fiel, erinnerte sie sich an die Nacht, in der sie zum ersten Mal miteinander geschlafen hatten. Bei dem Gedanken wurden ihr sofort die Knie weich und ihre Glücksgefühle explodierten in ihr wie ein buntes Feuerwerk. Sie bekam wieder dasselbe Bauchkribbeln wie in dieser Nacht und ihr Herz polterte los, als würde sie gerade noch einmal erleben, wie er seine Hände sanft über ihren Körper …

»Aufhören!«, sagte sie zu sich und schüttelte ihren hitzigen Kopf wild hin und her, um den Gedanken abzuschütteln. Dann nahm sie einen tiefen Atemzug und schob die Unterwäsche beiseite, um den Schlüssel zu suchen. Sie hatte jetzt keine Zeit in heißen Erinnerungen zu schwelgen. Obwohl es ihrem Energieniveau zugutekommen würde, wenn sie es tat. Schließlich musste sie ihre Energie noch um ein Vielfaches anheben, bevor sie ihren Plan in die Tat umsetzen konnte. Sie wusste nicht, ob sie es innerhalb einer Stunde schaffen würde, aber sie konnte sich noch ungefähr daran erinnern, wie hoch die Energie in ihr war, als sie den Splitter in sich getragen hatte. Bis dahin musste sie kommen. Mindestens. Sie spürte einmal kurz nach, wie es Miriam ging und konzentrierte sich dann wieder auf ihre eigenen Gefühle, als sie erkannte, dass von Miriam eine zwar seltsame aber angenehme Ruhe ausging. Wahrscheinlich war Hilar gerade bei ihr.

Sie ließ die Erinnerungen noch einmal vor ihrem geistigen Auge entstehen und steigerte sich in das kribbelige Gefühl hinein, das damit in ihr aufkam. Sie konzentrierte sich so sehr darauf, dass ihr dabei ganz heiß wurde und sie automatisch so breit grinsen musste, dass es fast wehtat. Währenddessen wühlte sie weiter in ihrer Unterwäsche. Dann endlich entdeckte sie den Schlüssel. Er lag ganz hinten in der linken Ecke der Schublade. Sie hatte ihn noch nie in der Hand gehabt. Nikolas hatte ihn gleich weggelegt, als er plötzlich wieder aufgetaucht war und seit dem hatte sie auch nicht mehr daran gedacht.

Für einen Stein, der von seinem Aussehen her aus Marmor zu sein schien, war er ganz schön leicht. Lucy wiegte ihn abschätzend in der Hand und betrachtete dabei das Glas, das in der Mitte eingefasst war. Es war zwar durchsichtig, schimmerte aber in den verschiedensten Regenbogenfarben, wenn man den Stein hin und her bewegte. Er war auch merkwürdig warm. Als hätte er auf einer Wärmflasche gelegen oder auf einem elektrischen Gerät. Lucy versuchte nicht das Glas zu berühren, als sie ihn in die Hosentasche steckte. Sie wusste, dass man ihn durch eine solche Berührung aktivierte. Schnell schob sie die

Schublade zu, lief hinunter, schnappte sich ihre Jacke und eilte aus dem Haus.

Es war eisig kalt. Und es schneite schon wieder. Dicke, flauschige Schneeflocken schwebten vom Himmel und legten sich leise auf die weißen Straßen und die Dächer der Autos und Häuser. Lucy seufzte missmutig, als sie den Weg hinunter ging, um zur Hauptstraße zu gelangen. Sie wollte lieber nicht zu sehr darüber nachdenken, dass heute Weihnachten war. Weiße Weihnachten. Seit Jahren hatte es an Heiligabend keinen Schnee mehr gegeben. Und dieses Jahr, gerade heute, schneite es die schönsten Schneeflocken, die man sich vorstellen konnte. Dennoch hatte sie sich Weihnachten irgendwie anders vorgestellt. Sie wollte mit den Menschen zusammen sein, die sie liebte und ein friedliches und glückliches Fest feiern. So, wie sie es sich immer gewünscht hatte. Aber stattdessen lief sie jetzt allein durch die Straßen, um in einen halb zugefrorenen Fluss zu springen. Es war riskant, ja, geradezu lebensmüde einen solchen Sprung ohne Nikolas zu wagen. Ohne ihm zumindest Bescheid gesagt zu haben. Wenn es nicht funktionierte und sie im eiskalten, reißenden Gewässer landete, würde er sie so wenigstens noch retten können. Aber er hatte keine Ahnung von ihrem Plan. Langsam zweifelte sie daran, ob es wirklich eine so gute Idee war, auf eigene Faust nach Lumenia zu reisen. Was, wenn ihre Energie nicht ausreichte? Was würde dann passieren? Würde sie zwischen den Welten landen? Irgendwo im Nichts? Vielleicht sollte sie umkehren und doch Nikolas oder Hilar darum bitten einen Splitter für Miriam aus Lumenia zu holen. Vielleicht konnte sie sie dazu überreden.

Viel zu schnell war sie aber am Flussufer angekommen und blickte ängstlich in das teilweise von dünnem Eis bedeckte Wasser. Es strömte unruhig und erschreckend kräftig flussabwärts aus der Stadt hinaus. Würde Nikolas sie finden, wenn sie hinein fiel und von der Strömung mitgerissen wurde?

Lucy schauderte bei dem Gedanken mit den kalten Fluten in Berührung zu kommen. Aber dann riss sie sich schnell zusammen und rief sich in Erinnerung, warum sie hergekommen war. Sie brauchte einen Plan B. Sie konnte nicht einfach dastehen und ihrer besten Freundin beim Sterben zusehen. Sie musste etwas unternehmen, denn sie befürchtete, dass es Miriam nicht schaffen würde, ihre Kämpfe aufzugeben.

Voller Entschlossenheit trat sie jetzt an den Rand des Flussufers. Dann atmete sie tief ein, schloss die Augen und erinnerte sich an das Gefühl, das der Kristallsplitter im Sommer in ihrem Körper ausgelöst hatte. Es war ein warmes, kribbeliges Bauchgefühl gewesen. Ein ständiges, energetisches Surren, das ihr wie in Wellen manchmal die Wirbelsäule hinauf gekrochen war und ihren ganzen Körper durchzogen hatte. Sie versuchte das Gefühl in ihrem Bauch entstehen zu lassen und atmete ein paar Mal ganz tief ein, wobei sie ihren Bauch weit ausstreckte und dann beim Ausatmen ganz tief einzog. Nach ein paar Atemzügen fühlte sie ein zaghaftes Brummen hinter ihrem Bauchnabel. Sie atmete weiter die kalte Luft ein und ließ das Gefühl stärker werden. Dann nahm sie noch das Glücksgefühl hinzu, das sie gerade noch gespürt hatte, als sie an die erste gemeinsame Nacht mit Nikolas gedacht hatte. Es kribbelte jetzt so heftig in ihrem Magen, dass sie leise kichern musste. Dann nahm sie dieses Gefühl und die surrende Energie in ihrem Bauch und zog sie mit einem tiefen Atemzug nach oben. Sie stellte sich vor, wie die Energie ihre Wirbelsäule hinauf stieg und sich dann von dort aus in ihrem ganzen Körper ausbreitete. Dann nahm sie den nächsten Atemzug und sog, als würde sie an einem Strohhalm saugen, die nächste Energiewelle nach oben. Und tatsächlich fühlte sich ihre Wirbelsäule wie ein Strohhalm an, in dem die Energie aus ihrem Bauch nach oben stieg und sich dann von oben in ihrem ganzen Körper ergoss. Nach etwa zehn solcher Atemzüge war sie ganz benebelt vor Glücksgefühlen und Energie. So ähnlich hatte es sich auch im Sommer angefühlt.

Mit geschlossenen Augen griff sie jetzt in ihre Hosentasche und zog den Schlüssel heraus. Er fühlte sich plötzlich ganz heiß an. Sie suchte mit dem Daumen das Kristallstück in der Mitte und strich sanft darüber, so wie sie es damals bei Alea gesehen hatte. Dann öffnete sie die Augen und zögerte keine Sekunde mehr. Sie ging in die Knie und sprang so weit sie konnte in den Fluss. Als sie mitten in der Luft war, sah sie aber plötzlich jemanden am anderen Ufer stehen. Es war nur der Bruchteil einer Sekunde, bevor ein gleißendes Licht aus allen Richtungen auf sie zuschoss und sie vollkommen einhüllte. Aber sie erkannte genau sein Gesicht und das bösartige Grinsen. Es war Marius.

Ihre Energie sackte sofort ab und Panik stieg in ihr auf. Dann spürte sie ein Stechen am ganzen Körper. War es kalt um sie herum? Oder war es heiß? Sie konnte es nicht sagen. Es brannte wie Feuer und stach gleichzeitig wie eisiges Wasser. Sie konnte nichts mehr sehen. Alles war gleißend hell und in ihren Ohren ertönte ein so lautes Rauschen, dass sie glaubte ihr würde gleich der Kopf explodieren. Es drückte und schmerzte und irgendetwas stieß heftig gegen ihren Arm. Sie schrie vor Schmerz. Und dann – sie hatte das Gefühl, als sei nicht einmal eine Sekunde vergangen – wurde ihr schwarz vor Augen und sie verlor das Bewusstsein.

12

Ein schwieriger Sprung

Ich hab euch lieb.

Miri

Das war alles, was in dem Brief stand. Aber es lagen mindestens noch 20 weitere Briefe auf dem Fußboden. Alle vollgeschrieben und dann zerknüllt oder zerrissen. Hilar hob schnell den Papiermüll auf und steckte ihn in den Papierkorb. Dann nahm er einen Stift von Miriams Schreibtisch und schrieb so gut er konnte in ihrer Schrift die Worte:

Ich feiere bei Lucy.

auf ihren Abschiedsbrief und legte ihn gut sichtbar auf den Schreibtisch. Dann sprang er leichtfüßig aus dem geöffneten Fenster, durch das er zuvor in ihr Zimmer geklettert war. Warum hatte er bloß ihr Vorhaben nicht gespürt? Und wieso hatte er nichts davon in ihren Gedanken gesehen? Er hätte doch spüren müssen, dass sie verzweifelt versuchte die richtigen Worte für einen Abschiedsbrief zu finden. Und er hätte auch sehen müssen, was sie vorhatte. Schwächelte seine Intuition etwa? So wie bei Nikolas damals? Nein. Er schüttelte mit dem Kopf und warf diesen Gedanken schnell ab. Er würde es nicht zulassen, dass ihn seine Kräfte verließen. Er würde nicht denselben Fehler machen wie Nikolas. Niemals.

Schnell schloss er die Augen und konzentrierte sich auf Miriam, um zu erspüren wo sie sich befand. Zuerst sah er nur schmutzige Gehwege voller Schneematsch vor sich und ein paar leere, parkende Autos. Ihre Gedanken waren undeutlich. Nur Bruchstücke und Fetzen die er nicht deuten konnte. Aus ihrem Kopf schien nichts weiter zu kommen, als einzelne Buchstaben, aus denen ein Satz oder ein Hinweis zu bilden schier unmöglich war. Dann schien sie aber den Kopf zu heben, denn er sah ein paar Hochhäuser. Als er schließlich auch einige Geschäfte entdeckte, die ihm bekannt vorkamen, rannte er sofort los.

Entweder sie wusste selbst nicht, wohin sie ging oder sie hatte eine wirksame Methode gefunden, ihre Gedanken zu verbergen. Es war jetzt noch viel schwieriger in ihren Kopf vorzudringen, als an dem Abend an dem er sie das erste Mal gesehen hatte. Sie schien irgendetwas mit ihren Gedanken zu tun, das es einem unmöglich machte, sie zu deuten. Er versuchte immer wieder Hinweise in ihrem Kopf zu finden. Hinweise darauf, was sie dachte. Aber es war ein einziges Chaos, das ihm entgegen kam. Und auch ihre Gefühle schien sie hinter einer Mauer versteckt zu haben. Er konnte sich nur auf seine Intuition verlassen, die ihn glücklicherweise sehr zuverlässig durch die leeren Straßen führte. Er ließ sich zwar nicht von den Festlichkeiten – die hinter den Türen der Häuser, an denen er vorbei lief, stattfanden – ablenken, aber er spürte die Emotionen der Menschen dahinter. Die Liebe und die Freude, die sie empfanden. Und auch Gerüche von festlichen Mahlzeiten lagen in der frischen Winterluft, die er – schnell wie ein Blitz – geradezu zerschnitt. Manchmal, wenn er sich sicher war, dass ihn niemand sah, machte er einen großen Sprint von mindestens fünf oder sechs Metern. Es war leicht für ihn, die Gravitation außer Kraft zu setzen. Genauso leicht, wie das Einbiegen in eine scharfe Kurve, ohne dabei auf dem matschigen Schnee auszurutschen. Er trat dabei auf die Luft, wie auf einen Stein. Stützte sich von ihr ab und machte den nächsten Sprint. Er musste bereits schneller als einer dieser Schnellzüge in dieser Welt sein. Wenn ihn in dieser Geschwindigkeit jemand sah, würde er nur einen vorbeiziehenden Schatten bemerken und ihn für eine Sinnestäuschung halten. Für die Menschen in dieser Welt existierten Dinge, die sie sich nicht erklären konnten, einfach nicht. Sie blendeten sie einfach aus. Dieses Denken konnte er zwar nicht nachvollziehen, aber jetzt in diesem Moment kam es ihm sehr zugute.

Während er auf die Innenstadt zuschnellte erreichten ihn plötzlich Gedanken von Nikolas. Er schien in Panik zu sein. Und das war mehr als unnatürlich. Nikolas war niemals in Panik. Er war die Ruhe in Person. Immer selbstsicher und vollkommen bewusst darüber was sich um ihn herum abspielte. Man konnte ihn niemals mit irgendetwas aus der Fassung bringen. Er wusste einfach alles schon vorher, kannte die Zusammenhänge und sah meist auch schon die Lösung und den Ausgang der Situation. Aber jetzt peinigte ihn ein Gefühl von Angst. Er rief immer wieder nach Lucy, aber sie antwortete ihm nicht. Hilar warf einen Blick auf die Situation und sah wie Nikolas wie vom Teufel gejagt durch die Straßen fuhr. Er sah einen Fluss vor sich. Ein reißendes, kaltes Gewässer und Lucy, wie sie mitten hinein sprang. Hilar flog vor Schreck fast über seine eigenen Füße. Er versuchte ebenfalls mit seinen Gedanken zu Lucy vorzudringen, aber sie antwortete auch ihm nicht. Sie schien gar nicht *da* zu sein. Wie war das möglich? Nikolas wusste nicht ob die Szene, die er immer wieder vor sich sah, schon geschehen war oder erst noch stattfinden würde. Er konnte kein konkretes Gefühl dazu empfangen, weil Lucy einfach nicht zu greifen war.

Was ist los?, fragte Hilar.

Nach ein paar stillen Sekunden erklang Nikolas' panische Stimme in seinem Kopf.

Ich weiß es nicht. Verdammt, ich weiß es nicht! Wie kann ich es nicht wissen? Das ist nicht möglich!

Ruhig, Alter! Sie muss eine Mauer aufgebaut haben, damit wir nicht sehen was sie tut, dachte Hilar.

Dann war es wieder still. Hilar beobachtete in seinem Kopf, wie Nikolas ins Haus stürmte, die Treppe hinauf lief und die Schublade einer Kommode aufriss. Dann durchwühlte er Lucys Unterwäsche.

Äh, Niko? Was...

Sie hat den Schlüssel, dachte Nikolas und brüllte ein wütendes »Verdammt!« hinterher.

Hilar spürte, dass er nicht auf Lucy wütend war, sondern auf sich selbst. Weil er ihr die Sache mit dem Portal nicht genauer erklärt hatte. Und auch, weil er auf ihren Wunsch, einen Kristallsplitter aus Lumenia zu holen, um Miriam damit das Leben zu retten, nicht genauer eingegangen war. Er hatte ihren Gedanken nur als unmöglich abgetan und keine weitere Diskussion zugelassen. Weil er geglaubt hatte, dass ihr die Konsequenzen dieses Plans klar waren. Warum hatte er ihr nicht zugehört? Warum hatte er nicht mit ihr darüber geredet? *Verdammt!,* erklang es wieder in Hilars Kopf.

Sie will einen Splitter holen?, fragte Hilar erstaunt und rannte dabei die Einkaufsmeile hinunter, bis er an einem sehr hohen Gebäude ankam. Es war ein Bürokomplex. Miriams Arbeitsplatz. Er spürte, dass sie sich irgendwo darin befand, also lief er hinein – es war glücklicherweise offen – und suchte eilig das Treppenhaus.

Sie wollte Quidea darum bitten, um Miriam damit zu heilen, dachte Nikolas, als er wieder ins Auto stieg.

Hilar dachte sofort an die Gefahr, die bestand, wenn jemand versuchte mit unzureichendem Energieniveau durch ein Portal zu kommen, wollte diesen Gedanken aber nicht an Nikolas weiterleiten. Aber er hatte ihn schon mitbekommen.

Es war jetzt still in seinem Kopf und Hilar spürte, dass er mit den Tränen kämpfte, während er erneut durch die Straßen bretterte. Er wusste nicht, was mit Lucy passiert war. Ob sie es geschafft hatte durch das Portal zu kommen oder ob sie … Er wollte nicht daran denken, aber er wusste genau, dass einen die hohe Energie in Lumenia zerreißen konnte, wenn man nicht mit ihr in Resonanz war. Das war eine Schutzvorrichtung der blauen Garde, um zu verhindern, dass jemand Lumenia betrat, der dieses Landes nicht *würdig* war.

Hol Miriam und komm zum Fluss. Wir müssen nach Lumenia.

Hilar nickte innerlich, sprang die letzten Stufen hinauf und stieß eine schwere Metalltür auf, die direkt zum Dach des Gebäudes führte.

Miriam stand schon an der Kante und starrte in den Himmel. Ihr hellbraunes Haar wehte hektisch im eisigen Wind und schwängerte die kalte Luft mit einem honigsüßen Duft. Hilar atmete ihn tief ein und schritt langsam auf sie zu.

»Du musst mit mir kommen. Jetzt!«

Sie drehte sich so schnell um, dass sie fast stolperte. Hilars Herz wäre ihm dabei fast stehengeblieben. Aber im nächsten Moment machte er sich klar, dass er viel schneller sein würde als sie. Er würde sie auffangen, noch bevor sie überhaupt registrierte, dass sie gefallen war.

»Was machst du hier? Woher weißt du...« Sie hielt inne und zog kurz die Augenbrauen hoch. »Ah«, machte sie. »Schon klar.« Dann drehte sie sich wieder um. »Bitte geh.«

»Nur, damit du's weißt«, sagte Hilar mit fester Stimme, »wenn du da 'runter springst, springe ich hinterher.«

Ihr Kopf drehte sich halb zu ihm um und er erkannte, dass sie die Stirn runzelte.

»Du bist ja verrückt«, murmelte sie.

»Mag sein. Aber egal was du anstellst, ich werde da sein und es verhindern. Du wirst also niemals dazu kommen.« Er klang härter, als er es wollte. Aber es machte ihn traurig und auch wütend, dass sie einfach alles beenden wollte und dabei gar nicht an die Menschen dachte, die sie zurückließ. Sich selbst schloss er dabei nicht aus.

»Bitte lass mich in Ruhe. Du verstehst das nicht.«

Jetzt stellte er sich neben sie und sah sie eindringlich an.

»Ich verstehe nicht?«, fragte er und zog dabei wütend die Augenbrauen zusammen. »Ist das dein Ernst?«

Eine Träne rollte ihr langsam über die Wange, als sie den Kopf langsam zu ihm umdrehte und ihn verzweifelt ansah.

»Du kannst vielleicht meine Gefühle spüren und meine Gedanken lesen, Hilar, aber du lebst nicht mein Leben. Du weißt nicht wie es ist, wenn sich die Menschen, die du liebst, selbst zerstören und es ihnen ganz egal ist, wie es dir dabei geht.«

Hilars Gesichtszüge entspannten sich und er sah ihr jetzt voller Mitgefühl in ihre graugrünen Augen, die sich immer wieder mit Tränen füllten.

»Wiederhole das«, sagte er. »Und dann sieh dir an, was du gerade tust.«

Als sie ihn aber nur irritiert anblickte, sagte er: »Du bist im Begriff dich selbst zu zerstören und es ist dir ganz egal, wie es uns dabei geht. Den Menschen, die du zurücklässt und die dich lieben.«

Sie erstarrte. Und Hilar erstarrte ebenfalls. Hatte er ihr gerade gesagt, dass er sie liebte? Nervös wich er ihrem Blick aus und ging sich mit einer Hand durch sein stoppeliges Haar. Dann räusperte er sich mehrmals, atmete tief ein und fuhr fort. »Tust du das aus Rache?«

»Nein!«, sagte sie sofort. »Ich … ich kann nur nicht … ich weiß nicht, wie …« Sie war völlig wirr und sichtlich nervös. Ihre Wangen waren plötzlich ganz rosig und ihr Herz hämmerte wie ein Presslufthammer gegen ihren Brustkorb.

»Genauso geht es deiner Familie, Miri. Sie wissen nicht, *wie*. Aber lass uns später darüber reden. Du musst jetzt mit mir kommen. Lucy ist in großen Schwierigkeiten.«

Miriam riss ihre Augen so weit auf, dass die kalte Luft in ihnen wie tausend Nadelstiche schmerzte.

»Was ist mit ihr?« Sie schrie fast, so besorgt war sie plötzlich.

»Sie hatte vor, auf eigene Faust einen Kristallsplitter aus Lumenia zu holen, um dich damit zu heilen. Und wir wissen nicht, ob sie das Portal überlebt hat.«

Die Worte, die aus Hilars Mund gekommen waren, und deren erschreckende Bedeutung, drangen nur ganz langsam zu Miriams Verstand vor. Sie wollte nicht glauben, was sie da hörte. Und vielleicht wollte sie es deswegen nicht glauben, weil sie die Schuldgefühle dann nicht aushalten würde. Nein, sie würde sie nicht nur *nicht aushalten*, sie würden sie innerlich zerfressen. Ihr Leben lang. Lucy hatte sich ihretwegen in Gefahr begeben. *Ihretwegen*. Um sie wieder gesund zu machen. Und *sie* hatte nichts Anderes im Kopf gehabt, als sich umzubringen. Sie hätte sich in diesem Moment ins Gesicht spucken können.

»Was meinst du mit, *ihr wisst nicht, ob sie es überlebt hat*? Wo ist sie?«, fragte sie so ruhig, wie sie es schaffte. Aber ihre Stimme überschlug sich dabei mehrmals und klang so klirrend wie dünnes Glas, das zusammenschlug.

»Das müssen wir herausfinden. Nikolas wartet am Portal auf uns. Wir müssen nach Lumenia, um zu sehen, ob sie es geschafft hat. Komm.«

Er legte jetzt einfach ihren Arm um seinen Nacken, hob sie hoch und stellte sich an die Kante des Gebäudes.

»Halt dich gut fest«, sagte er, festigte seinen Griff um ihre Beine und ihren Oberkörper und stieß sich mit aller Kraft von dem Gebäude ab.

13

Paco

Lucy sah zunächst nichts. Das weiße Licht schien sie immer noch wie ein Schleier zu umgeben. Aber irgendjemand trug sie. Jemand, der sich nett anfühlte. Und warm. Voller Energie, Lebendigkeit und Liebe. Sie fühlte sich wohl. Und geborgen.

Um sie herum ertönte wirres Gerede. Flüstern. Tuscheln. Aber es war kein böses Tuscheln. Es klang neugierig und auch ein wenig besorgt.

»Ins Zentrum!«, rief jemand von weiter hinten. Sie kannte die Stimme. Es war die raue Stimme eines älteren Mannes, dem sie zuvor schon einmal begegnet war. War das Quidea? Weil sie sich am Nacken ihres Retters festhielt, spürte sie, wie er nickte. Hatte das Nicken ihr gegolten? Oder der Stimme?

»Lucy?«

Ja, diese Stimme kannte sie auch. Sie war sanft und gefühlvoll.

»Du musst jetzt deine Energie hochhalten, hörst du? Du musst sie so hoch wie möglich halten, sonst reißt es dich wieder hier heraus.«

»Paco?«, sagte sie und tastete mit einer Hand sein Haar und sein Gesicht ab. Es war schrecklich nichts sehen zu können.

»Ja«, sagte er. »Ich bringe dich ins Zentrum. Du hast ganz schön was abbekommen.«

Lucy versuchte nachzufühlen, was mit ihr nicht stimmte, aber sie spürte kaum etwas. Ihr Körper fühlte sich taub ab. Als wäre er halb erfroren.

»Was ist passiert?«, fragte sie.

»Du bist mitten in unsere Weihnachtsfeier geplatzt«, erzählte Paco und lachte. »Du bist vom Himmel gefallen. So wie Nikolas damals. Allerdings war der Tannenbaum im Weg und du hast dich am Arm verletzt.«

»Ich bin in euren Tannenbaum gefallen?«, rief sie bestürzt. Das konnte auch nur ihr passieren. »Kannst du dich bei deinen Leuten für mich entschuldigen? Ich wollte eure Familienfeier nicht stören.«

Jetzt lachte Paco wieder und drückte sie kurz an sich, so als wollte er sie wie einen Teddybär knuddeln.

»Dann müsste ich dich vor der ganzen Stadt entschuldigen. Wir verlassen gerade den Marktplatz.«

Lucy riss die Augen ganz weit auf, konnte aber trotzdem nichts als weißes Licht sehen.

»Ich bin vor der ganzen Stadt in einen Weihnachtsbaum gefallen?« Sie hätte sich am liebsten mit der flachen Hand vor den Kopf geschlagen, spürte aber einen stechenden Schmerz, als sie ihren Arm bewegen wollte. Was für ein peinlicher Auftritt.

»Nicht in *einen* Weihnachtsbaum. Ich *den* Weihnachtsbaum«, lachte er weiter. »Der ist ganz schön gigantisch.«

Offensichtlich machte es ihm Spaß, sie damit aufzuziehen. Er amüsierte sich köstlich und Lucy konnte es ihm nicht einmal verdenken. Es musste irre dämlich ausgesehen haben, wie sie da vom Himmel gefallen war und den Baum umarmt hatte. Hoffentlich stand er noch.

»Ja, keine Sorge. Die Leute haben schnell reagiert und ihn aufgerichtet, noch bevor er in die Menge stürzen konnte.«

»Ist ja gut«, sagte Lucy peinlich berührt. »Tut mir ja leid.«

Paco lachte wieder. »Ist doch nur Spaß. Unglücke passieren hier normalerweise nicht. Dafür sind die Menschen hier zu mächtig. Also mach dir keine Gedanken. Es ist alles gut.«

Lucy spürte jetzt wie es um sie herum wärmer wurde.

»Wo sind wir jetzt?«

»Wir gehen gerade in das Gebäude. Alea und eine ... in deiner Welt sagt man Ärztin, oder? Na, jedenfalls werden sie sich um dich kümmern.«

Ein seltsamer Unterton lag bei dem Wort *Ärztin* in seiner Stimme. Und das lag nicht daran, dass er das Wort nicht häufig benutzte oder weil es generell in Lumenia nicht verwendet wurde. Seine Stimme hatte fast schmerzverzerrt geklungen, als er das Wort ausgesprochen hatte.

Lucy hörte jetzt Schritte mehrerer Personen. Sie quietschten auf dem glatten Fußboden. Es war verwirrend, dass sie gar keine Gedanken hören konnte. War ihre Fähigkeit durch den Sturz vorübergehend verlorengegangen?

Nein, mit deiner Fähigkeit ist alles in Ordnung. Wir haben es uns nur angewöhnt unsere Gedanken hin und wieder zu verbergen. Es muss ja nicht immer jeder alles wissen, nicht wahr?

»Alea!«, rief Lucy und riss den Kopf hin und her, als könnte sie auf diese Weise herausfinden, wo sie war. Dann stupste jemand neckisch mit dem Finger ihre Nase an.

»Hey, Lucy«, sagte sie und lachte. »Schön, dich wiederzusehen.«

Lucy war so froh ihre Stimme zu hören, dass sie fast weinte. Sie wusste selbst nicht wieso. Sie sah in Alea so etwas wie eine große Schwester, zu der man aufblickte und die man bewunderte, weil sie genauso war, wie man selbst gern sein wollte. Es war auch Alea gewesen, die sie im Kopf gehabt hatte, als sie den Plan mit dem Kristall ausgeheckt hatte. Sie wollte zuerst *sie* fragen, denn sie hatte das Gefühl, dass sie ihr helfen würde. Erst dann wäre sie mit ihrem Anliegen zu Quidea gegangen. Schließlich konnte man doch nicht einfach so zu einem König gehen und mal kurz um etwas bitten. Das musste man geschickt anstellen.

Alea kicherte und Lucy spürte auch Paco über ihre Gedanken schmunzeln. Aber sehen konnte sie immer noch nichts.

»Bin ich jetzt für immer blind?«, fragte sie ängstlich, als sie spürte, wie Paco sie auf etwas Weiches legte. Bei der Bewegung schmerzte ihr Arm so sehr, dass sie die Zähne zusammenbeißen musste, um nicht zu schreien.

»Nein«, sagte Alea sanft. »Denkst du, das würde ich zulassen? Außerdem würde Nikolas dann durchdrehen.« Jetzt lachten alle im Raum und Lucy hörte eine weitere Stimme. Diese war ihr aber fremd.

»Ist noch jemand hier?«

»Ja, ich. Mein Name ist Linn. Ich werde mich um deine Verletzungen kümmern. Alea wird mir dabei helfen.«

Betretenes Schweigen legte sich jetzt auf ihre Münder und eine seltsame Spannung breitete sich plötzlich im Raum aus. Lucy bewegte irritiert den Kopf hin und her, hörte, wie einer von ihnen näher an das Bett heran schritt und ein anderer sich rasch entfernte. Was hätte sie jetzt darum gegeben, zu sehen, was sich hier abspielte. Irgendetwas ging hier vor sich. Sie versuchte die Gefühle der Anwesenden zu erspüren, aber es fiel ihr ungewohnt schwer. War ihre Empathie in Lumenia vielleicht nicht so stark ausgeprägt, wie in ihrer Welt? Oder verbargen sie nicht nur ihre Gedanken, sondern auch ihre Gefühle vor ihr? Niemand von ihnen ging auf ihre Fragen ein. Sie spürte nur, wie zwei warme Hände ihren schmerzenden Arm berührten.

»Lucy?« Das war wieder Paco. »Denk daran, was ich dir gesagt habe.« Seine Stimme klang jetzt nicht mehr so fröhlich wie vorher. Sie hörte sich eher traurig und irgendwie mechanisch an. »Du musst deine Energie hochhalten.«

Lucy nickte und suchte einen schönen Gedanken. Als ihr Nikolas in den Sinn kam, flatterten erneut Schmetterlinge in ihrem Bauch umher und sie musste automatisch lächeln. In dieses Gefühl steigerte sie sich jetzt so gut sie konnte hinein, ließ zu, dass es sich in ihrem Körper ausbreitete und machte zusätzlich noch einmal die Übung, die sie am Flussufer gemacht hatte, um ihr Energieniveau anzuheben. Währenddessen spürte sie, wie etwas sehr Warmes auf ihren verletzten Arm strahlte. Die Hand, die sie an ihrem Handgelenk spürte, wurde nun ganz heiß und es fühlte sich an, als würde diese Hitze in ihren Arm fließen und durch ihre Knochen nach oben bis zu ihrer Schulter steigen. Dann flammten die Schmerzen noch einmal kurz auf und einen Moment später fing es an der Stelle heftig an zu jucken. Nebenbei stieg die Energie in diesem Raum so sehr an, dass Lucy regelrecht spürte, wie sie mit hinauf gezogen wurde. Ihr ganzer Körper wurde so leicht wie Luft und schwebte in einem Zustand völliger Entspannung. All ihre Muskeln wurden weich wie Butter und ihr wurde so angenehm warm, dass sie allmählich schläfrig wurde und ihr die Augen zufielen. Sie ließ ihren Kopf erschöpft zur Seite fallen und wollte sich gerade in diesen angenehmen Schlaf fallen lassen, als sie auf einmal etwas spürte. Etwas, das nicht zu ihr gehörte. Es war ein Gefühl, das von jemandem in diesem Raum ausging. Sie spürte es viel zu deutlich, als dass sie es hätte ignorieren können. Sie öffnete wieder die Augen und sah nun schemenhaft Umrisse von Möbeln. Zu ihrer Linken stand jemand Großes. Das musste Paco sein. Er stand aber mit mehreren Schritten Abstand zu ihr. Dann drehte sie den Kopf zur anderen Seite und sah zwei weitere Personen. Sie erkannte sofort Aleas wallendes rot-blondes Haar. Sie war es, die Lucys Handgelenk berührte. Linn stand direkt neben Lucys Kopf und hielt ihre beiden Hände über ihren verletzten Arm. Von ihr ging auch dieses Gefühl aus. Ein starkes Gefühl. So gewaltig, dass Lucy von der Intensität fast die Luft weg blieb. Es war Sehnsucht. Und Liebe. Tiefe, innige Liebe. So warm und sanft und gleichzeitig so hitzig und leidenschaftlich, dass Lucy errötete. Sie zwinkerte ein paar Mal, wodurch sich die Bilder langsam schärften. Dann drangen noch mehr Gefühle an sie heran. Wut und Traurigkeit. Und noch mehr Liebe. Diese Gefühle gingen von Paco aus. Lucy sah ihn an. Er stand da hinten mit gesenktem Kopf und hatte die Hände in den Hosentaschen zu Fäusten geballt.

Mit diesen Gefühlen war die Stille in diesem Raum geradezu ohrenbetäubend. Lucy wandte sich jetzt zu Alea um, die sie aber nur fröhlich anlächelte und ihr zuzwinkerte. Sie fragte sich, ob sie in Gedanken mit Alea reden konnte, ohne, dass die anderen beiden etwas davon mitbekamen.

Das geht, dachte Alea. *Du musst dir nur eine Art Tunnel zwischen uns vorstellen. Eine Verbindung, die alle anderen ausschließt. So, als würden wir beide in dem Tunnel stehen und ungestört reden. Und jeder, der außerhalb dieses Tunnels steht, bekommt nichts mit. Versuch's mal.*

Lucy tat was sie sagte und schickte die Worte - *Haben die beiden das jetzt mitbekommen?* - durch den Tunnel an Alea.

Nein, sagte diese und lächelte. *Ich habe eben schon durch diesen Tunnel mit dir gesprochen.*

Lucy wandte nun den Blick von Alea ab, damit Paco und Linn nicht mitbekamen, dass sie sich heimlich unterhielten. Dann stellte sie endlich ihre Frage:

Was ist mit den beiden? Haben sie Streit?

Von Alea ging jetzt ein Gefühl der Überraschung aus, aber sie ließ es sich nicht anmerken. *Was meinst du? Kannst du etwa ihre Gedanken hören?*

Lucy schüttelte in Gedanken mit dem Kopf. *Nein, aber ich nehme ihre Gefühle war. Sie lieben sich. Aber Paco ist todtraurig.*

Jetzt zeigte sich in Aleas Gesicht fassungslose Verwirrtheit.

Moment, dachte sie. *Du spürst ihre Gefühle?*

Lucy nickte kaum merklich. *Ja. Ich glaube ich bin verflucht. Ich kann Gefühle von anderen Menschen so deutlich fühlen, als wären sie meine eigenen. Und es wird immer schlimmer.*

Das kann nicht sein, dachte Alea und sah Lucy dabei mit großen Augen an.

Lucy erwiderte ihren Blick fragend und jetzt schienen Linn und Paco doch etwas mitbekommen zu haben. Sie sahen von einem zum anderen und machten verwirrte Gesichter. Lucy wandte schnell ihren Blick ab, merkte aber, dass Alea sie immer noch anstarrte. Dann nahm Linn ihre Hände weg und zwitscherte ein fröhliches »So, erledigt!«

Lucy begutachtete ihren Arm, bewegte ihn auf und ab und seufzte erleichtert. Es tat überhaupt nicht mehr weh.

»Danke!«, sagte sie zu den beiden Frauen, ließ ihren Blick aber ein wenig länger auf Alea ruhen, weil sie hoffte noch eine gedankliche Erklärung zu bekommen. Aber es kam nichts mehr von ihr. Als Linn sich dann verabschiedete und den Raum verließ, schien sich die Spannung zu lösen und Paco trat wieder näher an das Bett heran, von dem er vorher einen übertrieben großen Abstand genommen hatte.

»Lucy« Alea stützte sich nun mit beiden Händen auf dem Bett ab, wobei ihr langes Haar die Bettdecke streichelte. »Sag Paco bitte, was du mir gerade gesagt hast.«

Lucy dachte sich nichts weiter dabei und wiederholte zusammenfassend, dass sie fremde Gefühle spüren könne und sich fragte, was zwischen ihm und Linn los war, weil sie genau fühlen konnte, dass sie sich liebten und …

Paco zuckte bei dem Wort *Liebe* zusammen und sah Lucy an, als habe sie etwas Verbotenes gesagt. Dann tauschte er einen entsetzten Blick mit Alea und Lucy hätte schwören können, dass sie hören konnte, wie sein Herz anfing schneller zu schlagen.

»Was ist denn los? Hab ich was Falsches gesagt?«

Alea setzte sich nun auf die Bettkante und seufzte leise.

»Linn ist mit Taro zusammen. Quideas Sohn.« Als sie sprach, senkte Paco den Kopf und biss die Zähne zusammen, wobei seine Kiefermuskeln leicht hervortraten.

»Sie ist mit einem Prinzen zusammen?«, fragte Lucy erstaunt, versuchte aber nicht allzu begeistert zu klingen. Sie spürte, dass Paco dieses Gespräch äußerst unangenehm war.

»Naja«, murmelte Alea, »so ähnlich. Die Sache ist aber so...« Sie hielt kurz inne und sah Paco unsicher an. Als dieser aber nickte, fuhr sie fort: »Bevor die beiden ein Paar wurden, war Linn mit Paco zusammen.«

Lucy sah zu ihm auf und konnte ihm den Schmerz jetzt direkt vom Gesicht ablesen.

»Paco hat mir diese Geschichte erst vor Kurzem genau erzählt. Linn und Paco hatten schon davon gesprochen zu heiraten, als sich Linn plötzlich aus heiterem Himmel für Taro entschied. Sie war wie ausgewechselt. Als wäre sie nicht mehr sie selbst. Paco vermutet, dass Taro sie damals manipuliert hat. Aber jeder Versuch, ihre wahren Gedanken oder Gefühle zu erfahren, scheiterte. Sie verbirgt sie jederzeit so gut, dass niemand jemals Zugang dazu hat.«

Lucy zog verwirrt die Augenbrauen zusammen.

»Aber eben gerade war sie wohl nicht vorsichtig genug. Sie hat mir ihre Gefühle geradezu um die Ohren gehauen.«

Alea schüttelte mit dem Kopf.

»Das hätte ich gespürt, Lucy. Und Paco ebenfalls.«

Das Entsetzen in Pacos Gesicht machte Lucy fast Angst. Er sah sie mit so großen Augen an, dass sie sich schon vorkam wie ein Freak, mit dem etwas nicht stimmte.

»Es gibt bestimmt irgendeine ganz simple Erklärung dafür«, sagte sie. Sie konnte sich nicht vorstellen, dass sie etwas konnte, wozu Alea und Paco nicht in der Lage waren. Sie war hier in *Lumenia*! In dem Land, in dem es vollkommen normal war, dass die Menschen übersinnliche Fähigkeiten besaßen. Und sie selbst kam aus einer ganz anderen Welt. Aus einer Welt, in der übersinnliche Kräfte in Romane und Fantasyfilme gehörten und nicht in die Realität. Es war völlig unmöglich, dass *sie* – das Mädchen aus der *zurückgebliebenen* Welt – zu mehr fähig war, als diese Lumenier. Nein, das war absurd.

»Gibt es einen Grund, warum sich diese Empathie bei dir so intensiv entwickelt?«, fragte Alea.

Lucy zuckte mit den Schultern. »Nikolas fragt sich das auch. Er meint, sie entwickelt sich von ganz allein. Ohne, dass ich etwas dazu tun muss. Und sie entwickelt sich sogar weiter, wenn mein Energieniveau im Keller ist. Ich kann es anscheinend nicht aufhalten.«

Alea machte ein besorgtes Gesicht. »Das kann gefährlich werden, Lucy. Du musst lernen, es zu kontrollieren.«

Lucy seufzte schwer. »Ich weiß«, sagte sie und dachte an Miriam und ihre starken negativen Gefühle. Und in diesem Moment schoss ihr wie ein Blitz ein Bild von ihr durch den Kopf. Lucy zuckte vor Schreck zusammen. Sie stand am Flussufer. Genau dort, wo Lucy in das Portal gesprungen war. Nikolas und Hilar waren auch da und breiteten schützend ihre Arme vor Miriam aus. Lucy spürte, wie Miriams Herz vor Angst raste, denn direkt vor ihnen stand Marius und richtete eine Waffe auf sie.

14

ERINNERUNGEN

Aus den Gebüschen hinter ihnen kamen jetzt mit vorsichtigen, langsamen Schritten mehrere uniformierte Männer, die ihre Hände an die Waffenhalter an ihren Hüften legten und Miriam, Hilar und Nikolas mit drohenden Blicken ansahen.

Nikolas wandte sich zu Marius um und funkelte ihn wütend an. »Ich habe dich für schlauer gehalten«, sagte er drohend.

Marius warf daraufhin den Kopf in den Nacken und lachte. Der Klang seines Lachens war Nikolas noch so gut in Erinnerung, als hätte er es erst gestern gehört. Ihm kamen sofort die Erinnerungen an das Hotelzimmer in den Sinn.

»Oh ja«, sagte Marius nun. »Ich erinnere mich gut an dein Ablenkungsmanöver. Du hast mich dich die ganze Nacht wie einen Wahnsinnigen durch die Stadt jagen lassen, um mich davon abzuhalten deiner kleinen Freundin etwas zu tun.«

Nikolas schreckte innerlich zusammen. Er konnte seine Gedanken lesen! Und nicht nur das. Er hatte offenbar gewusst, dass er ihn damals von Lucy hatte ablenken wollen. Warum hatte er dieses Spiel mitgespielt?

»Ich habe es nicht gewusst«, sprach Marius und hob dabei überheblich den Kopf. »Es ist mir erst später klar geworden. Du hättest sie sofort aus dem Hotel holen können. Aber das hast du nicht getan. Dafür musste es einen Grund geben, der mir ehrlich gesagt sehr schleierhaft ist, aber wie auch immer …« Er seufzte gelangweilt und hob dabei eine Augenbraue. »Aus irgendeinem Grund musstest du mich von ihr weglocken und das ist dir prima gelungen.«

Nikolas dachte daran, dass ihm Marius in dieser Nacht dicht auf den Fersen gewesen war. Und das hatte er auch so gewollt. Er hatte ihm das Gefühl geben wollen, dass er sein Ziel, Nikolas zu fangen, jeden Moment erreichen würde. Das hatte ihn die ganze Nacht bei der Stange gehalten, so dass er sich keine Sorgen um Lucy hatte machen müssen. Den Grund – dass er wollte, dass sie sich ein wenig ausruhe und er mit dieser Aktion verhindern wollte, dass sie sich mit ihrer Angst vor Marius versehentlich etwas Negatives erschuf – musste er nicht erfahren. Er baute eine innere Barriere um seine Gedanken auf und ließ nur noch Hilar einen Zugang dazu frei.

»Aber jetzt werden deine Spielchen nicht mehr funktionieren, Nikolas«, sprach er weiter. Dann deutete er mit der Waffe, die er vorher auf ihn gerichtet hatte, auf Miriam. Hilar stellte sich sofort vor sie und versuchte die Waffe mit seinen Gedanken auseinanderfallen zu lassen. Das war die Verteidigung, die er in Lumenia gelernt hatte. Für den Fall der Fälle. Aber irgendetwas blockierte seine Gedanken. Sie stießen gegen eine unsichtbare Wand.

Nikolas bemerkte seinen Versuch und trat vorsichtig einen Schritt zurück.

Hör auf, Hilar. Verschwende deine Kraft nicht. Er hat die Waffen programmiert.

Hilar stutzte. *Wieso kann ich sie nicht umprogrammieren?*

Nikolas kannte die Antwort darauf und sie quälte ihn mehr, als er es wahrhaben wollte. Er wollte Hilar gerade seine Gedanken schicken, als Marius ihm zuvorkam.

»Ich muss dir danken, Nikolas!«, sagte er mit einem selbstgefälligen Grinsen. »Während du die Anderen mit deiner Energie nur bewusstlos ... sagen wir mal *geschlagen* hast, hast du mir die Ehre erteilt, dir deine ganze konzentrierte Kraft einzuverleiben. Ich kann mich glücklich schätzen, dass ich dich so wütend gemacht habe. Vielleicht hätte ich der Kleinen doch etwas antun sollen. Dann wäre ich jetzt durch deinen kläglichen Racheversuch vielleicht zu viel mehr in der Lage, als ich es ohnehin schon bin.«

In Nikolas kochte erneut Wut hoch. So sehr, dass er fast die Kontrolle über sie verlor. Er hatte also mit seiner Vermutung Recht gehabt. Marius war durch die geballte Ladung Energie, mit der er auf ihn geschossen hatte, quasi *erwacht*. So wie der Kristall Lucys Kräfte geweckt hatte, hatte *er* Marius' Kräfte geweckt. Und das nur, weil ihn seine Wut mal wieder blind gemacht hatte. Er hatte ihn einfach nur ausschalten wollen. Aus Wut, aus Rache, aus Verletztheit. Weil er gewagt hatte, es auch nur in Betracht zu ziehen, Lucy etwas anzutun. Er hatte ihn mit seiner Bösartigkeit rasend gemacht. Und deshalb hatte er unüberlegt gehandelt. Aber das würde ihm nicht noch einmal passieren. Nikolas nahm einen tiefen Atemzug und akzeptierte die Wut, die seinen ganzen Körper erbeben ließ. Er betrachtete sie als einen Freund und leitete ihre Kraft bewusst auf sein Energiezentrum. Dann schloss er kurz die Augen, zählte in Gedanken die Männer, die hinter ihnen standen und ballte dann die Hände zu Fäusten.

Halte dich bereit, Hilar, dachte er seinem Freund entgegen und ließ die Energie in sich ansteigen. Marius hatte glücklicherweise nichts von alldem mitbekommen und grinste weiter überheblich vor sich hin.

»Und jetzt gibst du mir besser den Schlüssel«, sagte er selbstsicher.

»Lucy hat ihn«, sagte Nikolas ruhig. Damit wollte er in Erfahrung bringen, was vorgefallen war, bevor er mit Hilar und Miriam eingetroffen war. Er suchte in Marius' Gedanken nach Hinweisen und hoffte, dass Lucy ihm nicht über den Weg gelaufen war. Aber Nikolas musste sich gar nicht bemühen. Marius sprach seine Gedanken sofort aus.

»Ja, ich weiß. Die Kleine ist mir damit entwischt.« Er machte einen Moment Pause und spielte die Szene, in der Lucy über dem Fluss einfach im Nichts verschwunden war, erneut vor sich ab. »Faszinierend«, murmelte er. »Sie hat sich einfach aufgelöst.«

Erleichterung machte sich in Nikolas breit. Sie hatte es also geschafft in das Portal zu kommen. Jetzt stellte sich in ihm nur noch die Frage, ob sie den Übertritt unverletzt überstanden hatte.

»Aber dein Freund wird sicher nicht ohne Schlüssel hier aufgekreuzt sein, nicht wahr?« Dabei sah er Hilar an und zeigte mit dem Lauf der Waffe auf seinen Kopf.

»Er hat ihn nicht!«, rief Miriam plötzlich panisch. Sie war zwar vor Angst fast wie gelähmt, aber dennoch kam ihr ein helfender Gedanke, den sie aber so gut es ging verbarg. »Er ist im Haus! In Lucys Haus! O … oben! Im … Badezimmer«, stammelte sie.

Hilar zog unbemerkt an ihrer Hand und warf ihr einen fragenden Blick zu. Er konnte ihre Gedanken immer noch nicht klar verstehen. Jetzt war da sogar noch irgendeine Blockade, die ihn daran hinderte in ihren Kopf zu lauschen.

Marius lachte zufrieden. »Schlaues Mädchen«, tönte er. »Dann werden wir jetzt alle zusammen dorthin fahren.«

Auf Drei!, dachte Nikolas, während Marius seinen Leuten Handzeichen gab.

Hilar ließ heimlich eine Hand in seine Hosentasche sinken und griff nach dem Schlüssel. Dann zog er Miriam ganz nah an sich heran und flüsterte ihr so leise etwas entgegen, dass sie sich sehr bemühen musste alles zu verstehen.

»Drei Regeln«, raunte er. »Erstens: Wehre dich nicht gegen die Gefühle, die gleich in dir entstehen, wenn ich dich umarme.«

Sie sah erst verwirrt zu ihm auf, nickte dann aber.

»Zweitens: Wenn wir dort sind, halte deine Gedanken so

positiv wie möglich. Und Drittens: Pass auf deine Gefühle auf.«
Eins.
Hilar ließ nun so viel Energie in sich aufsteigen, dass die Hitze, die er dadurch ausstrahlte fast wie Feuer auf Miriams Haut brannte. Seine Hand, mit der er sie festhielt, kochte förmlich.
Zwei.
Nikolas atmete tief ein und ließ die Kraft, die er in seinem Bauch gesammelt hatte nun durch seinen ganzen Körper fließen. Dabei stieg sein Energieniveau mindestens um das Fünffache an. Er lenkte die Kraft durch seine Glieder und konzentrierte sie dann in seinem Kopf, wo er ein inneres Bild schuf.
Drei.
Jetzt passierten mehrere Dinge gleichzeitig. Aus Nikolas' Körper schoss eine flirrende Energiewelle und legte sich wie eine bunt schimmernde Seifenblase um ihn, Hilar und Miriam. Im selben Moment packte Hilar Miriam und drückte sie ganz fest an sich. Sie schnappte laut nach Luft, als sie die Energie spürte die nun in fast unerträglich starken Wellen von Hilar ausging und direkt in ihren Körper überging. Marius brüllte und die Männer schossen auf die Blase. Aber die Kugeln prallten daran ab und kamen in derselben Geschwindigkeit zu ihnen zurück. Einige der Männer sackten in sich zusammen und die anderen schossen weiter, änderten aber den Schusswinkel, um nicht getroffen zu werden.

Miriam stieß ein lautes Stöhnen aus, das Hilar fast erröten ließ. Die konzentrierte Kraft, die wie Stromwellen durch ihren ganzen Körper floss, ließ die Energie jeder Zelle ihres Leibes so schnell ansteigen, dass sie kurz davor stand, das Bewusstsein zu verlieren. Alles um sie herum veränderte seine Form, verbog sich und verschwamm vor ihren Augen. Ihr Körper wurde leicht und ihre Muskeln schienen sich mit jeder Millisekunde mehr in eine kraftlose, weiche Masse zu verwandeln, über die sie jede Macht verlor. Als ihr die Knie wegsackten, rief Hilar »Jetzt!« und Nikolas sprang sofort mit zwei großen Schritten in den Fluss. Hilar hob Miriam auf seinen Arm und sprang nur eine halbe Sekunde später hinterher. Dann erschien ein kurzer Blitz und ein lautes Rauschen ertönte in der Blase und sie waren verschwunden.

15

Der Sohn des Königs

Als Quidea in den Raum trat, kniete Lucy schweißgebadet vor dem Bett und stützte sich mit beiden Händen am Boden ab. Alea kniete neben ihr und hatte einen Arm um sie gelegt. Quidea erkannte sofort was los war und beauftragte Paco, ihm unverzüglich einige Mitglieder der blauen Garde herzuholen. Dann kniete er sich ebenfalls zu Lucy und strich ihr sanft das feuchte Haar aus dem Gesicht. Als sie zu ihm aufblickte, lächelte er väterlich.

»Du bist ein außergewöhnlicher Mensch, Lucy.« Seine Stimme wirkte beruhigend auf sie. Fast hypnotisch. »Du hättest bei dem Versuch, nach Lumenia zu gelangen, umkommen können. Aber du hast es trotzdem getan. Hast dein Leben aufs Spiel gesetzt, um das Leben deiner Freundin zu retten. Das ist sehr edel und mutig von dir. Aber versprich mir, dass du das nächste Mal meinen Sohn mitbringst, damit er dich auf dieser Reise unterstützen kann.«

Lucy vergaß sofort das Gefühlschaos, das sie gerade durchlebt hatte – die Angst und Panik, die Wut und Traurigkeit, die unglaubliche Energie und Miriams Ohnmacht – und starrte Quidea erschrocken an. Seinen *Sohn*? Meinte er Hilar? War Hilar etwa ein Prinz? Und dann hörte sie seine Gedanken so klar und deutlich, als würde ein Hörspiel in ihrem Kopf ertönen. *Nikolas. Nikolas* war sein Sohn! Er war der Sohn des *Königs*! Wenn sie nicht schon am Boden gesessen hätte, wäre sie jetzt mit der Nase voraus darauf zugeschnellt. Ihr war plötzlich schwindelig. Sie hatte Quidea – dem König von Lumenia – den Sohn weggenommen! Sie fühlte sich verantwortlich. Verantwortlich dafür, dass Nikolas in diese kranke Welt, die er so fürchtete, zurückkehren wollte. *Ihretwegen.* Quidea musste krank vor Sorge sein. Was, wenn seinem Sohn – dem *Prinzen* – in dieser verrückten Welt etwas zustieß? Dann war *sie* Schuld daran. Er musste sie hassen. Fürchterlich hassen.

Quidea lachte jetzt und machte es sich auf dem Fußboden etwas bequemer.

»Ihr und eure verrückten Gedanken«, sagte er amüsiert. »Ich hasse dich nicht, Lucy. Es war Nikolas' Entscheidung und ich wusste, dass das passieren würde. Und nebenbei bemerkt, kann Nikolas sehr gut auf sich aufpassen. Was glaubst du, warum ich ihn auf diese Lucy-Mission geschickt habe? Weil ich wusste, dass er es schaffen würde.«

Lucys Augen füllten sich jetzt mit Tränen.

»Er hätte es beinahe *nicht* geschafft«, wisperte sie. Ihre Stimme war plötzlich nur noch ein Hauchen. »Sie hätten ihn meinetwegen beinahe ...« Sie senkte den Kopf und versuchte den Drang zu unterdrücken wie ein kleines Kind loszuweinen. Die Erinnerung daran und die Angst, die damit verbunden war – die Angst, ihn zu verlieren – war unerträglich.

»Oh, oh, das machen wir jetzt nicht!«, sagte Quidea nun lauter. »Ich muss dich daran erinnern, dass du hier in Lumenia bist. Hier schwingt die Energie ein *bisschen*«, er betonte das *bisschen* so spitz, dass die Ironie darin fast lustig klang, »höher und um einiges schneller als in deiner Welt.«

Lucy schluckte einen dicken Kloß hinunter und wischte sich sofort die Tränen aus dem Gesicht.

»Tut mir leid«, sagte sie.

»Du musst dich jetzt zusammenreißen, Lucy«, sagte Alea. »Die blaue Garde ist auf dem Weg hierher und wenn die merken, dass du emotional zu labil bist, müssen sie dich in einen energiesicheren Raum sperren, damit du in Lumenia keinen Schaden anrichten kannst.«

Lucy erschrak und sah Alea mit großen Augen an. Dann stand sie schnell auf, richtete ihre Kleidung und ihr Haar und atmete ein paar Mal tief ein, wobei sie erneut ihre Übung machte, um ihre Energie anzuheben. Dabei dachte sie auch an die starke Kraft, die sie von Miriam wahrgenommen hatte, als Hilar ihre Körperenergie hatte ansteigen lassen und fühlte sie erneut so intensiv, dass es ihr fast die Sinne vernebelte. All das half ihr, sich in wenigen Sekunden in ein anderes Energieniveau zu katapultieren. Und von hier aus sah plötzlich alles wieder ganz anders aus. Sie fühlte sich nicht mehr schuldig und die Erinnerung an die Angst, die sie um Nikolas gehabt hatte, hatte ihre Schärfe verloren. Sie schüttelte kaum merklich mit dem Kopf und musste fast über sich lachen. Es war einerseits faszinierend und andererseits erschreckend, wie viele Gründe man zum Traurigsein fand, wenn man erst mal am Boden war. Und genauso faszinierend war es, wie sich der Blick auf die Welt veränderte, wenn man es nicht mehr war. Sie fühlte sich, als habe sie sich gerade innerhalb von Sekunden in einen anderen Menschen verwandelt. Es kam ihr plötzlich so absurd vor, dass sie gerade tatsächlich über ein Ereignis aus der Vergangenheit geweint hatte. Noch dazu ein Ereignis, das *gut* ausgegangen war. Und noch absurder fand sie es mit einem Mal, dass sie sich selbst die Schuld daran gab, dass Nikolas nicht mehr mit seinem Vater zusammen sein konnte. Sie schüttelte abermals mit dem Kopf.

Quidea lächelte anerkennend. »Ich bin beeindruckt«, sagte er mit seiner brummigen, freundlichen Stimme. Seine warmen, schokoladenbraunen Augen funkelten vor Stolz. »Du hast viel gelernt.«

In diesem Moment traten zwei Männer und eine Frau in

blauen Uniformen in den Raum und nickten Quidea zu. Lucy erschrak, als sie den letzten von ihnen in das Zimmer kommen sah. Er war von imposanter Größe – vermutlich sogar größer als Hilar – und unter seiner Uniform schienen sich Berge von Muskeln aufzutürmen. Er hatte einen dicken Hals, auf dem ein wirklich hübscher Kopf saß und seine braunen Rehaugen und seine Nase hatten eine verblüffende Ähnlichkeit mit Quidea. Sein Blick war sofort auf Lucy geheftet, als er um die Ecke gekommen war. Zwischendurch hatte er kurz Quidea zugenickt – oder war es eine Verbeugung? - um seinen Blick dann aber wieder an Lucy zu fesseln und sie mit einem verwirrend emotionslosen Gesicht von oben bis unten zu mustern.

Lucy trat ein paar Schritte zurück und blickte ihm wie ein verängstigtes Reh in die starren Augen, die keinen Laut aus seinem Kopf entweichen ließen.

Kennt ihr euch?, fragte Alea in Gedanken, als sie Lucys Emotionen bemerkt hatte. Auch Quidea sah von einem zum anderen und setzte eine fragende Miene auf.

Ja, sie kannte ihn. Sie hatte ihn schon einmal gesehen. In einem fürchterlichen Traum, in dem er ...

Sei still! Die Stimme hallte so laut und wütend in ihrem Kopf wider, dass sie vor Schreck zusammenzuckte.

»Vermutlich haben wir uns gesehen, als sie das letzte Mal hier war«, sagte der riesige Typ und warf Lucy einen warnenden Blick zu. »Wie ich sehe hat sich seit dem viel getan. Ihre Energie ist beeindruckend hoch.«

Quidea nickte stolz und lächelte dabei so fröhlich wie ein kleines Kind. Hatte er das gerade eben nicht mitbekommen? Lucy blickte ihn verwirrt an und wandte sich dann zu Alea um, die Lucy aufmerksam beobachtete und dann eine fragende Kopfbewegung machte.

Du sagst und denkst kein Wort mehr! Erneut war die Stimme so laut, dass sie Lucy fast Kopfschmerzen machte. Was um alles in der Welt war hier los?

»Ja, es ist faszinierend«, sagte Quidea, deutete dann mit einer Hand auf den angsteinflößenden Mann und sagte: »Darf ich vorstellen? Das ist mein Sohn, Taro.«

Lucy wurde sofort kreidebleich. *Das* war also der Mann, der Paco die Frau weggenommen hatte?

Taro riss nun den Kopf zur Seite und peitschte Lucy einen hasserfüllten Blick entgegen, woraufhin Lucy sofort eine Mauer um ihre Gedanken aufbaute und sich innerlich dahinter verkroch.

»Aber kommen wir erst einmal zum Wesentlichen«, sagte Quidea nun, der erneut von alldem nichts mitbekommen hatte. »Ich weiß, heute ist Weihnachten. Aber ich möchte, dass ihr alle Portale bewacht und mir jede Veränderung sofort mitteilt. Es befindet sich jemand in unmittelbarer Nähe eines Portals und ich bin nicht sicher, was passieren kann. Also gebt bitte besondere Acht. Wir werden im Versammlungsraum alles Weitere besprechen.«

»*Wer* befindet sich in der Nähe des Portals?«, fragte Taro nun, wobei er die Fäuste in die Hüften stemmte.

»Marius«, sagte Quidea und legte dabei besorgt seine Stirn in Falten.

Taro reagierte auf den Namen weder mit irgendeiner Emotion noch mit einem Gedanken oder einem Wimpernzucken. Von ihm und seinem versteinerten Gesicht ging einfach nur eine Totenstille aus. Es war beängstigend.

»Oh!«, machte Alea nun und lief plötzlich zur Tür. Ihr Blick ging ins Leere, aber ihr Gesicht war voller Freude. »Nikolas ist hier!«, sagte sie.

Quidea machte eine flinke Handbewegung und bat sie, ihm entgegenzugehen. »Er braucht sicher deine Hilfe«, sagte er noch und im nächsten Moment war Alea auch schon weg. Dann schickte er die beiden anderen Gardisten an die Arbeit und folgte ihnen nach. Als er gerade aus der Tür schritt, sagte er: »Taro, kümmere dich bitte um Lucy, solange Nikolas noch nicht hier ist. Und dann hilf den anderen, in Ordnung?«

Taro nickte seinem Vater zu und einen Moment später war dann auch Quidea verschwunden.

Jetzt waren sie allein. Und Lucy hatte das ungute Gefühl, dass dies genau das war, was Taro wollte. Er wandte sich langsam zu ihr um, starrte sie abermals emotionslos an und schien auf irgendetwas zu warten. Dann schlug aus weiter Entfernung eine Tür zu und schien ihm damit das Signal zu geben, sich zu entspannen. Seine Schultern sanken hinab und in seinem Gesicht zeigte sich ein Lächeln. Kein nettes Lächeln, so wie das von Quidea oder Nikolas. Nein, es war ein bösartiges Lächeln. Ein Lächeln, wie sie es von Marius kannte.

Eine Sekunde später schlug wie von Geisterhand auch die Tür dieses Raumes zu und im selben Moment bewegte sich Taro auf Lucy zu. Bei dem Versuch mehr Abstand zu ihm zu gewinnen, stolperte sie rückwärts über einen Stuhl und fiel fast hin. Taro griff blitzschnell nach ihrem Arm und zog sie unsanft wieder auf die Füße. Jetzt stand er so nah vor ihr, dass sie sein Aftershave riechen konnte. Er hielt ihr Handgelenk weiterhin fest im Griff und bohrte ihr seinen Blick durch die Augen, als wolle er zu ihrem Gehirn vordringen. Lucy bekam es mit der Angst zu tun.

»Was willst du?«, fragte sie panisch. »Ich hab das mit Paco nur so aufgeschnappt. Ich weiß doch von nichts.«

»Hör auf zu plappern!«, schnauzte er.

Lucy erstarrte.

»Nikolas hat eine gute Wahl getroffen«, sagte er jetzt sanfter und ließ seinen Blick über ihr Gesicht schweifen. »Er hatte schon immer einen guten Geschmack. Hat immer alles bekommen, was er wollte.«

Lucy erkannte jetzt tatsächlich so etwas wie Verbitterung in seinem Gesicht, das sich aber sogleich wieder in eine emotionslose Maske verwandelte.

»Sorge nur dafür, dass er wieder verschwindet. Mehr will ich gar nicht.«

Lucy machte ein verständnisloses Gesicht. »Er ist dein Bruder!«, sagte sie bestürzt.

»Er ist *nicht* mein Bruder. Er hat sich in die Familie gedrängt, als er hier aufgekreuzt ist. Er hat keinerlei Ansprüche!« Seine wütende Stimme war mit jedem Wort lauter geworden. Als er aber weitersprach, klang sie wieder ganz ruhig und bedacht. »Und was deinen Traum angeht...«

Lucy schluckte. »Es war nur ein Traum. Er hat bestimmt nichts zu bedeuten«, sagte sie schnell.

Jetzt lachte Taro leise und Lucy konnte es nicht vermeiden sein Lächeln sympathisch zu finden. Als er ihre Sympathie spürte, betrachtete er sie einen Moment lang mit einer seltsamen Mischung aus Freude, Sehnsucht und Frustration in seinem Gesicht. Dann versteinerten seine Züge wieder und er festigte den Griff um ihr Handgelenk.

»Du weißt, dass er etwas bedeutet. Und ich kann das Risiko nicht eingehen, dass mir jemand – der zufällig von mir geträumt hat – einen Strich durch die Rechnung macht.«

Lucy wich vor Schreck mit dem Kopf zurück und sah ihn entsetzt an. Sie versuchte verzweifelt in seinen Kopf zu sehen, um zu erfahren was er jetzt vorhatte, aber ihr kam nur Stille entgegen. Eine unheimliche Stille.

»W ... was willst du jetzt machen?«, hauchte sie ängstlich.

Jetzt lächelte er wieder, berührte mit einem Finger ihr Kinn und hob ihren Kopf etwas an.

»Keine Angst. Ich werde ganz sicher nicht die Geliebte meines...«, er sprach das Wort *Bruder* nicht aus, sondern bezeichnete ihn als den Schützling seines Vaters, »zur Strecke

bringen. Aber ich werde dir helfen, die Bilder zu vergessen.«
Sein Blick wurde sehnsüchtig, als er die letzten Worte sprach: »Du wirst mit Nikolas nach Hause zurückkehren und ein glückliches Leben leben. Und du wirst nie wieder an diesen Traum denken oder je wieder einen ähnlichen Traum haben. Dafür sorge ich.«

»Nein«, wisperte sie. »Bitte!« Er wollte ihre Erinnerungen löschen. So, wie sie es damals mit ihren Verfolgern gemacht hatten. Sie versuchte vergeblich ihre Hand aus seinem Griff zu befreien, aber Taro drückte sie gegen die Wand und nahm ihren Kopf in seine Hände, die jetzt kochend heiß wurden. Ihr Körper fühlte sich sofort wie gelähmt an. Sie konnte die Arme nicht mehr heben, um sich zu wehren und sie hatte auch keine Kraft in den Beinen, um ihm einen schmerzhaften Tritt zu verpassen. Sie konnte nicht einmal den Blick von seinen Augen abwenden. Das Einzige, was sich noch bewegen konnte, waren ihre Gedanken. Und als er anfing, ihr in monotonem Klang seine Worte zu suggerieren, schrie sie in Gedanken so laut sie nur konnte: *NIKOLAS!*

16

VERSCHWÖRUNG

Es roch nach feuchtem Gras, als sie in der Dunkelheit über den Hügel kletterten, hinter dem sich Nikolas' Heimatstadt befand. Es hatte geregnet. Miriam rutschte mit ihren glatten Schuhsohlen mehrmals auf dem nassen Gras aus und Hilar bemühte sich, sie festzuhalten. Er musste einen stetigen Körperkontakt zu ihr halten, um ihre Energie hochzuhalten, also hielt er die ganze Zeit ihre Hand.

»Wo ist der ganze Schnee hin?«, fragte Miriam, als sie sich ein weiteres Mal mit der Hand vom Boden abstützte, weil sie schon wieder ausgerutscht war. Aber sie erhielt keine Antwort. Stattdessen blendete sie das Licht einer bunten Stadt, als sie die Spitze des Hügels erreicht hatten. Ihr entfloh ein überwältigtes »Oh mein Gott!«, als sie versuchte die Pracht, die sich vor ihr erstreckte, in sich aufzunehmen. Sie hatte das Gefühl ihre Augen reichten nicht aus, um die ganze Schönheit wahrnehmen zu können. Sie hatte noch nie ein solches Panorama gesehen. Noch nicht einmal auf Gemälden oder Fotomanipulationen. Die bunten, rund geformten Häuser leuchteten, als beherberge jeder einzelne Ziegelstein eine eigene Lichtquelle. Zusätzlich schmückten Lichterketten die gelben Straßen und die großen Gebäude wurden mit bunten Flutlichtern angestrahlt. Miriam blieb der Mund offen stehen.

»*Das* ist Lumenia?«, fragte sie fasziniert und spürte den Drang diese wunderschöne Stadt sofort zu betreten.

»Home, sweet home«, sagte Hilar schmunzelnd und ging

nun mit Miriam in kleinen Schritten den Hügel hinunter. Nikolas folgte ihnen.

»Wie lange wirst du durchhalten, Hilar?«, fragte er.

Hilar reckte die Faust und setzte ein breites Grinsen auf.

»Geht schon, Alter!«

Nikolas lachte leise, wusste aber, dass es sehr anstrengend für Hilar war, sich ständig auf Miriams Energieniveau zu konzentrieren und ihr unaufhörlich Energie in den Körper zu leiten. Für Miriam war es ein angenehmer Ausflug. Sie machte sich keine Vorstellung davon, welche Kraft es Hilar kostete, sie in Lumenia zu *halten*. Wenn er sie losließ und ihre Energie absackte, würde sie sofort aus dieser Welt gerissen werden.

»Wir brauchen sicher nicht lange. Wir holen nur Lucy und gehen dann wieder.«

In diesem Moment ertönte plötzlich ein so greller, spitzer Schrei in ihren Köpfen, dass Nikolas die Hände hochriss und sie sich an den Kopf hielt. Auch Hilar war zusammengefahren und sogar Miriam hielt sich verwirrt die Hand an den Kopf. Dann ertönte der Schrei noch einmal.

NIKOLAS!

»Das ist Lucy!«, rief Miriam. »Wieso höre ich Lucy in meinem Kopf?«

Nikolas antwortete nicht. Er rannte sofort los. Hilar folgte ihm und riss Miriam hinter sich her, die glücklicherweise einigermaßen mit seinem Tempo Schritt halten konnte. Ein weiterer Schrei gellte durch ihre Köpfe, woraufhin Nikolas einen wütenden Schrei ausstieß und fluchend an Geschwindigkeit zulegte. Er war jetzt so schnell, dass Hilar und Miriam kaum noch hinterher kamen. Dann blieb er abrupt stehen. Alea kam aus den Stadttoren auf ihn zugelaufen.

»Alea, was ist los? Was ist mit Lucy?«, rief Nikolas panisch.

Als Alea ihn erreichte, legte sie eine Hand auf seine Schulter und lächelte sanft. »Es ist alles in Ordnung. Es geht ihr gut.«

»Nein, es geht ihr *nicht* gut. Hast du das nicht gehört?«
Alea stutzte. »Was gehört?«
»Sie hat geschrien! Sie hat nach mir gerufen. Wo ist sie?«
Alea deutete verwirrt in Richtung Stadt und sagte: »Im Zentrum.« Dann konzentrierte sie sich auf Lucys Gedanken und hörte sie lachen, weil Taro ihr einen Witz erzählt hatte. »Es geht ihr gut, Nikolas. Sie unterhält sich mit Taro.«

Nikolas sah verwirrt zu Hilar, der nun mit Miriam zu ihnen stieß und kurz verschnaufte.

»Nein, du bist nicht verrückt, Mann. Ich hab es auch gehört«, antwortete er auf seine Gedanken. »Geh schon mal voraus. Wir kommen nach«, fügte er dann hinzu und bedeutete ihm mit einer Handbewegung, dass er loslaufen sollte. Nikolas war sofort verschwunden.

Alea betrachtete jetzt Miriam und lächelte dann.

»Du bist Lucys beste Freundin«, sagte sie und hielt ihr die Hand hin. »Freut mich dich kennenzulernen, Miriam.«

Miriam ergriff ihre Hand und blickte sie fasziniert an. Sie war wunderschön.

»Lucy hat ganz schön was auf sich genommen, um dir zu helfen. Wir mussten sie erst mal zusammenflicken.«

Miriam machte ein erschrockenes Gesicht und fürchterliche Schuldgefühle stiegen in ihr auf.

»Was ist passiert?«, fragte sie kleinlaut.

»Ihr Arm war gebrochen, weil sie eine ziemliche Bruchlandung hingelegt hat. Und das ist auch alles was sie weiß. Wir haben ihr nicht gesagt, dass sie innere Blutungen hatte, weil der Energieunterschied sie fast zerrissen hätte. Und ihr solltet es ihr auch nicht sagen. Sie hätte den Übertritt geschafft, wenn nicht plötzlich dieser Typ aufgetaucht wäre. Er hat ihr Angst eingejagt und dadurch ist ihre Energie abgerutscht.«

Hilar fluchte leise. »Als wir ankamen, war er auch noch da.«

»Ich weiß«, sagte Alea. »Lucy hat alles miterlebt. Ihre Empathie geht bereits über den Schutzwall hinaus. Nicht einmal wir können so deutlich in die andere Welt sehen, wie sie.«

»Sie hat alles miterlebt?«, fragte Miriam. »Etwa auch … die Sache mit …« Sie sprach es nicht aus, aber sie spürten beide genau, was sie meinte.

Hilar versuchte sie ein wenig aufzulockern, indem er der Sache den Ernst nahm. »Dein geplanter Hechtsprung stand nicht auf dem Menü, Kleine. Sie hat nur die Szene am Fluss miterlebt. Was davor war, ist ihrer Aufmerksamkeit entgangen. Wahrscheinlich war sie zu sehr damit beschäftigt ihre Energie hochzupushen.«

Miriam atmete erleichtert aus. »Bitte sagt es ihr nicht, okay? Sie würde mir das nie verzeihen.«

Alea lächelte sanft. »Doch, würde sie. Aber wir sagen es ihr nicht. Keine Angst. Und jetzt lasst uns mal reingehen. Ich will wissen, was da eben los war.«

Miriam durchschritt voller Freude das Stadttor und betrachtete mit funkelnden Augen die runden Häuser, die gelben Straßen und die niedlichen Laternen. Es war ein so idyllisches Bild, dass sie sich sofort in diese Stadt verliebte. Alles schien so harmonisch zu sein und friedlich. Alles war sauber und wohlgeordnet. Die Straßennamen erinnerten an Fantasiewelten, wie sie sie aus Büchern und Filmen kannte. Friedelgasse, Noxelgasse, Euphoria-Lane …

»Was gibt's denn in der Euphoria-Lane?«, fragte sie neugierig und erntete von beiden ein Schmunzeln.

»Die Straße führt zum Euphoria-Platz. Dort steht eine Skulptur. Das Wahrzeichen von Lumenia«, erklärte Alea.

»Wieso Euphoria?«, fragte Miriam neugierig weiter.

»Hat dir Lucy nichts von dem Spiel erzählt?«

Miriam überlegte kurz. »Sie meinte nur, dass man mit dem

Gesetz der Anziehung *spielen* soll.«

»Da hat sie ganz Recht«, sagte Hilar und schaukelte fröhlich mit seiner Hand, mit der er Miriam festhielt, vor und zurück. »Euphoria ist das Spiel der Götter. Und das Spiel der Götter ist das Gesetz der Anziehung. Es ist eine spielerische Art das Gesetz zu nutzen. Wir spielen es regelmäßig. Jeden Tag. Einmal im Jahr sogar alle zusammen.«

Miriam sah Hilar erstaunt an.

»Es ist wirklich ein Spiel? Ich dachte Lucy will mich auf den Arm nehmen.«

Jetzt lachte Alea. »Nein, es *ist* ein Spiel. Das Spiel des Lebens. Ihr da drüben spielt es auch jeden Tag. Nur leider mit negativen Emotionen. Und die Auswirkungen kennt ihr ja.«

Sie klang fast ein wenig überheblich. Ihr Selbstbewusstsein schwappte geradezu über ihr wallendes Haar. Miriam wusste nicht, ob sie das mögen sollte oder lieber eine Abneigung dagegen entwickeln sollte. Eigentlich mochte sie Menschen nicht, die überheblich waren und so über allen Dingen standen. Aber bei Alea wirkte diese Überheblichkeit einfach wie eine unerschütterliche und vor allem *ehrliche* Selbstsicherheit. Und diese strahlte sie so deutlich aus, dass es fast einschüchternd wirkte.

Alea reagierte auf ihre Gedanken nur mit einem verständnisvollen Lächeln und blickte dann wieder die Straße hinunter.

»Sag mal Hilar«, sprach sie nun, ohne sich umzudrehen. »Ist Lucy vorher schon mal Taro über den Weg gelaufen?«

Hilar versuchte sich an Lucys ersten Besuch in Lumenia zu erinnern und sagte dann: »Nein. Soweit ich weiß nicht. Wieso?«

»Es sah so aus, als würde sie ihn kennen. Aber ich konnte nichts in Erfahrung bringen. Ich habe nur Bruchstücke mitbekommen. Irgendetwas von einem Traum. Sagt dir das was?«

Hilar sah sie erstaunt an. »Ja. Sie hatte einen sehr heftigen Albtraum. Aber, soviel ich weiß, ging es da um Miriam.«

Miriam unterbrach ihr schwelgendes Sightseeing und wandte sich zu Hilar um.

»Um mich? Sie hat von mir geträumt?«

»Sie hat vorausgesehen, was du tun würdest. Aber ihr ist nicht klar, dass es eine Voraussicht war. Sie glaubt, dass ihre Sorge um dich den Traum verursacht hat.«

Miriams Schuldgefühle wurden immer bissiger. Sie fühlte sich schrecklich. Wie konnte sie Lucy bloß je wieder in die Augen sehen? Wenn sie daran dachte was sie vorgehabt hatte, wurde ihr ganz schlecht. Was hätte sie Lucy damit angetan? Sie hätte sie todunglücklich gemacht. Und das alles nur wegen ihrer verrückten Familie, ihrem dummen Exfreund und dieser bescheuerten Krankheit.

Hilar zog ein paar Mal an ihrem Arm und warf ihr dann einen warnenden Blick zu. »Gedanken«, sagte er nur und Miriam begriff sofort was er meinte. Sie musste auf ihre Gedanken aufpassen. Das war die Regel, an die sie sich halten musste, solange sie in Lumenia war. »Entspann dich. Du kannst dir später immer noch den Kopf zerbrechen. Drüben ist das nicht so schlimm wie hier. Wenn du hier etwas Falsches denkst, wirst du es sofort bereuen.«

Miriam riss sich jetzt zusammen und versuchte sich wieder auf die wunderschönen Häuser zu konzentrieren, an denen sie vorbeigingen. Aber ihre Gedanken kreisten weiter um Lucy. Und dann blitzten plötzlich sehr ungewöhnliche Bilder in ihrem Kopf auf. Sie sah, wie Lucy mit einem völlig fremden Mann zusammen war, sich an ihn schmiegte und sich leidenschaftlich von ihm küssen ließ. Er trug eine blaue Uniform.

Lucy saß derweil auf einer kuscheligen, weißen Couch direkt vor einem knisternden Kamin und lachte. Taro erheiterte sie mit ein paar Witzen aus Gardistenkreisen und genoss ihre Aufmerksamkeit in vollen Zügen.

»Ich würde gern mal einen Tag mit euch und eurem Job verbringen. Das hört sich lustig an«, lachte Lucy und ließ sich sorglos in die Rückenpolster fallen.

»Gern«, sagte Taro. »Sag mir, wann.« Dann lächelte er ihr flirtend zu und erstarrte im selben Augenblick, als er spürte, dass sich jemand dem Raum näherte.

»Dein Freund ist im Anmarsch«, sagte er und lehnte sich mit ernstem Gesicht in seinem Sessel zurück.

Lucy hüpfte sofort vom Sofa und blickte zur Tür. Eine Sekunde später sprang sie auf und gab den Blick auf Nikolas frei, der sofort in das Zimmer stürmte und Lucy entgegenlief. Lucy strahlte über das ganze Gesicht, als sie ihn sah.

»Niko«, flüsterte sie und sprang ihm so fest in die Arme, dass er ins Taumeln geriet. Er schlang seine Arme um sie und drückte sie ganz fest an sich. Ihm wären vor Erleichterung fast die Tränen gekommen. Er hatte solche Angst um sie gehabt.

»Bist du in Ordnung?«, fragte er, ohne sie loszulassen.

Sie nickte. »Ja, alles okay.«

Dann sah Nikolas auf und blickte über ihre Schulter Taro an, der mit ausgebreiteten Armen im Sessel lag und amüsiert grinste. Er konnte wie immer keinen seiner Gedanken oder auch nur den Hauch eines Gefühls bei ihm wahrnehmen. Es ging einfach nur eine unheimliche Leere und Kälte von ihm aus. Nur sein Grinsen deutete auf etwas Gemeines hin, das Nikolas sicher nicht gefallen würde. Er wandte den Blick von ihm ab und löste sich dann aus der Umarmung, um Lucy in die Augen zu sehen.

»Ich hab dich rufen hören«, flüsterte er und durchforstete ihre Gedanken nach einem Hinweis darüber, was mit ihr passiert war. Aber er fand nichts. Nachdem sich Alea und Linn um sie gekümmert hatten, war sie mit Taro hierher in diesen Raum gegangen. Das war alles, was er in ihren Gedanken finden konnte. Und eine seltsame Ruhe, die er von Lucy nicht kannte. In ihrem Kopf schwirrten immer mehrere Gedanken gleichzeitig herum, die sich entweder um ihre Familie drehten, um Miriam oder um ihn. Aber jetzt war da gar nichts. Nur eine leere Gelassenheit. Sie musste sich doch wenigstens fragen, wie es Miriam ging. Das war in den letzten Tagen immer ihr erster Gedanke gewesen. Dann wollte er ihre Fähigkeiten testen und redete in Gedanken mit ihr. *Lucy, kannst du mich hören?* Aber sie reagierte nicht.

Sie sah ihm nur irritiert ins Gesicht und zog die Stirn kraus.

»Ich hab dich nicht gerufen«, flüsterte sie zurück.

In dem Moment ließ er von ihr ab und ging mit großen, wütenden Schritten auf Taro zu.

»Was hast du mit ihr gemacht?«, schrie er ihn wütend an.

Jetzt lachte Taro leise.

»Ich bitte dich, Bruderherz. Was soll ich denn gemacht haben? Es geht ihr gut, wie du siehst.«

Sein emotionsloses Gesicht wirkte dabei fast unheimlich. Und sein stechender, eindringlicher Blick bohrte sich unangenehm in Nikolas' Kopf.

»Es ist alles in Ordnung mit mir«, sagte Lucy und zog an seinem Arm. »Mach dir keine Sorgen.«

Nikolas sah sie gequält an und versuchte sich zu beruhigen. Er war so froh, dass sie unverletzt war. Dass sie jetzt vor ihm stand und ihn mit ihren warmen, braunen Augen ansah. Offenbar schien es ihr wirklich gut zu gehen. Auch, wenn sie irgendwie verändert wirkte.

»Na, dann lass ich euch zwei Turteltauben mal allein«, seufzte Taro gelangweilt und stand auf. Dann klopfte er Nikolas auf die Schulter, warf ihm einen weiteren undeutbaren

Blick zu und verschwand mit den Worten »Man sieht sich!« aus der Tür.

Nikolas ließ einen Moment verstreichen und wandte sich dann wieder Lucy zu.

»Es tut mir leid«, sagte er jetzt. »Ich hätte mit dir darüber reden sollen; dir mehr über Lumenia und die Portale erzählen sollen. Es ist einfach noch so ungewohnt für mich, verstehst du? Ich gehe manchmal einfach davon aus, dass du bestimmte Dinge weißt. So war es immer in Lumenia. Die Leute wussten immer wovon ich rede, ohne, dass ich große Worte gebraucht habe.«

Lucy legte jetzt einen Finger auf seine Lippen und machte ein leises, zischelndes Geräusch. Dann küsste sie ihn sanft.

»*Ich* muss mich entschuldigen«, flüsterte sie. »Ich hätte dir sagen sollen, was ich vorhabe. Ich habe deine Angst um mich gespürt, als du am Fluss gestanden hast und das tut mir sehr leid. Ich wollte nicht, dass du dir Sorgen machst. Ich wollte zurück sein, bevor du überhaupt etwas merkst.«

Nikolas legte jetzt seine Stirn gegen ihre und seufzte.

»Lass uns einfach in Zukunft offen über alles reden, in Ordnung? Keine Geheimnisse mehr und kein Zurückhalten von Gedanken oder Gefühlen, ja?«

Lucy nickte und lächelte liebevoll. Dann küssten sie sich erneut, wobei ihre Energie sofort um das Doppelte anstieg. Das kribbelige Verliebtheitsgefühl explodierte in ihrem Bauch und zog ihr warm und leidenschaftlich durch die Adern. Nikolas spürte ihre Gefühle und ließ sich davon anstecken, sodass seine Energie dadurch ebenfalls anstieg. Es war wie ein Ping-Pong Spiel. Ihre Energie stieg seinetwegen an und seine Energie jagte ihretwegen nach oben. Sie spürten sich gegenseitig ansteigen und ließen sich von dieser Aufwärtsspirale mitreißen, bis sie völlig berauscht waren. Dann löste sich Nikolas von ihren Lippen und versuchte sich mit einem tiefen und langen

Atemzug zusammenzureißen.

»Alea kommt«, sagte er und wandte sich zur Tür um.

Einen Moment später hörten sie Schritte. Lucy schnappte ebenfalls nach Luft und richtete ihr Haar, bevor Alea um die Ecke kam. Ihr Gang wirkte angespannt und in ihrem Gesicht war Sorge zu erkennen. Eine Sekunde später kamen auch Hilar und Miriam um die Ecke. Lucy lief sofort auf ihre beste Freundin zu und umarmte sie stürmisch.

»Miri, alles in Ordnung?«, fragte sie.

Miriam umarmte Lucy mit einem Arm und kicherte.

»Ja, alles gut. Und bei dir? Was war denn los?«

Lucy ließ sie los und fing an zu erzählen: »Naja, ich hab gedacht, ich kann Quidea überreden mir ein Stück von dem Kristall mitzugeben, um dich zu heilen. Ich weiß, ich hätte was sagen sollen, aber …«

Miriam schüttelte jetzt mit dem Kopf.

»Das weiß ich schon, Lucy und ich kann dir gar nicht sagen, wie sehr du mich mit dieser halsbrecherischen Aktion gerührt hast. Ich werde dir dafür ewig dankbar sein. Aber ich meinte eigentlich deinen Schrei. Was war denn mit dir?«

Lucy blickte sie mit verwirrtem Gesicht an.

»Schrei?«

Miriam warf Hilar einen irritierten Blick zu und drehte sich dann wieder zu Lucy um.

»Du hast wie am Spieß geschrien! Du hast nach Nikolas gerufen. Ich konnte dich in meinem Kopf hören. Das war ganz schön gruselig.«

Nikolas trat jetzt näher an sie heran und betrachtete Lucy aufmerksam. Aber sie sah nur verstört von einem zum anderen.

»Sie erinnert sich nicht«, sagte er nachdenklich.

Hilar beugte sich nun nach vorn und starrte Lucy in die Augen, um ihre Gedanken nach Informationen zu durchwühlen. Aber er fand keinen Hinweis darauf, dass sie zu irgendeinem Zeitpunkt Angst gehabt und nach Nikolas gerufen hatte.

»Das ist ja mal schräg.« Er sah sie weiterhin ratlos an. »So etwas hab ich ja noch nie erlebt. Haben wir uns das eingebildet?«

Alea verschränkte nachdenklich die Arme vor der Brust und summte ein melodisches »Hmm« vor sich her.

»Ich habe davon nichts mitbekommen, was ungewöhnlich ist, denn ich war zu dem Zeitpunkt sehr aufmerksam.« Sie machte einen Moment Pause und runzelte die Stirn. »Und selbst, wenn ich *nicht* aufmerksam gewesen wäre, hätte ich einen solchen Schrei mit Sicherheit wahrgenommen. Es muss irgendeine Erklärung dafür geben.«

Lucy schmunzelte jetzt. »Vielleicht habt ihr euch so sehr in eure Sorgen hineingesteigert, dass ihr euch diesen Schrei nur eingebildet habt«, versuchte sie zu erklären. »Ich hab auf jeden Fall *nicht* geschrien. Das wüsste ich doch.«

Alle starrten sie regungslos und nachdenklich an. Erst als sie nach einer Weile Schritte aus dem Flur hörten, hoben sie gleichzeitig die Köpfe und drehten sich zur Tür um.

Quidea kam nun mit Paco in den Raum und lächelte erfreut.

»Nikolas«, sagte er und breitete die Arme aus. Dann nahm er seinen Sohn fest in den Arm und klopfte ihm väterlich auf die Schulter.

Lucy erstarrte. Das hatte sie ganz vergessen. Nikolas war der Sohn des Königs. Zwar nur der Adoptivsohn, aber was machte das schon für einen Unterschied? Er war von einem König großgezogen worden. Jetzt wurde ihr plötzlich klar, warum er so vollkommen wohlerzogen war und immer den Gentleman gab. Und auch seine königliche, erhabene Ausstrahlung und sein Selbstbewusstsein erklärten sich nun von selbst. Obwohl sie sagen musste, dass auch Hilar diese Eigenschaften besaß. Genauso wie Paco und Alea. Wurden in Lumenia *alle* wie

Königskinder erzogen? Sie hatte noch nie erlebt, dass einer von ihnen je schlechte Manieren an den Tag legte. Musste sie sich – jetzt, wo sie wusste, dass Nikolas ein Prinz war – ihm gegenüber anders verhalten?

»Um Himmels Willen!«, stieß Nikolas plötzlich aus. »Bloß nicht!«

Dann lachten alle und die Stimmung lockerte sich allmählich auf. Einen Augenblick später setzten sie sich alle vor den Kamin und redeten. Lucy erzählte Quidea von ihrem Plan und Miriams Krankheit und Nikolas erwähnte ein weiteres Mal entschuldigend, dass er nicht ausreichend mit Lucy darüber gesprochen hatte. Dann warf Hilar ein, dass in letzter Zeit alle angespannt seien, weil sich so viel veränderte und Lucy sowieso ein wenig neben der Spur war, weil sich ihre Empathie immer weiter entwickelte. Quidea riet Nikolas mit Lucy weiterhin zu trainieren, damit diese Fähigkeit nicht tatsächlich zu einem Fluch wurde und dann kamen sie wieder auf den Kristall zu sprechen.

»Ich kann dir diesen Gefallen leider nicht tun, Lucy«, sagte Quidea.

Lucy machte ein enttäuschtes Gesicht und senkte den Blick. Dann war alles umsonst? Ihre ganze Mühe und der ganze Aufwand?

»Hör mir zu«, fuhr der König fort. »Du weißt aus eigener Erfahrung, dass jeder Mensch in der Lage ist, sich selbst zu heilen. Auch ohne Kristall.«

Lucy nickte. Sie wollte in diesem Moment aber nicht erwähnen, dass sie nicht glaubte, dass Miriam diese Aufgabe allein bewältigen konnte.

»Selbst, wenn ich dir einen Splitter mitgegeben hätte, hätte es aber nicht funktioniert, Lucy.«

Jetzt hob sie verstört den Kopf. »Aber bei mir hat es doch auch funktioniert«, erinnerte sie sich.

»Du warst in einer anderen Situation. Du hast dir nichts sehnlicher gewünscht als wieder gesund zu sein. Hast dir vorgestellt wieder vollkommen beschwerdefrei dein Leben zu genießen. Miriam dagegen«, er hielt inne und warf einen Blick auf Miriam, die nun schuldbewusst den Kopf senkte, »es tut mir leid dies zu erwähnen, aber ihr Wunsch ging genau in die entgegengesetzte Richtung. Der Kristall hätte sie umgebracht.«

Lucy riss die Augen auf und schluckte.

»U...umgebracht?«

Quidea nickte langsam und tief.

»Er beschleunigt die Verwirklichung der Gedanken und Gefühle, wie du dich sicher erinnerst. Es hätte vielleicht nicht einmal ein paar Stunden gedauert und ihr Wunsch, diese Welt zu verlassen, wäre wahr geworden.«

Lucy wurde kreidebleich. Der Gedanke, dass sie ihre beste Freundin beinahe versehentlich *umgebracht* hätte, schnürte ihr die Kehle zu. Sie sah Nikolas an, der immer noch einen entschuldigenden Ausdruck in seinem Gesicht hatte.

»Das war es, was du im Krankenhaus gemeint hast, als du gesagt hast, dass es so nicht funktionieren kann, oder?«

Er nickte. »Ich hätte es besser erklären müssen«, sagte er wieder. »Ich war davon ausgegangen, dass du es verstanden hättest.«

Ich dumme Kuh, dachte Lucy und hätte sich jetzt am liebsten eine Ohrfeige verpasst. *Wie konnte ich nur so blöd sein?*

»Lucy«, sagte Alea jetzt mit einem Lachen in der Stimme. Sie legte ihre Hand auf Lucys Schulter und ließ eine sehr starke emotionale Welle in ihren Körper fließen. Sie breitete sich unglaublich schnell in ihrem Brustkorb aus und kribbelte dort so heftig, dass Lucy sofort auflachte. Es war, als würde sie jemand in ihrem Inneren kitzeln. Sie drehte sich überrascht zu Alea um, die nun amüsiert schmunzelte. »Ein bisschen mehr Kontrolle, bitte. Du bist hier in Lumenia. Außerdem hast du es ja nur gut gemeint. Mach dich mal nicht fertig.«

Lucy nickte und konzentrierte sich jetzt anstatt auf ihren blöden, halsbrecherischen und vor allem *gescheiterten* Plan, lieber auf das lustige Gefühl in ihrem Brustkorb und ließ es stärker werden. Ein paar Sekunden später ging es ihr dann wieder gut und sie dankte Alea mit einem Lächeln.

»Ich denke, Miriam ist jetzt bereit, sich auf das Spiel der Götter einzulassen und es für ihre Genesung zu nutzen«, sprach Quidea weiter und sah dabei Miriam bedeutsam an, die jetzt energisch nickte und schuldbewusst zu Lucy hinüber sah. Hilar stupste dann mit der Hand gegen ihr Bein, woraufhin sich Miriam gleich wieder zusammenriss und sich auf ein anderes Gefühl konzentrierte, als auf die Schuld, die sie Lucy gegenüber empfand. Irgendwie mochte sie es, dass Hilar sie die ganze Zeit festhielt und auf sie und ihre Gedanken und Gefühle aufpasste. Es gab ihr ein Gefühl von Sicherheit und Geborgenheit.

Quidea stand jetzt auf und seufzte müde.

»Ich denke, es ist an der Zeit euch wieder nach Hause zu schicken, meine Lieben. Hilar ist sehr erschöpft und ich vermute ihr wollt sicherlich noch den Rest des heiligen Abends genießen.«

»Was ist mit Marius?«, fragte Hilar plötzlich und hob damit die Ruhe und Entspannung, die sich im Laufe des Gespräches in ihnen allen ausgebreitet hatte, mit einem Schlag auf. Sie sahen alle Quidea an, der nun beruhigend lächelte und eine entschärfende Handbewegung machte.

»Alles in Ordnung. Ich habe eine Gruppe der blauen Garde hinüber geschickt, die sich darum gekümmert hat.«

Lucy stutzte. Für einen Moment hatte sie tatsächlich Schwierigkeiten gehabt, sich an den Namen *Marius* zu erinnern. Der Name, der sich seit den Ereignissen im Sommer auf erschreckend negative Weise in ihre Erinnerung gebrannt hatte, wie nichts Anderes. Jetzt konnte sie mit dem Namen kaum noch ein Bild verbinden. Sie überlegte, ob sie sich vielleicht den Kopf gestoßen hatte, als sie vom Himmel in diesen Baum gestürzt war. Eine andere Erklärung fand sie hierfür nicht.

Alea hatte ihre Gedanken mitbekommen und sah sie nun nachdenklich an. Ihr dämmerte langsam, dass mit Lucy etwas nicht stimmte.

»Er konnte sich an alles erinnern«, sagte Nikolas nun besorgt. »Ich denke, ich habe damals seine Fähigkeiten geweckt, als ich ihm …«

Quidea nickte wissend. »Das ist gut möglich, aber wir haben noch andere Methoden, wie du weißt. Bei ihm tritt die höchste Sicherheitsstufe in Kraft.«

Nikolas ließ erleichtert die Schultern sinken. Sie hatten ihn also manipuliert. Es war eigentlich verboten, aber wenn es für die Sicherheit des Landes notwendig war, musste man zu härteren Maßnahmen greifen. Er fragte sich, wen er für diesen Eingriff ausgewählt hatte. Darauf, Menschen mit energetischen Hilfsmitteln bewusst zu manipulieren, lag die Höchststrafe und wer auch immer für diesen Auftrag ausgewählt wurde, musste dafür büßen. Selbst, wenn er es für sein Land getan hatte.

Quidea ging nicht auf seine gedanklichen Fragen ein. Er verabschiedete sich mit der Begründung, dass er sich noch einmal auf der Weihnachtsfeier sehen lassen musste und ging dann einfach.

»Ich begleite euch noch zum Portal«, sagte Alea und stand nun auch seufzend auf.

Und dann machten sie sich, jeder in seinen eigenen Gedanken versunken, langsam auf den Weg. Miriam betrachtete noch einmal eingehend die Stadt, als sie durch die honigfarbenen Straßen gingen und genoss Hilars Hand-Schaukel-Spiel. Lucy ging mit Nikolas Hand in Hand und versuchte die ganze Zeit aus der seltsamen Leere in ihrem Kopf schlau zu werden. Sie überlegte sogar zum Arzt zu gehen und sich den Kopf untersuchen zu lassen. Vielleicht hatte sie wirklich einen heftigen Schlag abbekommen und nun war etwas in ihrem Gehirn durcheinander geraten. Nikolas folgte aufmerksam ihren Gedanken und versuchte sich einen Reim aus der ganzen Sache zu machen. Er wurde einfach nicht schlau daraus. Er wusste, dass Taro eine fragwürdige Persönlichkeit war, der man nicht so recht über den Weg trauen wollte. Auch, wenn er sich immer zuvorkommend und höflich gab. Alle mochten ihn, aber alle hielten auch einen gewissen Abstand zu ihm, was wohl daran lag, dass nie jemand einen seiner Gedanken oder seine Gefühle wahrnehmen konnte. In Lumenia gewährte jeder einfach jedem den Zugang zu seinen Gedanken und Gefühlen. So war es einfach viel leichter miteinander zu kommunizieren. Außerdem war dies ein Vertrauensbeweis. Jemandem seine Gedanken und Gefühle zu offenbaren war ein Geschenk, das mit Respekt und Achtung behandelt wurde. Nur manchmal, wenn es die Situation verlangte, verschloss man sich vor den anderen. Was das anging, war Taro also jemand, der niemandem je sein Vertrauen schenkte und er wusste nicht, woran das lag. Dann kam ihm noch einmal die Geschichte zwischen ihm, Paco und Linn in den Sinn. Er überlegte, ob es da irgendeinen Zusammenhang zu Lucy gab und ob doch etwas an der Sache dran war, die Paco vermutete. Dass Taro Linn manipuliert hatte. Wenn dem so war, würde dies schwerwiegende Folgen haben. Jemanden zu manipulieren war das schlimmste Verbrechen, dass man in Lumenia begehen konnte. Er konnte sich beim besten Willen nicht vorstellen, dass Taro wirklich so dumm war. Schließlich hatte er einen Ruf zu wahren. Aber als Nikolas im Kaminzimmer Lucys verwirrtes Gesicht gesehen hatte und die Veränderung in ihrem Denken, war ihm diese Vermutung tatsächlich kurz gekommen. Er hoffte zutiefst, dass sie sich nicht bewahrheitete und dass Lucy einfach nur verwirrt war. Ein Portalübertritt war kein

Zuckerschlecken und konnte einen schon mal aus der Bahn werfen, wenn man – wie sie – auf eigene Faust einen Portalschlüssel aktivierte, der einen in Stücke reißen konnte. Lucy bekam von seinen Gedanken glücklicherweise nichts mit. Sie war zu beschäftigt mit ihren eigenen Gedanken. Paco hingegen dachte an Linn. Er lief in einigem Abstand zu seinen Freunden voraus und ließ vor seinem geistigen Auge immer wieder Bilder von ihrem zarten, lieblichen Gesicht aufkommen. Seine Gefühle waren dabei so intensiv, dass jeder sie spüren konnte. Auch Lucy spürte, was in ihm vorging, aber es interessierte sie seltsamerweise nicht. Ihre ganze Aufmerksamkeit kreiste die ganze Zeit einzig und allein um das bohrende Gefühl, dass sie irgendetwas vergessen hatte. Es fühlte sich an wie dieses Gespür, wenn man zu Hause den Herd angelassen hatte und schon im Urlaub war. Es zermürbte einen regelrecht. Dieses Gefühl ließ ihr keine Ruhe. Es schien unaufhörlich an einer rätselhaften Tür zu kratzen, die fest verschlossen war. Und Lucy hatte keine Ahnung, wie sie an den Schlüssel kommen sollte.

17

Schuld und Kampf

Der Morgen des 25. Dezember war klirrend kalt. Aber es schneite nicht mehr. Hilar begleitete Miriam nach Hause, nachdem sie mit Lucy und Nikolas ausgedehnt gefrühstückt hatten. Den Rest des Heiligen Abends hatten sie ruhig verbracht. Nikolas hatte ein Feuer im Kamin angezündet und sie hatten bis spät in die Nacht über Lumenia geredet. Miriam hatte bestimmt 1000 Fragen gestellt. Sie konnte immer noch nicht glauben, dass dieses Land tatsächlich existierte. Wenn sie nicht dort gewesen wäre und sich in die wunderhübschen Straßen und die runden Häuser mit ihren spitzen Dächern verliebt hätte, hätte sie es für einen Traum gehalten. Für einen völlig verrückten aber atemberaubend schönen Traum.

Der Schnee machte knirschende Geräusche unter ihren Füßen, als sie die ruhigen Straßen entlang gingen und durchbrach sanft die friedliche Stille des Morgens. Es war fast so friedlich und ruhig wie in Lumenia. Nur nicht so traumhaft schön. Sie seufzte und hob den Kopf. Vor ihnen kam ihnen eine kleine Familie entgegen. Sie trugen bunte Päckchen vor sich her und machten glückliche Gesichter. Als sie an ihnen vorbeigingen, starrten sie Hilar mit einer solchen Überraschung und Faszination in ihren Blicken an, dass er sich verlegen am Kopf kratzte und auf den Boden starrte. Sie schienen ihre Blicke gar nicht mehr von ihm lösen zu können. Miriam sah ihnen nach und lachte dann.

»Was war das denn?«, fragte sie überrascht, als sie sicher

war, dass sie sie nicht mehr hören konnten.

Hilar zuckte mit den Schultern. »Das passiert mir dauernd. Ich muss irgendwie seltsam für euch aussehen, aber ich kann einfach nicht entdecken, woran es liegt. Sind es meine Haare?«

Er sah sie jetzt mit hochgezogenen Augenbrauen fragend an und Miriam musste erneut lachen.

»Nein«, kicherte sie. »Du siehst nicht seltsam aus. Und deine Haare sind völlig okay.« Sie betrachtete die blonden Stoppeln, die wirklich gut zu seinem Gesicht passten und lächelte. »Du siehst ehrlich gesagt ziemlich gut aus.«

Sein Blick wirkte überrascht, obwohl er sich über ihr Kompliment mehr als freute. Als er sah, dass sich ihre Wangen vor Scham rot färbten, lächelte er verzückt.

»Es liegt nicht an deinem Aussehen«, sprach sie nun weiter.

»Nicht?«, fragte er neugierig.

Miriam strich sich eine Haarsträhne aus dem Gesicht und klemmte sie sich hinter ihr Ohr, wobei sie den Kopf gesenkt hielt und beschäftigt auf den Schnee blickte.

»Es liegt an deiner Ausstrahlung«, murmelte sie leise. Einen Moment lang sagte sie nichts, hob dann aber den Kopf und sah ihn wieder an. Hilar spürte, dass ihr Herz dabei schneller schlug. »Du wirkst so ... majestätisch, weißt du?! Genauso wie Nikolas. Ihr habt das beide. Vielleicht ist das so bei Lumeniern. Bei Alea hat es mich fast umgehauen.«

Hilar dachte kurz über ihre Worte nach, konnte sich aber nichts unter dem Begriff *majestätisch* vorstellen.

»Was meinst du damit?«

Sie legte die Stirn in Falten und blickte ihn dann ahnungslos an. »Also ... ich kann das nicht so gut erklären. Es ist einfach ein Gefühl, das man hat, wenn man vor euch steht. Ihr wirkt so ... erhaben und stark. So, als könnte euch nichts umhauen, verstehst du? Als würdet ihr über allen Dingen stehen, alles wissen, alles verstehen und alles können. Ihr strotzt nur so vor

Selbstbewusstsein und das wirkt faszinierend auf Menschen.«

Hilar blickte nun ebenfalls auf den Schnee und dachte darüber nach. Starrten ihn die Leute *nur* deshalb so an? Weil er *selbstbewusst* war? Er hielt es für völlig normal selbstbewusst zu sein und konnte sich kaum vorstellen, dass diese Eigenschaft bei anderen Menschen Faszination auslösen konnte. Andererseits, wenn er sich vorstellte, dass es den Menschen hier vielleicht schwerfiel ein gesundes Selbstbewusstsein zu entwickeln – was auf Grund ihres Glaubensverlustes völlig verständlich war – konnte er auch verstehen, dass es zumindest überraschend auf sie wirkte, wenn sie jemanden sahen, der so ganz anders war, als sie.

»Wirke ich auf *dich* faszinierend?«, fragte er jetzt direkt heraus und biss sich fast im selben Moment reuevoll auf die Lippe. Er konnte mal wieder seinen Mund nicht halten und platzte einfach mit seinen Gefühlen heraus, ohne darüber nachzudenken. Aber bisher hatte er in ihren verwirrenden Gedanken und Gefühlen nichts darüber entdecken können. Und es machte ihn nervös, wenn er die Gedanken und Gefühle anderer Menschen nicht deuten konnte.

»Sorry«, murmelte er sofort hinterher. Was machte er da eigentlich? Sie hatte sich gerade erst von ihrem – seiner Meinung nach ziemlich hirnlosen – Freund getrennt und er machte schon solche Anspielungen.

»Ja«, sagte sie jetzt zaghaft lächelnd und senkte verlegen den Kopf. »Ziemlich sogar.« Dann kramte sie übereifrig ihren Schlüssel aus der Tasche, ging durch das Gartentor zu ihrem Haus und schloss die Tür auf. Hilar folgte ihr glücklich.

Sofort kam ihre Mutter aus der Küche geeilt und nahm Miriam in den Arm.

»Tut mir so leid, Spatz!«, sagte sie und strich ihrer Tochter liebevoll über das Gesicht.

»Nein, mir tut's leid«, sagte Miriam. »Ich wollte nicht

'rumschreien.«

»Du hast jedes Recht 'rumzuschreien!«, sagte ihr Vater nun, der ebenfalls aus der Küche gekommen war. »Es wird auch Zeit, dass du mal wütend wirst. Ich finde du hattest vollkommen Recht!«

Miriam nahm nun auch ihren Vater in den Arm, wünschte ihren Eltern frohe Weihnachten und stellte sich dann neben Hilar, der die Gedanken ihrer Eltern aufmerksam las.

… bin froh, dass sie gestern nicht hier war. Sonst hätte sie den ganzen Stress mit Carla mitbekommen. Das waren die Gedanken ihrer Mutter. *Sie hat es bei Lucy bestimmt schön gehabt.*

Vielleicht hat Carla Recht und wir sind Schuld an diesem Dilemma. Wir haben nicht auf sie geachtet. Das war ihr Vater.

Schwere Schuldgefühle füllten den Raum und Hilar hätte am liebsten einen Kommentar zu diesen verrückten Gedanken abgegeben. Aber er verkniff es sich und hob kurzerhand die Energie des Raumes an, damit sie sich alle ein wenig beruhigten und wohler fühlten. Schließlich war Weihnachten. Er konnte nicht fassen, dass sie gestern Abend schon wieder gestritten hatten.

»Wir gehen nach oben, ja?«, sagte Miriam nun und ging schon in Richtung Treppe.

»In Ordnung«, sagte ihre Mutter. Ihre Stimme klang jetzt etwas heiterer. »Bleibst du zum Essen, Hilar?«

Er drehte sich um, machte eine kleine Verbeugung und lächelte sein charmantestes Lächeln. »Das wäre zu freundlich! Danke sehr!«

Ihre Mutter starrte ihn mit ebensolcher Faszination an, wie es alle Menschen taten und lächelte erfreut.

So ein gut erzogener junger Mann, dachte sie, als Hilar mit Miriam die Stufen hinaufging. *Ich frage mich, was mit Mark passiert ist. Ob sie sich gestritten haben? Gerade jetzt? Vielleicht war sie deshalb so traurig. Hilar scheint ihr gutzutun. Sie strahlt auf einmal so.*

Diese Worte hörte er natürlich zu gern und er hätte sie am liebsten noch einmal zurückgespult und immer wieder abgespielt. *Sie strahlt,* wiederholte er sie in Gedanken. Er sah Miriam ins Gesicht, als sie die Tür zu ihrem Zimmer öffnete und erkannte wirklich eine große Veränderung seit gestern. Sie sah zufrieden aus.

»Danke, dass du das mit den Briefen geregelt hast«, sagte sie, als sie die Tür schloss. »Ich weiß nicht, was sie gemacht hätten, wenn sie sie gefunden hätten. Ich hätte es mir nie verziehen, wenn ihnen deshalb etwas zugestoßen wäre.« Hunderte Gedanken gingen ihr durch den Kopf, was alles hätte passieren können. Aber keinen von ihnen wollte sie sich länger ausmalen.

»Keine Ursache«, sagte Hilar. Und dann kam ihm ein Gedanke. »Sag mal, gestern am Fluss...«

»Mhm«, machte Miriam und räumte rasch ein paar Klamotten weg, die über der Stuhllehne hingen.

»Wieso hast du Marius gesagt, dass der Schlüssel in Lucys Haus ist? Ich hab versucht deine Gedanken zu lesen, aber es ist mir nicht gelungen.«

Miriam grinste jetzt schadenfroh.

»Nun ja, ich dachte, ich könnte ihnen damit ein bisschen schaden. Das Haus ist doch programmiert.«

Jetzt endlich dämmerte es Hilar. »Richtig«, sagte er und lachte. »Das hätte ich gern gesehen, wie die versuchen ins Haus zu kommen.«

Miriam lachte ebenfalls und setzte sich jetzt aufs Bett. Hilar setzte sich neben sie und atmete tief ein.

»Kann's losgehen?«

Sie nickte. Sie waren beide ein wenig nervös, aber Hilar versuchte sich zu konzentrieren und redete einfach drauf los: »Also, ich sage dir das, was ich weiß und wenn du Fragen hast, dann unterbrichst du mich, ja?«

Sie nickte wieder.

»Eigentlich weiß ich über Krankheiten nicht viel. So etwas gibt es bei uns nicht, weißt du?!«

»Gar nicht?«, fragte sie überrascht.

»Nein. Wir sorgen ständig dafür, dass es in unserem Körper keine Disharmonien gibt. In der Schule lernen wir, dass Krankheiten durch Fehler im Energiesystem entstehen. Blockaden, Energiestaus oder der Verlust von Energie. Wenn man aber die Harmonie im Energiesystem aufrechterhält, können Krankheiten nicht entstehen. Du musst dir das so vorstellen«, er deutete mit einer langsamen Handbewegung von ihrem Kopf bis zu ihren Füßen, »wenn dein Körper in Harmonie ist, fließt die Energie ungehindert durch alle Energiebahnen, Zellen und Organe hindurch und versorgt dich mit Kraft. Sobald aber irgendwo eine Blockade entsteht, zum Beispiel durch starke negative Gefühle, stockt die Energie und dieser Bereich wird nicht mehr ausreichend versorgt. Dann kommt das Energiesystem durcheinander, weil durch diese Blockade vielleicht an anderer Stelle zu viel Energie fließt. Der Körper versucht diese Disharmonien auszugleichen und gerät immer weiter in Stress und Disharmonien. Es ist ein Teufelskreis.«

Miriam nickte. »Das klingt ganz nach TCM.«

»Nach was?«

Miriam lachte über sein verwirrtes Gesicht. »Das ist die Chinesische Medizin. Da geht es auch um die Energiebahnen im Körper.«

Hilar guckte sie irritiert an. »Warum nutzt ihr dieses Wissen dann nicht?«, fragte er betreten.

»Naja«, sagte sie. »Die meisten glauben nicht daran.«

Jetzt wurde Hilar langsam klar, was in dieser Welt eigentlich los war. Sie hatten zwar noch das alte Wissen aus Überlieferungen, aber glaubten nicht an dessen Wirkung. Es war dieselbe Geschichte, die Nikolas ihm von diesem

Buchladen erzählt hatte, in dem es unzählige Bücher über das Gesetz der Anziehung gab. Die Leute gingen aber daran vorbei und konzentrierten sich weiterhin auf das Leid und den Schmerz. Sie glaubten einfach nicht, dass es so einfach sein konnte.

»In China und in anderen Ländern gibt es Übungen, um diese Blockaden aufzulösen«, erzählte Miriam weiter.

»Was denn für Übungen?«, fragte Hilar neugierig.

»Also, die machen solche Bewegungen.« Miriam wischte mit den Armen einige Male durch die Luft und lachte dann. »Ich hab keine Ahnung, wie die gehen.«

Hilar folgte mit den Augen ihren Bewegungen und lachte ebenfalls. »Ich denke, es kann nicht schaden, seinen Körper durch bestimmte Bewegungen in Harmonie zu bringen. Aber fürs Erste nutzen wir einfach die Euphoria-Methode, in Ordnung?«

»Dadurch werden die Energien im Körper auch harmonisiert?«

Hilar nickte. »Aber nur, wenn du dich an die Spielregeln hältst.«

Miriam nickte entschlossen und richtete ihren Oberkörper auf.

»Kann losgehen!«, sagte sie lächelnd und Hilar rückte sofort mit der ersten und wichtigsten Spielregel heraus.

»Das könnte dir eventuell ein bisschen schwerfallen, weil du es anders gewöhnt bist, aber an dieser Regel kommst du nicht vorbei.« Er machte kurz Pause und sagte dann: »Du musst aufhören zu kämpfen.«

Miriam sah ihn lange an und versuchte zu verstehen, was er meinte. Aber es war ihr schleierhaft. Sie kämpfte doch gar nicht. Und wogegen überhaupt?

»Das bedeutet?«, fragte sie ratlos.

»Es bedeutet, alles zu akzeptieren, wie es ist. Jede noch so kleine Kleinigkeit und jedes überwältigende Problem. Alles. Restlos alles.«

Miriam sah ihm entgeistert ins Gesicht und dachte an ihre Familie. Wie sollte sie deren Verhalten bloß akzeptieren? Sie zerstörten sich gegenseitig und sie sollte das auch noch gut finden?

»Etwas zu akzeptieren heißt nicht, es gut zu finden, Miri. Es heißt einfach, es so anzunehmen, wie es gerade ist. Deine Familie hat 'nen Knall. So ist das eben.« Bei den letzten Worten grinste er frech.

Jetzt lachte sie und schubste ihn neckisch.

»War nur Spaß«, sagte er schmunzelnd. »Sie haben Gründe, warum sie so sind, wie sie sind. Alles hat seine Gründe und seine Ursachen. Jeder von ihnen hat seine ganz eigene Geschichte, die aus den verschiedensten Ereignissen und Menschen heraus entstanden ist und aus der ihr Verhalten resultiert. Sie sind voll mit Emotionen, mit denen sie nicht umgehen können. Das musst du dir klarmachen. Sie kämpfen. Sie kämpfen gegen alles Mögliche. Gegen sich selbst, gegen die anderen, gegen ihre Gefühle, gegen die Vergangenheit, gegen das Leben. Sie kämpfen, weil sie nicht gelernt haben anders mit ihren Gefühlen umzugehen. Wenn sie etwas fühlen, das unangenehm ist, kämpfen sie dagegen an. Nehmen wir zum Beispiel das Gefühl Ablehnung.«

Miriam dachte sofort an Carla, die sich ihr ganzes Leben lang immer von allen Menschen – besonders von ihrer Familie – abgelehnt gefühlt hatte und deshalb immer um Anerkennung und Aufmerksamkeit kämpfte. Wenn man ihr nicht genug davon gab, wurde sie wütend und schmiss mit Beschuldigungen um sich.

»Genau das meine ich«, sagte Hilar. »Sie kämpft gegen ihr eigenes Gefühl und will es aus dem Weg räumen, indem sie andere Menschen dafür verantwortlich macht. Sie will, dass ihr jemand den Schmerz der Ablehnung nimmt; dass es jemand wieder gutmacht. Sie will Entschuldigungen, Aufmerksamkeit und Anerkennung für ihr Leid, bemerkt aber nicht, dass sie durch ihr Verhalten nur noch mehr Ablehnung hervorruft. Sie treibt die Menschen durch die Verantwortung, die sie ihnen auflädt, von sich.«

Miriam dachte kurz nach. »Aber irgendwo muss das doch mal hergekommen sein«, sagte sie. »Sie fühlt sich ja nicht aus Spaß so.«

»Es ist im Grunde egal, wo es hergekommen ist. Vielleicht hat ihr jemand in ihrer Kindheit dieses Gefühl gegeben und dadurch hat es sich in ihr gespeichert und ist zu einem Glaubenssatz geworden. Aber wo auch immer das Gefühl hergekommen ist, es gehört jetzt ganz allein *ihr* und niemand ist mehr dafür verantwortlich, als nur sie selbst. Nicht die Menschen, die es vielleicht verursacht haben oder die Ereignisse, die es ausgelöst haben. Niemand ist dafür verantwortlich, ihr das Gefühl wegzunehmen und das kann auch niemand, denn es gehört ihr und nur *sie* hat die Macht darüber.«

»Aber ist nicht irgendjemand Schuld daran? Ich meine, wenn sie mal irgendjemand als Kind schlecht behandelt hat, dann ist die Person doch Schuld daran, dass so ein Gefühl in ihr entstanden ist, oder?«

Hilar atmete tief ein. Das Ganze war schwieriger, als er dachte. Nicht, weil er keine Antwort mehr auf ihre Fragen hatte, sondern weil er ihr Dinge erklären musste, die für ihn ganz selbstverständlich waren. Er hatte nie über Menschen nachgedacht, die Probleme mit der Akzeptanz hatten, weil er solche Menschen einfach nicht kannte. Jetzt musste er sich erst in diese Menschen hineinfühlen, um dann erklären zu können wie man aus diesem Dilemma herauskam.

»Es gibt keine Schuld«, sagte er jetzt. »Streich dieses Wort am besten aus deinem Wortschatz. So etwas wie Schuld existiert nicht. Wenn sie als Kind von jemandem schlecht behandelt worden ist, dann gab es für das Verhalten dieses Jemanden eine Ursache. Und auch diese Ursache ist irgendwann durch eine Ursache entstanden, verstehst du? Wenn du es so betrachtest, sind die Dinge einfach so, wie sie sind, weil sie durch Ursachen hervorgerufen wurden. Das heißt nicht, dass es gut ist, Kinder schlecht zu behandeln. Es heißt nur, dass es passiert. Und dass es aus einer endlosen Kette von Ursachen heraus passiert. Punkt. Vielleicht wusste der Jemand in dieser Situation nicht, wie er sich anders verhalten sollte, weil er ebenfalls nicht mit seinen Gefühlen umgehen kann, innere Kämpfe hat, seine eigenen Dramen mit sich herumträgt und so weiter. Aber es passiert aus einem Grund und man kann niemandem die Schuld dafür geben. Es gibt keine Schuld und es wird niemals Schuld geben. Die Dinge sind einfach wie sie sind und wenn man etwas Schlimmes erlebt hat, muss man die Verantwortung, die man für sein eigenes Leben trägt, in die Hand nehmen und lernen damit umzugehen. Das kann kein anderer tun. Diese Aufgabe trägt jeder für sich allein.«

Miriam seufzte schwer. »Dann kann ich meiner Familie auch nicht die Schuld daran geben, dass sie all die Jahre keine Rücksicht auf mich genommen hat und ich mich deshalb unwichtig fühle und irgendwie ... ignoriert. Weil ihr Verhalten Gründe hat, nicht wahr? Sie verhalten sich so, weil sie nicht wissen wie sie es anders machen sollen. Weil sie mit den Problemen und den ganzen Gefühlen nicht umgehen können.«

»Genauso ist es«, sagte Hilar und nickte.

»Aber ich fühle mich trotzdem ignoriert.«

Hilar sah ihr nun voller Mitgefühl in die Augen und spürte den Drang ihre Hand zu nehmen, um sie zu trösten. Aber er lächelte stattdessen nur und beugte sich ganz leicht zu ihr vor.

»Es gibt eine Sache, die dir klar sein muss«, sagte er leise, aber eindringlich. »Wenn dich jemand, der dich liebt, verletzt oder schlecht behandelt, tut er das nicht, weil er dir schaden will. Sondern nur aus einem einzigen Grund: Weil er in diesem Moment einen Kampf mit sich selbst austrägt und keinen Weg kennt anders mit der Situation umzugehen. Verletzungen sind nie persönlich gemeint. Niemals. Sie passieren aus inneren Kämpfen heraus. Wenn du dir mal Situationen in Erinnerung rufst, in denen du verletzt worden bist und sie aus dieser Perspektive betrachtest, wird dir das sehr schnell klar werden.«

Miriam dachte spontan an Mark und spürte sofort einen stechenden Schmerz in ihrem Brustkorb. Ihr Hals schnürte sich zu und es fiel ihr schwer zu atmen. Von ihm fühlte sie sich ganz besonders verletzt. Nicht, weil er mit ihr Schluss gemacht hatte, sondern *warum* er mit ihr Schluss gemacht hatte. Sie hörte immer noch die Worte in ihrem Kopf. Diese verletzenden Worte, die er zu ihr gesagt hatte.

Hilar fragte sie nicht danach. Er hörte sie deutlich in ihren Gedanken. Er hatte sich nur auf eine Beziehung mit ihr eingelassen, um ihr einen *Gefallen* zu tun. Weil er wusste, wie sehr sie auf ihn stand und es ihm gut tat so angehimmelt zu werden. Aber er liebte sie nicht. Und als Vanessa, ihre Konkurrentin aus dem Sportverein, um ihn warb, wurde ihm das klar.

Miriam unterdrückte ein paar Tränen und senkte den Blick. Dann legte Hilar sofort seine Hand unter ihr Kinn und hob ihren Kopf wieder an.

»Und damit solltest du sofort aufhören«, sagte er. »Hier fängt die Akzeptanz an. Akzeptiere deine Gefühle.«

Sie sah ihm in die Augen und ließ jetzt einfach kommen, was da kommen wollte. Tränen liefen ihr über das Gesicht und die Verletzung breitete sich so schmerzhaft in ihr aus, dass sie sich völlig verkrampfte.

»Es tut weh«, schluchzte sie. »Es tut so weh.«

Hilar streichelte ihre Tränen fort und machte ein schmerzerfülltes Gesicht. Er konnte es nicht ertragen, sie weinen zu sehen, versuchte aber, sich von ihrem Schmerz nicht mit hinabziehen zu lassen.

»Er hat nicht *dich* gemeint«, sagte er jetzt. »Er hat ganz offensichtlich ein Problem mit sich selbst. Er schafft es nicht, sich selbst genügend Anerkennung zu geben und benötigt sie deshalb von anderen Menschen. Von dir zum Beispiel. Er sucht keine Liebe. Er sucht seinen Wert in der Anerkennung anderer Menschen, weil er seinen Wert selbst nicht erkennen kann. Verstehst du? Er kämpft. Er kämpft um Aufmerksamkeit und Anerkennung und du bist einfach in diesen Kampf hineingeraten. Das ist alles. Er hat es nicht persönlich gemeint. Er kommt nur mit seinen Gefühlen nicht klar.«

Während Hilar sprach, hörte Miriam auf zu weinen und lauschte aufmerksam seinen Worten. Das, was er sagte, klang logisch. War es wirklich immer so, wenn jemand verletzt wurde? War es nie persönlich gemeint? Wenn sie es so betrachtete, konnte sie Mark jetzt auch nicht die Schuld daran geben, dass sie sich miserabel fühlte. Dafür war sie dann selbst verantwortlich. Weil sie es auf sich bezogen hatte. Sie dachte sie sei nicht gut genug. Fühlte sich ein weiteres Mal völlig unwichtig, unbeachtet und ignoriert. So, wie in ihrer Familie. Aber das waren *ihre* Gefühle. Er hatte damit gar nichts zu tun. Hätte sie nicht diese Geschichte, diese lange Geschichte voller Familiendramen, wäre sie vielleicht gar nicht so empfindlich gewesen und hätte es auch nicht persönlich genommen. Dann hätte sie akzeptiert, dass er offenbar nur mit ihr zusammen gewesen war, um sich in ihrer Bewunderung zu suhlen und hätte die ganze Sache ohne großes Drama überstanden. Sie wäre zwar trotzdem traurig gewesen, aber es hätte sie nicht persönlich verletzt. Plötzlich wurde ihr klar, wie eine andere Betrachtung einer Situation alles ändern konnte. Auch die

Gefühle. Mit einem Mal wurde die Verletzung in ihr schwächer und plötzlich tat ihr Mark leid. Es tat ihr leid, dass er so sehr nach Anerkennung lechzte, weil er sie sich selbst nicht geben konnte. Und es tat ihr leid, dass er dafür sogar bereit war, eine Beziehung mit jemandem einzugehen, den er nicht liebte. Nein, er hatte sie nicht verletzt. Er *war* verletzt. Und er wusste nicht, wie er damit umgehen sollte.

Hilar spürte, wie ihre Verletztheit dem ruhigen Gefühl einer Erkenntnis wich und lächelte stolz.

»Siehst du«, sagte er. »Niemand ist Schuld.«

Miriam sah ihn jetzt mit einem so glücklichen Gesicht an, dass ihm ganz warm ums Herz wurde. Eine Welle von Dankbarkeit rollte ihm entgegen. Dankbarkeit dafür, dass er ihr diese Tür einer neuen Sichtweise eröffnet hatte. Wenn sie die Dinge so betrachtete, konnte sie niemandem die Schuld an irgendwelchen Situationen geben. Alles war immer eine Kette von Ereignissen; von Ursache und Wirkung. Selbst, wenn jemand einen anderen Menschen absichtlich verletzte, steckte dahinter eine Geschichte und ein innerer Kampf, den dieser Mensch mit sich austrug. Sie dachte an Chrissy und an das Leid, das sie ihretwegen ertragen musste, weil sie sie vermisste. Ihre Entscheidung die Familie zu verlassen und auch zu Miriam den Kontakt abzubrechen, war kein Racheakt oder Krieg, den sie ihrer Familie damit erklärte. Und falls es doch Rache war oder Krieg, hatte dies trotzdem dieselbe Ursache. Es war ein Kampf, den sie mit sich selbst kämpfte. Ein Kampf gegen ihre Gefühle, gegen ihre Vergangenheit, gegen die Familie und gegen die Realität. Ihre Entscheidung war das Resultat eines Kampfes und hatte mit Miriam nicht viel zu tun. Sie war nicht Schuld daran, dass Miriam fürchterlich litt und die Familie war auch nicht Schuld an Chrissys Leid oder ihrer Entscheidung. Niemand war Schuld an irgendwas. Es war alles nur das Resultat unzähliger Kämpfe und der Unfähigkeit mit

Emotionen umzugehen.

»Nein«, sagte Miriam jetzt erleichtert. »Niemand ist Schuld. Niemand.«

18

empathie

Als Lucy aus der Dusche stieg, um sich für den weihnachtlichen Besuch bei der Familie fertigzumachen, entdeckte sie auf dem Handtuch, das sie sich bereit gelegt hatte, eine Rose. Sie lachte innerlich, hob sie hoch und roch daran. Er hatte sie aus der Vase im Wohnzimmer genommen. Aus dem Strauß, den er ihr vor ein paar Tagen mitgebracht hatte. Unter der Rose lag ein kleiner Zettel, auf dem »Ich liebe dich« stand. Lucy gluckste vor Glück. Was war sie doch für ein unglaublicher Glückspilz! Sie legte die Rose auf das Waschbecken und trocknete sich erst einmal ab. Dabei dachte sie an Miriam und hoffte, dass Hilar es schaffen würde ihr das Spiel der Götter beizubringen. Sie wusste wie schwer es war sich immerzu an die Spielregeln zu halten, wenn man es nicht gewöhnt war. Aber sie entschied sich, ihrer besten Freundin einfach zu vertrauen. Sie hatte sehr entschlossen ausgesehen, als sie vorhin mit Hilar das Haus verlassen hatte.

Als sie das Handtuch weglegte, klopfte es an der Tür und Nikolas trat in den Raum. Lucy erschrak so sehr, dass sie die Rose vom Waschbecken fegte und mitten in die Dornen trat.

»Aaau! Verdammt!«, schrie sie.

Nikolas ging sofort zu ihr, ließ seinen Blick erst einmal kurz aber genüsslich über ihren Körper wandern, wobei er frech grinste und nahm dann ihre Hand.

»Setz dich«, sagte er sanft.

Lucy wurde kochend heiß, als sie seinen schmachtenden Blick bemerkte. Sie setzte sich benommen auf den Stuhl und

Nikolas kniete sich vor sie. Dann hob er ihr Bein an und inspizierte ihren Fuß.

»Blutet's?«, fragte sie atemlos.

Er nickte, legte nun eine Hand auf die Oberseite ihres Fußes und eine auf die Fußsohle und dann schloss er die Augen. Es fing sofort an zu kribbeln und seine Hände strahlten eine angenehme Wärme in ihren Fuß. Dann ließ er wieder los und lächelte zufrieden. Lucy beugte sich vor und berührte ihre Fußsohle. Dann blickte sie ihn fasziniert an.

»Du bist ein Wunderheiler!«, sagte sie.

Nikolas lachte, nahm die Rose vom Boden und stand wieder auf.

»Kannst du das nicht auch mit Miri machen?«

Jetzt seufzte er. »Mach dir nicht solche Sorgen. Miri schafft das schon.«

Lucy stand jetzt auch auf, griff an ihm vorbei nach dem Handtuch und sagte: »Du hast Recht. Sie hat ja einen guten Lehrer.«

Er nahm ihre Hand, noch bevor sie das Handtuch greifen konnte und legte ihren Arm gewandt um seinen Hals. Ihr nackter Körper schmiegte sich an ihn und er seufzte leise.

»Jetzt sind wir quitt«, feixte er. »So sagt man doch bei euch?!«

Lucy stutzte und sah ihn fragend an. Als er ihr dann aber Bilder aus seinen Gedanken von dem Tag zeigte, an dem *sie* ins Badezimmer geplatzt war, als er gerade aus der Dusche gestiegen war, verstand sie und lachte leise. Es kam ihr vor als sei seit dem eine Ewigkeit vergangen. Es lagen so viele Ereignisse dazwischen, dass sie kaum glauben konnte, dass sie nur an ein paar Tagen stattgefunden hatten. Ihr Verstand hatte womöglich noch nicht alles verarbeiten können. Es war immer noch so unwirklich und weit weg für sie, dass Miriam schwer krank war, dass Marius erneut in ihrem Leben aufgetaucht war und sie – es war erst ein paar Stunden her – allein durch das

Portal gesprungen und in Lumenia vom Himmel gefallen war. Sie war nur froh, dass sie ihre Fähigkeit zurückerlangt hatte, Gedanken zu hören. Auch wenn sie immer noch Aussetzer hatte. Aber das war ja schon vorher so gewesen. Sie musste eben einfach mehr trainieren.

In Nikolas' Blick zeigte sich nun ein Hauch von Besorgnis aber er schien den verursachenden Gedanken sofort durch etwas Anderes zu ersetzen und lächelte nun wieder.

»Ich weiß, wir haben nicht so viel Zeit, aber ... spielst du eine Runde mit mir?«, hauchte er.

Lucy lachte kurz auf. »Spielen?«

Er nickte. »So wie gestern. In dem Kaminzimmer.«

Jetzt wurde ihr klar, was er meinte. Sie hatte schon gedacht, er wolle ... - aber dafür war jetzt wirklich keine Zeit. Sie waren schon spät dran und sie wusste wie lange *dieses* Spiel dauerte, wenn sie erst einmal angefangen hatten. Sie legte nun auch den anderen Arm um seinen Nacken und küsste ihn sanft. Dabei ließ sie die Zuneigung, die sie für ihn empfand, in sich aufsteigen und in jede Körperzelle ausbreiten und spürte gleichzeitig, wie er dasselbe tat. Seine starken Gefühle verdoppelten ihre eigenen und so verharrten sie einen unendlichen Moment lang, in dem sie sich einfach nur nahe waren und sich gegenseitig ihre Gefühle entgegenbrachten. Gleichzeitig hob Nikolas die Energie des Raumes an und folgte dabei aufmerksam Lucys Gefühlen. Er spürte wie ihre Energie anstieg und ließ es geschehen, dass ihr seine eigene Energie sofort folgte. Sie tanzten in diesem berauschenden Energiespiel so sehr nach oben, dass es Lucy ein weiteres Mal die Sinne vernebelte und sie schließlich seufzend den Kopf in den Nacken legte. Nikolas wusste, dass sie diese Energie heute brauchen würde und er verheimlichte ihr diesen Gedanken nicht. Sie ließ sich von seiner Voraussicht nicht aus dem Spiel bringen, sondern fragte nur völlig gelassen in Gedanken:

Warum?

Und er antwortete: *Weil es von Zeit zu Zeit schwer ist, sich die Kämpfe der Menschen anzusehen, die man liebt. Ganz besonders für dich.*

Er machte sich immer noch Sorgen um ihre Empathie. Sie beruhigte ihn in Gedanken und versicherte ihm, dass sie mit *dieser* Energie nichts aus der Bahn werfen konnte. Und davon war sie wirklich überzeugt.

Etwa eine halbe Stunde später waren sie schon unterwegs zu ihrer Familie. Sie spürte den Boden nicht unter ihren Füßen, so berauscht war sie von ihrem Energiespiel mit Nikolas. Sie schwebte den Weg entlang auf das Hochhaus zu und bat Nikolas zu klingeln. Den erbärmlichen Zustand des Treppenhauses und den Gestank bemerkte sie gar nicht. Früher hatte sie sich immer darüber aufgeregt. Der kaputte Fahrstuhl und das wackelnde Geländer entging ihrem Interesse ebenso, wie der ganze Müll und die beschmierten Wände. Sie hüpfte die Stufen hinauf, zog Nikolas hinter sich her und gab ihm noch einmal einen langen Kuss bevor sie an der Tür klopfte.

Ein schmackhafter Duft von Rotkohl, Klößen und gebackener Pute kam ihr entgegen, als ihr Vater die Tür öffnete und sie hereinbat. Sie umarmte ihn und ihre Mutter und tänzelte sofort ins Wohnzimmer, wo ihr Bruder gerade damit beschäftigt war, den Tisch festlich zu decken.

»Frohe Weihnachten!«, rief sie fröhlich und sprang ihm in die Arme.

»Na, du Verrückte!«, lachte David. »Lebst du noch?« Damit spielte er auf ihre verrückte Idee an, mit einem wildfremden Mann zusammenzuziehen, der seiner Meinung nach auch ein Krimineller hätte sein können. In dem Punkt war sich ihre Familie mit Miriam einig, hatten die Sache aber nach einer langen Diskussion mit Lucy hinnehmen müssen. Außerdem – und keiner von ihnen würde das je zugeben – mochten sie Nikolas.

Lucy ging nicht auf die Anspielung ein, sondern wandte sich zu Nikolas um, der ihren Eltern gerade ein paar Geschenke überreichte.

»Das wäre doch nicht nötig gewesen«, sagte ihre Mutter bescheiden, freute sich aber sichtlich über die Geschenke und die Plätzchen, die Lucy gebacken hatte. Ihr Vater jedoch reagierte mit einem verärgerten Gesichtsausdruck und sagte: »Hatten wir nicht abgemacht, dass wir uns nichts schenken wollen?« Er warf Lucy einen vorwurfsvollen Blick zu und ging dann wütend in die Küche. Lucy spürte sofort den Drang, sich bei Nikolas für das Verhalten ihres Vaters zu entschuldigen, aber er gab ihr in Gedanken zu verstehen, dass er schon längst mitbekommen hatte, was in ihm vorging. Er war verbittert und wütend, dass er niemandem etwas schenken konnte. Deshalb war es ihm peinlich, Geschenke von anderen anzunehmen. Besonders von seinen eigenen Kindern. Er fühlte sich in der Verantwortung *ihnen* etwas zu schenken und ein schönes Weihnachtsfest zu bereiten. Und nicht umgekehrt.

Ihrer Mutter war die Situation sehr peinlich. Sie bedankte sich herzlich bei Nikolas und Lucy und packte die Geschenke unter den kleinen Baum vor dem Fenster. Als Lucy den Baum sah, wurde sie plötzlich traurig, dass sich ihre Familie nicht auch so einen großen Baum leisten konnte wie sie und Nikolas. Dann gesellten sich Schuldgefühle zu dieser Traurigkeit. Sie hätte ihnen einen größeren Baum kaufen sollen, dachte sie. Sie wusste, dass ihnen Weihnachten ebenso sehr am Herzen lag wie ihr und dass für sie ein großer Tannenbaum zu einem schönen Fest einfach dazugehörte. Und jetzt stand da ein kleiner, kahler Baum mit ein paar Kugeln und Strohsternen, der hinter den Geschenken fast nicht mehr zu sehen war. Sie betrachtete ihn mitleidig und wäre am liebsten sofort in irgendeinen Wald gefahren, um mit Nikolas einen größeren Baum auszureißen. Das würde er mit seinen Fähigkeiten bestimmt schaffen, dachte sie. Leider hatten ja die Geschäfte zu, also blieben nicht viele Möglichkeiten.

Als Nikolas ihre Hand berührte, zuckte sie zusammen.

Akzeptieren, Lucy, dachte er ihr entgegen und lächelte.

Sie versuchte sich zusammenzureißen, aber es fiel ihr sehr schwer. Sie wollte nicht, dass es ihrer Familie so erging.

Aber es ist so, dachte Nikolas.

Sie seufzte. Er hatte Recht. Wie immer. Ihre Traurigkeit nützte niemandem etwas und sie änderte auch nichts an der Realität. Außerdem fragte sie sich gerade, wo ihre ganzen Glücksgefühle plötzlich hin waren.

Die hast du gerade weggekämpft. Sollen wir noch mal spielen?

Sie sah in sein grinsendes Gesicht und lachte leise. Und als sie sich dann mit den anderen an den Tisch setzten, ließen sie erneut ihre Energie ansteigen, indem sie sich beide darauf konzentrierten, was sie füreinander empfanden. Nebenbei erzählte David von einem Vorstellungsgespräch, bei dem er ein gutes Gefühl habe, weil der Chef ihn wohl mochte. Er erhoffte sich durch seine Erzählung ein wenig Anerkennung von seinem Vater, weshalb er seine Worte mehr an ihn richtete, als an Lucy und Nikolas. Aber er reagierte nicht darauf. Er schaufelte sich unbeeindruckt Essen auf den Teller, ignorierte David und wünschte allen einen guten Appetit.

Lucy spürte Davids Verletzung und seinen inneren Kampf so deutlich, dass ihr Herz augenblicklich anfing schneller zu schlagen. Sein Kampf um Anerkennung, der ihm selbst wohl gar nicht bewusst war, löste in ihr denselben Stress aus, den David in sich spürte. Jeder Muskel, der sich in ihm verkrampfte, verkrampfte sich auch in Lucy und jeder Gedanke, der ihm kam, jede Erinnerung blitzte auch in ihrem Kopf auf. Sie spürte seine Gefühle. Die Traurigkeit. Die tiefe Traurigkeit darüber, dass er nicht beachtet wurde. Die Wut und die Verzweiflung. Das Gefühl wertlos und dumm zu sein.

Nicht richtig. Weil sein Vater ihn nicht so anerkannte, wie er war. Das hatte er noch nie. Gleichzeitig – während sich alle weiter unterhielten – spürte Lucy die Wut, die in ihrem Vater anstieg. Die Wut darüber, dass *er* keine Erfolge verzeichnen konnte. Deshalb kämpfte er gegen den Erfolg seines Sohnes und verwehrte ihm die Anerkennung. Er fühlte sich mindestens ebenso wertlos, wie er. Weil er nichts zum Familienglück beitragen konnte und seiner Frau und seiner Familie nichts bieten konnte. Und das als *Mann*! Als Herr im Haus. Seine Ansicht, ein Mann müsse für die Familie sorgen, stark sein und zumindest einen guten, angesehenen Job vorzeigen können, zerstörte sein Selbstwertgefühl, denn er konnte nichts von alledem vorzeigen. Seine Verbitterung, der Frust und die Wut tobten über den Tisch direkt durch Lucys Körper und lösten noch mehr Stress in ihr aus. Ihr Magen krampfte sich zusammen und ihr wurde übel. Außerdem stieg ihr Blutdruck, so dass sie jetzt ihr Herz in ihrem Kopf hämmern hörte.

Nikolas versuchte verzweifelt sie in Gedanken zu erreichen, aber sie hörte ihn nicht.

Er hätte ruhig etwas dazu sagen können. Er beachtet mich nie. Er hasst mich. Lucy bekommt immer Anerkennung von ihm. Warum ich nicht?

Warum ignorieren sie, wenn ich einen Wunsch äußere? Ich will keine Geschenke. Lucy wusste das. Ich bin für sie alle nur das fünfte Rad am Wagen. Sie respektieren mich nicht.

Ich hoffe, es eskaliert nicht. Sie sollen friedlich sein. Ich halte das nicht mehr aus. Keiner denkt darüber nach, wie es mir dabei geht, wenn sie immerzu streiten. Ich kann nicht mehr. Bitte seid friedlich!

Die letzten Gedanken waren von ihrer Mutter ausgegangen. Dabei waren Lucy schmerzhafte Gefühle entgegengekommen und eine Anspannung, die ihr den ganzen Leib verhärtete. Ihr Atem wurde hastiger und Schweißperlen zeigten sich auf ihrer Oberlippe. Als sich dann ihr Hals zuschnürte und sie Probleme beim Atmen bekam, schob Nikolas hastig den Stuhl zurück, stand auf und nahm Lucys Hand.

»Wir haben etwas im Auto vergessen«, sagte er mit freundlichem Gesicht. »Wir sind gleich wieder da.«

Und noch ehe jemand reagieren konnte, zog er Lucy aus der Wohnung und lief mit ihr hinaus.

War es kälter geworden? Lucy fror fürchterlich, als sie am Auto standen und Nikolas den Kofferraum öffnete, um ihrer Familie – die am Fenster stand und sie verwundert beobachtete – etwas vorzuspielen. Ihr ganzer Körper schüttelte sich und ihre Zähne klapperten laut aufeinander, als sie sprach: »I ... ich sch ... schaf ... fe d ... das sch ... schon«, stammelte sie und schlang die Arme um ihren Brustkorb, um sich zu wärmen. Aber es nützte nichts.

»Lucy, ich mache das jetzt, weil das ein Notfall ist, in Ordnung? Und ich mache das nur deswegen, weil du noch nicht mit deiner Fähigkeit umgehen kannst. Aber das kann und darf kein Dauerzustand werden, denn es ist unnatürlich und kann schlimme Konsequenzen haben. Verstehst du?«

Sie nickte, obwohl sie keine Ahnung hatte, wovon er sprach.

Dann zog er sie hinter die geöffnete Kofferraumklappe, nahm ihre Hände und schloss die Augen. Etwa zehn Sekunden später spürte Lucy einen warmen Windhauch um sich herum. Es fühlte sich an, als wäre in ihrer Nähe ein Lagerfeuer und der Wind tröge die warme Luft des Feuers an sie heran. Nur, dass sie es an ihrem ganzen Körper spürte. Es schwirrte um sie herum, wirbelte ihr Haar durcheinander und legte sich dann wie eine dicke, flauschige und warme Decke um ihr ganzes Sein. Ihr wurde augenblicklich warm und ihre Gefühle beruhigten sich sofort. Gelassenheit und Ruhe machten sich in ihr breit.

Lucy machte ein überraschtes Gesicht und sah Nikolas an, der jetzt wieder seine Augen öffnete und sie losließ.

»Was ist das?«, fragte sie. »Das fühlt sich ja toll an!«

Nikolas lächelte zögerlich und seufzte dann.

»Es ist ein Schutzschild, der dich vor fremden Energien schützt. Also auch vor fremden Gefühlen.«

»Sowas geht?«, fragte sie begeistert. »Warum hast du mir das nicht schon vorher gezeigt?«

»Ein solcher Schild ist nur für einen Notfall geeignet. Er blockt alle fremden Energien ab. Auch Informationen.« Er machte kurz Pause und seufzte wieder. »Dadurch ist deine Intuition nicht nur eingeschränkt, sondern komplett ausgeschaltet. Weil du nicht mehr mit der Energie um dich herum interagieren kannst.«

Lucy erschrak. »Kann ich jetzt auch keine Gedanken mehr hören?«

»Nein. Bis auf meine.«

Sie blickte ihn verblüfft an. »Wieso nur deine?«

»Weil ich den Schild um uns beide herum aufgebaut habe. Ich kann ihn nicht einfach nur um dich aufbauen. Damit würde ich deine Energie manipulieren und das ist verboten. Also habe ich ihn um mich herum entstehen lassen und ihn auf dich ausgeweitet.«

Sie machte große Augen. »Das heißt ... du kannst jetzt auch keine Gedanken mehr hören?«, fragte sie mit Unbehagen in der Stimme.

»Vorübergehend nicht.« Er bemerkte ihr schlechtes Gewissen, dass er ihretwegen auf seine Kräfte verzichten musste und fuhr rasch fort: »Aber ich hebe ihn auf, sobald wir wieder fahren, also mach dir darüber jetzt keine Gedanken, ja?« Dann deutete er auf das Fenster, an dem sich ihr Bruder immer noch die Nase platt drückte. Ihre Eltern hatten sich offenbar wieder an den Tisch gesetzt.

»Wir sollten wieder zurückgehen. Ich sage ihnen, wir haben das Geschenk, das wir ihnen noch geben wollten, versehentlich zu Hause liegenlassen.«

Lucy schürzte die Lippen. »Dann müssen wir aber wirklich noch etwas besorgen, sonst hab ich ein schlechtes Gewissen.«

»Machen wir«, sagte er, schlug nun den Kofferraum wieder zu und ging mit Lucy zurück zu ihrer Familie.

Der Rest des Nachmittags verlief ruhig und angenehm. Sehr angenehm sogar. Lucy genoss es in vollen Zügen, dass sie nicht ununterbrochen mit irgendwelchen Gefühlen konfrontiert wurde. Es gab nur sie und Nikolas und ihr gemeinsames Energiespiel. Und obwohl Nikolas ein wenig nervös war, weil er keine Informationen von außen bekam – es also auch nicht hörte, wenn Hilar gedanklich Kontakt zu ihm suchte – genoss er es ebenfalls. Es war schön für ein paar Stunden nichts als sich selbst und die Frau die er liebte wahrzunehmen. Von nichts und niemandem abgelenkt zu werden und sich einzig und allein seinen eigenen und ihren Gefühlen und Gedanken hinzugeben. Lucy spürte keine Emotionen mehr, als sie sich mit ihrer Familie unterhielten, also konnte sie sich ganz auf das konzentrieren, was sie sagten. Ohne all die Gefühle und Gedanken mitzubekommen, die um ihre Worte kreisten. Lucy konnte sich nicht erinnern, wann sie sich jemals so unbeschwert mit ihrer Familie unterhalten hatte. Sie hatte das Gefühl, als habe sie diese Fähigkeit der Empathie schon immer gehabt und nicht erst seit Kurzem.

Sie konnte es zwar in ihren Gedanken nicht hören, aber es sah so aus, als würden sie auch Nikolas mehr und mehr akzeptieren und mögen. In ihren Gesichtern erkannte sie diese Faszination, die er bei ihnen schon bei ihrem ersten Zusammentreffen ausgelöst hatte. Lucy wusste nicht, wie er das machte oder woran es lag, aber so reagierten alle Menschen auf ihn. Er hatte etwas, das einen an ihn fesselte und wenn sie genauer darüber nachdachte, erkannte sie diese Eigenschaft auch bei Hilar, Paco und Alea. Und auch bei allen anderen Lumeniern, denen sie bisher begegnet war. Ihr fiel auch Taro wieder ein, der wohl von allen die überwältigenste Ausstrahlung hatte. Nicht die angenehmste, dachte sie und ließ ein Bild von ihm durch ihren Kopf blitzen. Aber, wenn er den Raum betrat, schien er die Menschen mit einer Kraft zu überrollen, die einem fast Angst einjagte.

Nikolas gefielen ihre Gedanken nicht. Das konnte sie spüren. Als sie sich verabschiedeten und wieder in sicherem Abstand zu den Gefühlen ihrer Familie waren, hob Nikolas den Schutzschild wieder auf und sprach Lucy sofort darauf an.

»Ich muss mit dir über Taro reden«, sagte er mit einem seltsamen Unterton in der Stimme.

Lucy legte sich den Sicherheitsgurt an und wandte sich dann zu ihm um.

»Was ist mit ihm?«, fragte sie überrascht.

Nikolas fuhr geschickt aus der Parklücke und trat dann ungewollt stark aufs Gaspedal.

»Ich vermute, es ist etwas passiert, als du mit ihm allein warst. Etwas, woran du dich nicht mehr erinnern kannst.«

19

Die Absicht

Sie saßen immer noch in ihrem Zimmer und immer noch redeten sie über Krankheit und Heilung. Über das Gesetz der Anziehung und das Spiel der Götter. Zwischendurch hatten sie mit ihren Eltern und ihrer kleinen Schwester zu Mittag gegessen. Maja war erst 12 Jahre alt und hatte von all den Dramen glücklicherweise nichts mitbekommen. Sie hatte keine Ahnung, dass Miriam schwer krank war und so sollte es auch bleiben. Sie bekam schon genug mit, wenn die Familie sich wieder einmal in einem Streit ausließ, ihre Geschwister ihre Eltern an ihrem Leben beschuldigten und ihre Eltern sich gegen ihre Kinder auflehnten. Sie machten sich nicht einmal die Mühe Maja in diesen Momenten aus dem Zimmer zu schicken. Sie waren völlig blind vor Wut und Verzweiflung. Maja hatte schon oft zwischen den Fronten gestanden, bitterlich geweint und ihre Familie angebettelt sich zu vertragen. Aber sie wurde ignoriert. Genauso wie Miriam. Sie war ja nur ein Kind und hatte keine Ahnung, worum es ging; sollte sich heraushalten, wenn die *Erwachsenen* stritten. Und so hatte sie sich immer mehr in sich selbst zurückgezogen und litt still und heimlich – genauso wie Miriam – vor sich hin. Sah zu, wie sich ihre Familie zerstörte und konnte nichts dagegen tun. Sie hatte schon viel zu viel mitbekommen, dachte Miriam. Da wollte sie nicht, dass sie sich auch noch Sorgen um *sie* machte.

»Sie ist ein süßer Fratz!«, reagierte Hilar auf ihre Gedanken und lächelte. »Ist dir klar, dass sie mich für einen

Außerirdischen hält?«

Miriam lachte. »So etwas Ähnliches hab ich schon vermutet, so, wie sie dich die ganze Zeit angeguckt hat!«, kicherte sie. »Sie hat ja kaum ihr Essen angerührt.«

Hilar lachte ebenfalls und hielt sich die Situation noch einmal vor Augen. Obwohl die Kleine so viel Leid mit ansehen musste, hatte sie eine überraschende Stärke ausgestrahlt, dachte er. In ihr gab es ein Leuchten, dass er sogar bei Lumeniern nur selten spürte. Er vermutete, dass sie irgendwoher Kraft schöpfte; eine Energiequelle hatte, durch die sie an Stärke gewann, wenn die Welt um sie herum drohte einzustürzen.

»Sie hat eine Menge Energie«, sagte er mehr fragend als feststellend. »Den Umständen nach zu urteilen, wäre es völlig verständlich, wenn sie ein kraftloser Schatten ihrer Selbst wäre. Aber das ist sie nicht. Sie strotzt geradezu vor Kraft.«

Miriam sah ihn überrascht an. »Hm«, machte sie und dachte einen Augenblick über Maja nach. Die meiste Zeit des Tages verbrachte sie mit Dingen, die sie mochte. Dinge, die sie begeisterten und sogar manchmal davon abhielten nachts zu schlafen, weil sie nicht aufhören konnte sich damit zu beschäftigen. »Sie ist ziemlich begeisterungsfähig«, sagte Miriam nun. »Vielleicht gibt ihr das Kraft?!«

Hilar nickte zustimmend. »Das ist gut möglich. Begeisterung lässt die Energie sehr stark ansteigen.«

»Das heißt«, Miriam sah ihn einen langen Moment an und lächelte dann, »wenn die Menschen dich sehen und fasziniert, also begeistert von dir sind, steigt ihre Energie?«

Hilar lachte verlegen. »Also ... ja, ich denke schon. Begeisterung und Faszination – egal, wer oder was sie auslöst – lässt die Energie ansteigen und erzeugt Glücksgefühle.« Er konnte sich immer noch nicht vorstellen, dass er eine solche Wirkung auf Menschen hatte. Aber jetzt wo Miriam es angesprochen hatte, ließ sich Majas Energie am Esszimmertisch sehr gut erklären. Wenn sie wirklich fasziniert von ihm gewesen war, hatte diese Faszination ihr Energiefeld angehoben. Allerdings musste es schon vorher sehr hoch gewesen sein. Er allein konnte diesen Anstieg sicher nicht bewirkt haben.

»Diese Energie ist es, die ihr in Lumenia habt, oder?«, fragte Miriam. »Deshalb werdet ihr auch nicht krank. Weil eure Energie viel zu hoch ist.«

Hilar nickte. »Die Energie lässt sich auf verschiedene Art anheben. Faszination und Begeisterung ist eine davon. Wenn diese hohe Energie ein Dauerzustand in dir ist, haben Krankheiten und Disharmonien in deinem Körper keine Chance. Allerdings ist die Voraussetzung dafür die totale Akzeptanz, sonst lässt sich die Energie nicht hochhalten.«

»Ich denke, das mit der Akzeptanz werde ich jetzt hinbekommen. Also muss ich nur noch meine Energie anheben, um mich zu heilen«, schloss Miriam.

»Genau. Und während du das tust, werde ich dir zeigen, wie du den gesunden Zustand deines Körpers visualisierst, um die Heilung zu beschleunigen.«

Miriam lächelte erfreut. Er war so nett zu ihr. Noch nie in ihrem Leben hatte ihr jemand so viel Aufmerksamkeit entgegengebracht. Und noch nie hatte ihr jemand so sehr geholfen. Wenn sie ehrlich mit sich war, hatte sie auch nie wirklich Hilfe von jemandem annehmen wollen. Sie war immer auf sich allein gestellt gewesen und war daran gewöhnt auch alle Probleme in ihrem Leben ganz allein zu bewältigen. Hilfe von jemandem anzunehmen war ein fremdes Gefühl für sie. Neu und unbekannt. Aber es fühlte sich gut an. Auch, wenn sie deshalb manchmal ein schlechtes Gewissen bekam, weil sie das Gefühl hatte, sie würde ihm nur die Zeit stehlen und ihm zur Last fallen. Er hatte bestimmt wichtigere Dinge zu tun, als Miriam das Gesetz der Anziehung zu erklären. Ein Gesetz, das sie jahrelang studiert und offenbar nie wirklich verstanden hatte.

»Du fällst mir nicht zur Last«, sagte er sanft.

Miriam errötete und senkte den Kopf. Daran, dass er jeden ihrer Gedanken mitbekam, würde sie sich ebenfalls erst gewöhnen müssen. Sie versuchte schnell das Thema zu wechseln und fragte ihn, wie sie es schaffen konnte ihre Energie dauerhaft anzuheben. Und seine Antwort war zunächst ebenso rätselhaft, wie die erste Spielregel im Spiel der Götter.

»Zuerst solltest du dir bewusst machen, dass es vollkommen grundlos und ohne jede Absicht geschehen muss.«

Miriam stutzte erneut. »Wie bitte?«

Hilar hatte auf dem Bett hinten an der Wand gelehnt, rutschte nun nach vorn an die Bettkante und richtete sich auf. Jetzt war er wieder so groß, dass Miriam zu ihm aufblicken musste. Und ein Stück näher war er ihr jetzt ebenfalls, weshalb ihr Herz plötzlich schneller schlug und es in ihrem Bauch anfing wie verrückt zu kribbeln.

»Du darfst weder mit dem Anstieg deiner Energie noch mit deinen Glücksgefühlen oder später mit dem Visualisieren eine Absicht verfolgen.«

Sie erinnerte sich, dass Lucy ihr auch schon so etwas erzählt hatte. Aber Miriam hatte es nicht verstanden und hatte deshalb auch nicht weiter darüber nachgedacht. Für sie klang das einfach verrückt. Sie hatte in all den Jahren, in denen sie sich mit dem Gesetz der Anziehung beschäftigt hatte, gelernt, eine feste Absicht zu erzeugen. Das Ziel direkt vor Augen zu sehen und den Wunsch danach konkret zu formulieren. Es war ihr rätselhaft, was das mit der Absichtslosigkeit sollte.

»Das ist so«, begann Hilar geduldig. »Wenn du jetzt deine Energie hochfährst, weil du damit deine Krankheit besiegen willst, steckt hinter dieser Absicht ein Kampf. Ein Kampf gegen die Krankheit. Und du weißt, was das bedeutet.«

Sie sah ihn immer noch verständnislos und mit großen Kulleraugen an.

»Die Dinge, die du bekämpfst, bekommen deine ganze Aufmerksamkeit und Energie. Du machst sie damit stärker.«

Jetzt dämmerte es ihr. »Eine Absicht bedeutet Kampf?«

»Sie bedeutet, dass du einen Mangel hast. Du hast einen Mangel an Gesundheit und *beabsichtigst* ihn loszuwerden. Allerdings konzentrierst du dich dabei aber immer wieder auf den Mangel und nicht auf dein Ziel gesund zu sein, verstehst du?«

Miriam nickte. »So habe ich das noch nie gesehen.«

Hilar stand nun auf und ging gemütlich durch das Zimmer, wobei er sich ein paar Bilder an der Wand von Lucy und Miriam ansah.

»Die Absichtslosigkeit ist beim Spiel der Götter sehr wichtig«, sagte er. »Wenn ich die Energie in eurem Haus mit der Absicht angehoben hätte, die fürchterliche Traurigkeit auszumerzen, hätte ich damit genau das Gegenteil bewirkt. Weil ich mich in Wirklichkeit auf die Traurigkeit konzentriert hätte und nicht auf die positive Energie, die ich ja eigentlich erzeugen wollte. Es wäre ein Kampf gewesen. Und Kämpfe erzeugen immer das Gegenteil von dem, was man eigentlich will.«

Miriam fing an, die Sache endlich zu verstehen. Wenn man eine Absicht verfolgte oder einen Wunsch hatte, konzentrierte man sich in Wahrheit auf den Mangel und nicht auf die Erfüllung des Wunsches. Wenn sie es genau betrachtete, war ja ein Wunsch auch eher ein negatives Gefühl, das daraus resultierte, dass man etwas *nicht* hatte und es sich deshalb wünschen musste. Mit einem Mal fielen ihr hundert Schleier von den Augen. Sie hatte sich all die Jahre auf das Wünschen konzentriert und mit der Absicht visualisiert, die Dinge, die sie nicht mochte, zu verändern. Aber sie waren immer schlimmer geworden, anstatt besser. Jetzt begriff sich endlich, warum.

Hilar lächelte erfreut. »Jetzt weißt du eigentlich schon alles über das Spiel der Götter. Es läuft immer auf dieselbe Weise ab: Akzeptieren, Glücksgefühle erzeugen und absichtslos visualisieren. Das ist alles.«

Miriam stiegen allein schon durch diese Erkenntnis die Glücksgefühle zu Kopf. Sie strahlte über das ganze Gesicht und wäre Hilar vor Dankbarkeit am liebsten um den Hals gefallen. Hilar bekam rote Ohren, als sie das dachte. Dann räusperte er sich verlegen und setzte sich wieder neben sie.

»Wollen wir jetzt anfangen deine Energie zu pushen?«

Miriam nickte energisch und dann erklärte ihr Hilar, dass sie nichts weiter tun musste, als sich zu erinnern, wie sich Glücksgefühle anfühlten. Miriam suchte in ihrer Erinnerung nach einer Situation, in der sie überglücklich gewesen war. Ihr kam sofort eine Szene in den Sinn, in der ihre kleine Nichte, eine von Chrissys Töchtern, schon vor längerer Zeit in ihrem Arm eingeschlafen war. Damals war sie noch ein Baby gewesen, hatte ihre kleinen Arme um sie und das Köpfchen auf ihre Brust gelegt und war einfach auf ihr eingeschlafen. Mitten in der Straßenbahn. Miriam hatte damals eine solche Glückseligkeit empfunden, dass sie fast geweint hätte vor Glück. Sie liebte dieses Kind und zu spüren, wie es ihr vertraute und sie ebenso liebte, war ein unglaubliches Hochgefühl für sie gewesen. Die Erinnerung daran ließ sie vor Glück strahlen und Hilar spürte, wie ihre Energie rapide anstieg. Sie schwebte irgendwo zwischen den Wolken und als Hilar erklärte, dass sie sich nun in dieses Gefühl hineinsteigern sollte, sich also intensiver darauf konzentrieren sollte, wäre sie fast zersprungen vor Glück. Sie spürte, wie sich ihre Batterien regelrecht aufluden und sich die Kraft in ihrem ganzen Körper ausbreitete. Und dann, als wäre durch die Glücksgefühle ein kleiner Schalter umgelegt worden, blitzten plötzlich wieder

Bilder vor ihrem geistigen Auge auf. So war es auch in Lumenia gewesen, als Hilar ihre Energie hochgehalten hatte. Plötzlich waren Bilder in ihr aufgetaucht, die sie nicht verstand. Jetzt war es wieder so.

»Was ist das?« Sie schaute Hilar irritiert an und zog die Stirn kraus. »Warum sehe ich so verrückte Bilder in meinem Kopf?«, fragte sie verwirrt. Sie sah erneut Lucy mit diesem blau uniformierten Mann in sehr inniger Umarmung vor sich. Dann blitzte ein anderes Bild auf, in dem sie sich küssten. Und im nächsten Moment sah sie ihn ganz allein, wie er Lucy dabei beobachtete, wie sie in einem Ballkleid mit Nikolas tanzte.

Sie schüttelte den Kopf, kniff kurz die Augen zusammen, öffnete sie wieder und erschrak, als sie dann Hilars entsetztes Gesicht sah.

»Tut mir leid«, sagte sie schnell. Offenbar hatten ihn diese Bilder schwer schockiert. »Das hat bestimmt nichts zu sagen. Lucy würde niemals fremdgehen. Das sind nur Hirngespinste. Stresssymptome oder so. Oder Ängste. Keine Ahnung.«

Seine Gesichtszüge entspannten sich jedoch nicht. Ganz im Gegenteil. Wut zeigte sich jetzt darin. Und eine erschreckende Erkenntnis.

»Nein«, sagte er jetzt und stand so schnell auf, dass Miriam erneut erschrak. Dann streckte er die Hand nach ihr aus und bat sie mitzukommen. »Du hast den Tanz der Götter gesehen«, erklärte er. »Das ist die Zukunft.«

20

Verhängnis

»Aber ich sage dir doch«, Lucy seufzte schwer, als sie sich auf die Couch fallen ließ, »es ist absolut *nichts* passiert! Ich kann mich an jede Sekunde erinnern, die ich mit Taro verbracht habe. Wir haben uns nur unterhalten.«

Nikolas ging vor ihr auf und ab und schüttelte mit dem Kopf. »Dir ist nicht klar, was es bedeutet manipuliert zu werden, Lucy. Er kann dir Erinnerungen an jede beliebige Situation suggerieren, die niemals stattgefunden hat.«

Lucy schluckte ängstlich. »Warum sollte er denn so etwas machen?«

Nikolas zuckte mit den Schultern und seufzte. Er dachte an Linn und war immer mehr davon überzeugt, dass Taro sie tatsächlich manipuliert hatte. An den Grund wollte er gar nicht denken, aber er war ihm sonnenklar. Er hatte sie Paco ausspannen wollen, um sie ganz für sich zu haben. Ihm wurde übel bei dem Gedanken, dass er dasselbe mit Lucy vorhaben könnte.

Jetzt stand sie auf und stellte sich Nikolas in den Weg, so dass er abrupt stehen blieb und sie überrascht ansah.

»Du bist eifersüchtig?«, fragte sie bestürzt. »Wie könnte denn jemals jemand *deinen* Platz einnehmen?« Sie musste bei diesem Gedanken fast lachen. »Ich liebe dich doch, du Sorgenkopf!«

Jetzt schmunzelte er endlich wieder und streichelte ihr sanft über die Wange.

»Ich weiß«, flüsterte er. »Ich liebe dich auch.« Dann küsste er sie zärtlich, wobei sein Herz vor Glück fast zersprang. Das war das erste Mal, dass sie diese Worte zu ihm gesagt hatte. Als sie sich wieder voneinander lösten, atmete Lucy benommen ein und seufzte.

»Dann vertrau mir«, sagte sie. »Ich würde so etwas nicht zulassen.«

»Ich weiß«, entgegnete er. »Ich vertraue dir ja. Aber sollte er wirklich so etwas vorhaben, kannst du dich nicht dagegen wehren, Lucy. Er ist sehr mächtig.«

Sie seufzte wieder und legte nun ihre Arme um seinen Hals. »Aber er ist nicht hier«, stellte sie fest. »Also kann auch nichts passieren.«

Nikolas zögerte einen Moment und senkte den Blick auf ihre Lippen, wobei er nachdenklich die Stirn in Falten legte.

»Eigentlich«, raunte er, »wollte ich mit dir zum Tanz der Götter gehen.«

Sie sah ihn fragend an und zog dabei die Augenbrauen hoch. »Ein Tanz?«

Er nickte und sprach in Gedanken weiter. *Wir spielen in Lumenia einmal im Jahr gemeinsam das Spiel der Götter. Es ist ein richtiges Fest. Ein Ball sozusagen. Ich wollte gern mit dir da hingehen, aber vielleicht sollten wir es besser lassen. Es ist zu gefährlich.*

Lucy ließ ihn nun los und stemmte ärgerlich die Hände in die Hüften.

»Ich würde aber gern!«, sagte sie und hätte fast aus Trotz mit dem Fuß aufgestampft. Sie war noch nie auf einem Ball gewesen. Und schon gar nicht auf einem Ball, bei dem alle Menschen das Spiel der Götter gemeinsam spielten. Das konnte und wollte sie sich nicht entgehen lassen. Was für eine unglaubliche Energie musste da entstehen, wenn alle im Ballsaal *spielten*? Sie konnte sich zwar nicht vorstellen, wie das aussah, aber sie wusste, dass sie es sehen musste. Koste es, was es wolle.

»Lucy« Seine Stimme hatte den Ton, den sie immer dann bekam, wenn er ihr etwas ausreden wollte.

»Nein!«, sagte sie trotzig und schob den Mund schmollend nach vorn. »Ich bin noch nie auf einen Ball eingeladen worden. Ich möchte das erleben, Niko! Bitte.«

Nikolas konnte sich das Lächeln nicht verkneifen. Sie war einfach zu süß wie sie da schmollend vor ihm stand und darum bettelte auf den Ball gehen zu dürfen. Das erinnerte ihn an eines dieser Märchen. War es Cinderella? Fehlte nur noch, dass er – *nur bis Mitternacht* – sagte und eine Fee ihr das Ballkleid herbeizauberte. Dann fiel ihm aber wieder Taro ein. Er brummte widerwillig. Er wollte Lucy nicht noch einmal der Gefahr ausgesetzt sehen von ihm manipuliert zu werden.

»Wenn er es überhaupt getan hat«, erinnerte sie ihn. »Das weißt du ja nicht.«

Er seufzte und musste ihr leider Recht geben. Vielleicht beschuldigte er ihn zu Unrecht. Wenn er ehrlich war, konnte er sich auch wirklich nicht vorstellen, dass Taro so dumm war eine solche Straftat zu begehen. Das war einfach verrückt.

»Na schön«, sagte er resignierend.

Lucy sprang ihm sofort in die Arme und gab ihm hundert Küsse.

»Ich werde auf einen Ball gehen!«, rief sie glücklich und tänzelte durch das Wohnzimmer, als tröge sie schon längst ihr Ballkleid. Und, obwohl Nikolas immer noch nicht ganz wohl bei der Sache war, freute er sich ebenfalls. Er konnte es kaum erwarten mit ihr durch die Nacht zu tanzen und mit ihr und den Menschen in Lumenia gemeinsam das Spiel der Götter zu spielen.

»Und wann soll das sein?«, fragte Miriam atemlos, während sie versuchte mit Hilar Schritt zu halten.

»Im Frühling. Am 25. Mai«, antwortete er knapp, als er mit

Miriam durch die Straßen hetzte. Um diese Uhrzeit fuhr leider kein Bus, weshalb sie sich zu Fuß auf den Weg zu Lucy und Nikolas gemacht hatten.

»Das ist ja noch so lange hin. Wieso sehe ich denn sowas?«

Hilar sah sie nun nachdenklich an. »Ich schätze, ich habe diese Fähigkeit in dir wachgerüttelt, als ich gestern deine Energie angehoben habe.«

»Das heißt, ich kann jetzt in die Zukunft sehen?«

Er nickte. »Bruchstückhaft. Aber wenn du es trainierst werden die Bilder deutlicher und du kannst ganze Szenen vor deinem inneren Auge abspielen.«

»Kannst du das auch?«, fragte sie jetzt neugierig, als sie über die Ampel in Richtung Nobelviertel gingen.

Er nickte. »Aber es ist schwer … naja, eigentlich ist es fast unmöglich in andere Welten zu sehen. Weil der Energieunterschied so groß ist. Die Lumenier können nur sehr schwer in diese Welt sehen und umgekehrt ist es genauso. Deshalb wundert es mich, dass du es kannst. Schließlich wird der Tanz der Götter in Lumenia stattfinden.«

Miriam ging eine Weile stumm neben ihm her und dachte nach. Es war fürchterlich kalt und ein paar Schneeflocken schwebten vom dunklen Himmel in das Licht der Straßenlaternen. Sie zog sich den Kragen ihres Mantels zu und fröstelte.

»Dann ist es wahr?«, fragte sie jetzt. »Lucy wird echt fremdgehen?«

Hilar antwortete zunächst nicht. Sein Gesicht bekam nur einen steinernen Ausdruck und erneut funkelte Wut in seinen Augen.

»Nein«, sagte er schließlich. »Jedenfalls nicht freiwillig.«

»Wie meinst du das?«, fragte Miriam zitternd.

Er wollte es nicht aussprechen, aber es war einfach zu offensichtlich.

»Sie wird dazu gezwungen werden.«

In diesem Moment spürte Hilar einen stechenden, heißen Schmerz in seinem Kopf, riss die Hände hoch und drückte sie mit schmerzverzerrtem Gesicht krampfhaft gegen seine Schläfen. Dann ging er stöhnend in die Knie.

Miriam schrie vor Schreck: »Was ist mit dir?«

Sie kniete sich neben ihn auf den schneebedeckten Weg und legte ihren Arm um ihn. »Was hast du? Sag doch was!«

Plötzlich riss jemand an ihr und zog sie von hinten auf die Füße. Sie versuchte sich zu wehren, aber ihr wurden hinter ihrem Rücken die Hände zusammengehalten. Dann hörte sie eine bekannte Stimme, die ihr bedrohlich ins Ohr raunte: »Ganz ruhig, Kleine.«

Es war Marius! Diese Stimme war einfach unverkennbar. Sie wollte schreien, aber er hielt ihr den Mund zu. Dann erschien vor ihr ein anderer Mann. Ein Mann mit einer solch überwältigenden Ausstrahlung, dass sie augenblicklich verstummte und ihn nur fasziniert anstarrte. Es war der Mann aus ihren Visionen. Der Mann, der Lucy … Sie wollte es nicht denken. Sie wusste, dass er ihre Gedanken lesen konnte. Schließlich war er Lumenier.

Sein Gesichtsausdruck war eiskalt, als er auf Hilar zuging und sich zu ihm hinunter kniete. Hilar stöhnte immer noch vor Schmerzen, hob aber den Kopf und sah ihm wütend ins Gesicht.

»Warum tust du das?«, keuchte er.

Taro lächelte unberührt und legte nun seine Hände an Hilars Kopf.

»Das geht dich nichts an«, sagte er und schloss die Augen.

»Nein!«, schrie Hilar so laut, dass seine Stimme schallend durch die Straßen gellte. »Hör auf damit!«

Miriam konnte sehen wie schwer es Hilar fiel, sich zu bewegen. Er versuchte sich aus Taros Griff zu winden, aber sein

Körper schien wie gelähmt zu sein. Er war so steif, dass er nicht einmal seine Finger krümmen konnte.

»Das wirst du bereuen, du Mistkerl!«

Dann wurde er plötzlich ruhiger. Seine Augen bewegten sich rapide hin und her und doch sah es so aus, als würde sein Blick ins Leere gehen. Dann ließ Taro ihn los und Hilar fiel in sich zusammen wie ein Sack Kartoffeln. Er stützte sich mit den Fäusten auf dem Boden ab und starrte wie weggetreten auf den Schnee, als Taro nun langsamen Schrittes auf Miriam zukam.

»Auf euch muss man wirklich aufpassen«, sagte er. »Kaum habe ich eine von euch zum Schweigen gebracht, fängt schon die Nächste an. Was ist nur mit euch, dass ihr eure Fähigkeiten so schnell entwickelt?«

Miriam blickte ihm erschrocken in das schöne Gesicht und versuchte zurückzuweichen, als er sich direkt vor ihr aufstellte. Aber sie stieß gegen Marius, der nun gehässig lachte.

»Entspann dich. Es ist zu deinem Besten«, sagte Taro.

Im nächsten Moment legte er auch ihr die Hände an den Kopf und schloss die Augen. Miriam spürte eine unangenehme Hitze von seinen Händen ausgehen, die ihr direkt ins Gehirn zu strahlen schien. Es brannte wie Feuer. Dann konnte sie sich nicht mehr bewegen und im selben Moment ertönten Worte in ihrem Kopf, die sich so intensiv und so schnell einbrannten, dass sie sich nicht dagegen wehren konnte sie mit Leib und Seele zu glauben.

21

EIN UNBESCHWERTES LEBEN?

In letzter Zeit ist alles so gut gelaufen, dass ich manchmal das Gefühl habe, es ist nicht echt, schrieb Lucy in ihr Tagebuch. *Es ist in den letzten Monaten nichts Spektakuläres mehr passiert das ich dir erzählen könnte. Alles läuft einfach wie geschmiert. Es liegt wohl wirklich am Spiel der Götter. Ich werde immer besser darin absichtslos zu visualisieren und je besser ich werde, umso schneller wird alles wahr. Manchmal bekomme ich Angst vor mir. Ich habe mich so sehr verändert. Dieses Selbstbewusstsein, das manchmal aus mir herausbricht, erschreckt mich noch oft. Es fühlt sich immer noch fremd an, so selbstsicher in die Welt zu blicken; genau zu wissen, dass mir nichts passieren kann und dass alles so laufen wird, wie ich es will. Ich denke manchmal, dass ich überheblich wirke und meine Kollegen im Kurs einschüchtere. Sie sehen mich manchmal so komisch an. Aber ich kann nichts dafür. Ich glaube, es ist mein wahres Ich. Es kommt immer mehr zum Vorschein. ... Ich spiele immer noch jeden Tag mit meinen Glücksgefühlen. Wenn ich dann grinsend vor Glück im Bus sitze, starren mich die Leute auch an. Aber das ist mir egal. Ich bin einfach unendlich glücklich. Nicht nur, weil ich Nikolas habe und sich alles um mich herum so fügt, wie ich es haben will, sondern ... einfach so. Aus Spaß. Das ist wahrscheinlich der Grund, warum alles so gut läuft. Trotzdem habe ich aber immer noch das Gefühl, dass irgendetwas nicht stimmt. Dass ich etwas vergessen habe und es mir jeden Moment einfallen müsste. Das verwirrt mich. Ich habe das Gefühl hinter all dem Guten schlummert etwas Bedrohliches. Etwas, das sich still und heimlich zusammenbraut und es macht mich verrückt, dass ich nichts davon mitbekomme. Aber vielleicht spinne ich nur. Es ist wahrscheinlich nur meine Angst. Oder ein dummer Glaubenssatz. Wie auch immer ... ich muss es bis zum Tanz der Götter noch schaffen meine Energie weiter anzuheben. Sie ist noch nicht konstant, sagt Niko. Vielleicht rutsche ich immer wieder ab, weil ich mir solche verrückten Angstgedanken mache und mich darin verstricke. Ich sollte das sein lassen. ... Ich will unbedingt zu diesem Göttertanz. Und deswegen war's das jetzt mit der Angst. Schluss damit.*

Lucy klappte das Tagebuch zu, schob es in ihren Nachtschrank und warf dann seufzend einen Blick auf ihr Ballkleid. Es war ein fliederfarbenes, seidenes Abendkleid, das wie ein weicher Wasserfall von dem gepolsterten und gerafften Brustteil hinab fiel und sich dezent an den Körper anschmiegte. Sie konnte es kaum erwarten es anzuziehen und dieses Spektakel endlich zu sehen – den Tanz der Götter. Sie wünschte sich es wäre schon soweit. Als sie zur Tür ging, streichelte sie sanft mit der Hand darüber und seufzte erneut. Sie konnte kaum glauben, dass sie bald auf einem richtigen Ball tanzen würde. Davon hatte sie schon immer geträumt. Schon als kleines Kind. Wie viele Mädchen träumten davon, sich einmal wie eine Prinzessin zu fühlen und auf einen Ball ausgeführt zu werden? Für sie würde sich dieser Traum bald erfüllen. Nikolas wusste wie sehr sie sich darauf freute. Natürlich wusste er es. Er half ihr jeden Tag ihre Energie anzuheben, damit ihr nicht noch einmal so ein Unfall wie im Dezember passieren konnte, wenn sie durch das Portal sprang. Außerdem hatten sie es sich zur Gewohnheit gemacht jeden Tag mindestens einmal *gemeinsam* zu spielen. Seit sie dieses gegenseitige Hochpushen ihrer Energien ausprobiert hatten, wollten sie gar nicht mehr damit aufhören. Mittlerweile verzehnfachte es ihre Energien fast und es trug auch dazu bei, dass Lucy ihre Fähigkeiten immer besser entwickelte. Das Gedankenlesen war nun ein fester Bestandteil ihres Alltags und sie konnte nun auch viel besser und ohne Anstrengung ihre Gedanken und Gefühle vor anderen verbergen. Die Gefühle, die sie von anderen Menschen wahrnahm, fühlte sie immer noch so intensiv, als wären es ihre eigenen, aber sie lernte immer besser sie zu differenzieren.

Auch zeigte sich langsam die Fähigkeit der Telekinese. Sie war ganz aus dem Häuschen gewesen, als die Milchtüte vor ihr umgefallen war, bevor sie sie überhaupt berührt hatte. Es war wohl ein Energiestoß aus ihrer Hand gewesen, der sich auf die Tüte gerichtet hatte. Nikolas half ihr jeden Tag diese Fähigkeit zu trainieren. Sie fühlte sich, als bestünde ihr Leben zur Zeit nur aus Unterricht. Ihre Ausbildung als Heilpraktikerin lief nun schon seit einer Weile und es war oft anstrengend, sich all die Dinge zu merken, die sie dort jeden Tag lernte. Und wenn sie dann nach Hause kam, ging das Lernen und Trainieren weiter. Aber es war schön mit Nikolas zu trainieren. Es machte Spaß.

Als sie in die Küche kam, öffnete sie gedankenverloren den Kühlschrank, holte sich ein Würstchen heraus und biss genüsslich hinein.

»Du solltest nicht so viel von dem Zeug essen«, hörte sie Nikolas hinter sich sagen. Er saß am Tisch und schrieb an seinem nächsten Vortrag für die Uni. Alea hatte ihm dabei geholfen einen lückenlosen Lebenslauf zu *erschaffen*. Das war eine Menge Arbeit gewesen, denn sie mussten ein ganzes Leben für ihn aufbauen. Ein Leben das er nie gelebt hatte. Zumindest nicht hier. Es galt Jobs zu erschaffen, Schulcomputer zu manipulieren, Zeugnisse zu erstellen und vor allem: Geschichten zu erfinden und diese an den verschiedensten Orten in die unterschiedlichsten Archive und Computer einzuspeisen. Von der Geburt, über die Schullaufbahn, den Führerschein, das Studium, verschiedene Jobs, Kontoführungen, Wohnungen bis hin zu praktischen Erfahrungen als Dozent an verschiedenen Unis, wofür er zwar noch recht jung war, aber sie hatten sich überlegt, er könne ja besonders begabt sein und die Uni schneller hinter sich gebracht haben als andere. Als sie dann den perfekten Lebenslauf für ihn zusammengestellt hatten, war Nikolas tatsächlich zur Uni gegangen, um sich zu bewerben. Und jetzt war er Dozent. Ein sehr erfolgreicher und beliebter Dozent. Besonders bei den Frauen. Wenn Lucy in der Uni aufkreuzte, um ihn zu besuchen, spürte sie die Welle der Eifersucht wie einen Tsunami über sich hereinbrechen. Aber sie hatte gelernt damit umzugehen. Sie musste eben akzeptieren, dass er als Lumenier ein besonderes Charisma hatte, das die Menschen faszinierte. Außerdem war er der hübscheste Dozent, den man wohl je in dieser Uni gesehen hatte.

»Nur weil du Vegetarier bist, heißt das nicht, dass ich auch einer sein muss«, schmatzte Lucy und setzte sich zu ihm an den Tisch.

»Nein«, meinte er mit ruhiger Stimme. »Aber es schadet deinem Körper. Hast du nicht vor Kurzem etwas über den Säure-Basen-Haushalt gelernt?« Jetzt hob er die Augenbrauen und lächelte sein typisches halbseitiges Lächeln. Lucys Herz schmolz wie Eis in der Sonne und sie vergaß fast zu kauen.

»Schon«, seufzte sie verliebt. »Aber so schlimm wird's schon nicht sein.«

Jetzt legte er den Stift auf den Block und faltete seine Hände darüber. »Hast du dich schon mal gefragt wie alt mein Vater ist?«, fragte er jetzt mit gespanntem Gesichtsausdruck.

Lucy schüttelte mit dem Kopf. »Aber ich schätze ihn mal so auf Mitte oder Ende 50?«

Nikolas lächelte wissend. »Er ist 150.«

Lucy blieb das Würstchen fast im Hals stecken. Sie hustete kurz und sah ihn dann erstaunt an.

»150? Wie hat er denn *das* geschafft?«

Nikolas sah unbeeindruckt aus. »Er wird noch viel älter werden. Und das liegt nicht nur an der Energie und dem Spiel der Götter«, erklärte er.

Lucy hob das Würstchen hoch und sah ihn ungläubig an, wobei sie ein Auge halb zukniff.

»Du erzählst mir doch jetzt nicht, dass es an seiner fleischlosen Ernährung liegt?«

Nikolas lachte über ihr Gesicht, antwortete aber nicht mit einem kurzen Nein, so wie Lucy es erwartet hatte.

»Seinen Körper gesund und jung zu halten, liegt nicht ausschließlich an den Gedanken und Gefühlen oder der hohen Energie. Man muss auch auf seinen Körper achten und ihn gut behandeln. Ihm Nahrung zuführen, die er braucht, die ihm nützt und die energetisch hochwertig ist.« Er sah auf das halbe Würstchen in ihrer Hand und warf ihr dann einen zweifelhaften Blick zu. »Abgesehen davon, dass es nicht besonders gesund ist«, fuhr er fort, »ist die Energie auch sehr schädlich.«

Lucy schluckte den letzten Brocken hinunter und sah das Würstchen dann an. »Was ist denn mit der Energie?«

»Du weißt, dass sich starke Emotionen in den Körperzellen abspeichern«, erinnerte er sie. »Denk nur mal daran, was das Tier in seinen letzten Lebenssekunden gefühlt hat.«

Dann wandte er sich – so unbekümmert, als hätte er nur über das Wetter gesprochen – wieder seinem Block zu. Lucy wurde sofort schlecht. Sie wollte gar nicht darüber nachdenken, aber die Bilder kamen trotzdem in ihr hoch. Sie stand kurzerhand auf, schmiss das Würstchen in den Müll und trank ein großes Glas Quellwasser hinterher. Nikolas sagte, Quellwasser habe eine positive Programmierung, also gute Energie. Vielleicht konnte sie den Schaden damit wieder ausgleichen. Sie war schockiert, dass sie ihr ganzes Leben lang Nahrungsmittel gegessen hatte, die mit einer solch negativen Schwingung belastet waren. Wenn sie genauer darüber nachdachte, hatte sie *Todesängste* gegessen. Und wenn sie sich klarmachte, wie diese

Tiere gehalten wurden ... Nein, das war zu viel. Wieso hatte sie darüber nicht schon viel früher nachgedacht? Plötzlich kam ihr Miriam in den Sinn. Sie hatte noch vor Ende des Jahres von Linn eine Liste bekommen, wie sie sich ernähren sollte und welche besonderen Lebensmittel sie ihrem Körper zuführen sollte, um ihn wieder ins Gleichgewicht zu bringen. Seit dem aß sie auch kein Fleisch mehr und achtete penibel genau darauf, sich basenüberschüssig zu ernähren.

»Ernährt ihr euch auch so?«, fragte sie nun neugierig und lugte über Nikolas' Schulter auf seinen Block. Es ging in seinem Vortrag erneut um Gefühle.

Er nickte.

»Dann habt ihr auch keine Hühner und sowas?«

Er schüttelte mit dem Kopf.

»Sehen deswegen alle in Lumenia so hübsch aus? Weil sie sich gut ernähren?«

Jetzt sah er auf und blickte sie schmunzelnd an.

»Kennst du das Sprichwort: Du bist, was du isst?«

Lucy nickte.

»Wenn du dich nur von frischen, gesunden, positiven Lebensmitteln ernährst, geht die Information dieser Nahrung auf deinen Körper über. Die Energie und das positive Denken und Fühlen trägt den Rest dazu bei.«

Lucy sah ihn interessiert an. Das war ein klares Ja.

»Habt ihr dann gar keine dicken Menschen in Lumenia? Oder Menschen, die nicht genug auf den Knochen haben?«

Er schüttelte mit dem Kopf.

Es war unfassbar. Lucy wurde fast neidisch. Die Frauen, denen sie bisher in Lumenia begegnet war, waren alle so schön und sie ... Sie hatte sich immer über ihre Oberschenkel geärgert, die – obwohl sie in den letzten Jahren kaum etwas essen konnte – diese lästige Cellulite angesetzt hatten. Das kannten die Frauen in Lumenia wahrscheinlich gar nicht. Lucy konnte in diesem Moment kaum glauben, dass sich Nikolas – obwohl es in seinem Heimatland so schöne, perfekte Frauen gab – für *sie* entschieden hatte.

Jetzt drehte sich Nikolas auf dem Stuhl zu ihr um, packte ihre Hüfte und zog sie auf seinen Schoß. Dann schlang er seine Arme um ihren Bauch und sah sie verliebt an.

»Mir ist völlig egal, wie die Frauen in Lumenia aussehen«, sagte er und streichelte zärtlich über ihren Oberschenkel. Lucy senkte den Kopf.

»Aber mir nicht«, seufzte sie. »Ich möchte auch so sein, wie sie. Und Dinge, die mich an meinem Körper stören, ändern.« Sie dachte an ihr Ballkleid. Und daran, dass man durch den dünnen Seidenstoff womöglich jede Unebenheit sehen konnte. »Aber es gibt Dinge, die gehen nicht mehr weg, wenn man sie erst einmal hat.«

Sie machte ein trauriges Gesicht, aber Nikolas lachte leise in sich hinein.

»Das ist nicht komisch!«, sagte sie ärgerlich.

»Doch«, entgegnete Nikolas kichernd. »Wolltest du gerade damit sagen, dass es unmöglich ist, deinen Körper zu verändern?«

Sie sah ihn stumm an und einen Moment später lachte sie ebenfalls. Wie dumm von ihr. Natürlich war es *nicht* unmöglich. Gerade *sie* müsste das wissen. Wo sie sich doch Allergien weggezaubert hatte, von denen die Ärzte gesagt hatten, sie würde für immer damit leben müssen. Aber verhielt es sich genauso mit äußerlichen Dingen?

Nikolas nickte. »Sobald du dich gut um deinen Körper kümmerst, kommt er in seinen ursprünglichen, gesunden Zustand zurück. Du weißt doch: Er ist auf Selbstheilung programmiert. Und wenn du ihm das gibst, was er dazu braucht – wie zum Beispiel positive Nahrung – erleichterst und beschleunigst du diesen Prozess damit. Und alles Andere kannst du mit deinen Gedanken und Gefühlen regeln.«

Spätestens jetzt war sie eine absolut überzeugte Vegetarierin. Sie wollte es schaffen ihren Körper bis zum großen Ball auf Vordermann zu bringen und dazu hatte sie nur noch zwei Wochen Zeit. Also musste sie sofort anfangen. Sie sprang von seinem Schoß, lief in den Flur und wählte Miriams Nummer. Sie wollte sich ihre Ernährungsliste kopieren.

Hilar beobachtete, wie Miriam in ihrer Handtasche kramte und ihr Handy herauszog. Er hörte Lucys aufgeregte Stimme am anderen Ende und lachte, als er in Miriams Gedanken mitbekam, worum es ging.

»Na klar, ist gar kein Problem!«, sagte sie. Dann wurde ihre Stimme leiser und sie hielt ihre Hand vor den Mund, damit niemand im Café hörte, worüber sie sprach. »Du weißt ja, ich hatte auch so meine Probleme damit«, erzählte sie. »Obwohl ich so viel Sport gemacht habe!«, fügte sie empört hinzu. »Aber seit ich mich nach dieser Liste richte, ist das ... *Problem*«, jetzt sprach sie noch leiser, »regelrecht weggeschmolzen.«

Lucy jubelte am anderen Ende und erzählte ihr, dass sie es um jeden Preis schaffen wollte, so makellos wie die lumenischen Frauen in diesem Kleid auszusehen. Miriam konnte sie gut verstehen und sagte, sie würde später mit Hilar vorbeikommen. Dabei sah sie ihn fragend an und er nickte sofort.

Als sie dann auflegte, seufzte sie. Hilar spürte erneut die Sehnsucht in ihr. Sie wollte auch gern auf diesen Ball gehen, war sich aber auch im Klaren darüber, dass sie es bis dahin wohl nicht schaffen würde, ihre Energie derart anzuheben. Außerdem würde ein solcher Ball die Sache zwischen ihr und Hilar nicht gerade einfacher machen. Sie war schon jetzt unsterblich in ihn verliebt und konnte und wollte sich mit dem Gedanken einfach nicht anfreunden, dass er in seine Heimat zurückkehren würde, wenn sie wieder vollkommen gesund war. Sie warf einen Blick auf die Mappe mit den Untersuchungsergebnissen ihres Arztes, die neben Hilars Arm auf dem Tisch lag. Sie stand alle zwei Wochen beim Doktor auf der Matte, um von ihm nachsehen zu lassen, wie es mit ihr stand. Und es wurde zu seiner und zu der Überraschung der gesamten Ärzteschaft von Mal zu Mal besser. Und das ganz ohne Chemotherapie, die sie zum Schrecken ihrer Familie abgelehnt hatte. Hilar hatte ihr beigebracht nicht mehr gegen ihre Krankheit anzukämpfen; weil sie sich nur ohne Kampf ganz und gar auf Gesundheit konzentrieren konnte. Und das war wichtig um sich zu heilen. Sie musste ihre gesamte Aufmerksamkeit auf Gesundheit richten. Mit einem inneren Kampf gegen die Krankheit war dies nicht möglich. Das hatte sie schnell gemerkt. Und ganz offensichtlich funktionierten diese Spielregeln, die er ihr beigebracht hatte. Miriam freute sich natürlich darüber und auch Lucy war jedes Mal in Feierlaune, wenn wieder ein Arzttermin überstanden war. Aber es bedeutete auch, dass sie sich wohl bald von Hilar verabschieden musste. Er hatte so viel für sie getan und ihr so sehr geholfen, dass sie es in ihrem ganzen Leben nicht wieder gutmachen konnte. Er war ihr Engel. Ihr Retter. Seit er in ihrem Trümmerhaufen von Leben aufgetaucht war, hatte er jeden Tag mit ihr verbracht. Half ihr jeden Tag dabei ihre Energie anzuheben und Euphoria zu spielen. Ohne seine Unterstützung hätte sie all das nie geschafft. Sie war mittlerweile eine wahre Meisterin im Spiel der Götter. Die Absichtslosigkeit war ihr so in Fleisch und Blut übergegangen, dass alles in ihrem Leben ganz leicht und unbeschwert geworden war. Ihre inneren Kämpfe hatten fast vollständig aufgehört. Nur manchmal, wenn sie an ihre Familie dachte oder wieder einen Streit miterlebte, geriet sie noch in Panik und musste weinen. Hilar holte sie dann sofort aus diesen Tiefs heraus. Er war wirklich ihr Held. Ihr Lebensretter. Sie seufzte erneut und steckte das Handy wieder weg. Dann nahm sie die Tasse wieder in die Hände und nippte an ihrem Tee.

Hilar beobachtete sie einen Moment lang und dachte über ihre Gedanken nach. Er hatte sich ihr die letzten Monate nur auf freundschaftlicher Basis genähert. Obwohl er weitaus mehr für sie empfand. Er wusste nicht, wie es weitergehen sollte. Lumenia für immer zu verlassen war für ihn undenkbar und Miriam würde sicher niemals ihre Familie und ihre beste Freundin verlassen, um mit ihm dort zu leben, wo er sich am wohlsten fühlte. Er fand sich in derselben Situation wieder in der Nikolas letztes Jahr gesteckt hatte. Nur, dass er diese Welt von früher schon kannte und sicher war, dass er hier klarkommen würde. Hilar hingegen war hier so fremd wie man nur sein konnte. Er geriet immer noch in höchst peinliche Situationen, weil er einfach nicht wusste, wie man mit den Menschen in dieser Welt umzugehen hatte. Sie waren mit ihren inneren Kämpfen und ihren seltsamen Verhaltensweisen oft so erschreckend. Miriam erklärte ihm zwar viele Dinge und schaute sich mit ihm oft Filme an, in denen er mehr über die Menschen hier erfahren konnte, aber auch hier verstand er das Denken und Handeln der Menschen nicht. Besonders Beziehungsdramen waren ihm ein großes Rätsel. Obwohl er sich selbst gerade in einem solchen Drama befand.

Ach, verdammt!, dachte er und sah Miriam nun entschlossen an. Er hatte keine Lust auf Dramen. Er würde schon eine Lösung finden.

»Würdest du mit mir auf den Ball gehen?«, fragte er kurz heraus und blickte sie hoffnungsvoll an.

Ihre Augen begannen zu leuchten wie zwei Sterne und ihr ganzes Gesicht erhellte sich sofort zu einem überwältigenden Strahlen, das ihm fast den Atem raubte.

»Wirklich?«, fragte sie. Ihre Glücksgefühle stürmten über den

Tisch zu ihm hinüber wie eine Böe aus Euphorie.

Er nickte lächelnd und Miriam sprang fast vom Stuhl vor Freude.

»Nichts lieber als das!«, rief sie. Sie hatte arge Probleme damit, ihre Euphorie im Zaum zu halten. Sie platzte aus ihr heraus und kitzelte deutlich spürbar an ihren Stimmbändern, so dass sie am liebsten vor Glück gejubelt hätte. Sie schickte Lucy in Gedanken ein aufgeregtes *Wir müssen shoppen gehen!* und malte sich in Gedanken schon einmal aus, was sie auf dem Tanz der Götter tragen wollte.

»Hast du eine Lieblingsfarbe?«, fragte sie Hilar aufgeregt.

Blau, dachte er ihr entgegen. Manchmal schaffte sie es schon, seine Gedanken zu hören und er nutzte jede Gelegenheit, diese Fähigkeit bei ihr zu trainieren.

»Blau?« Sie war sich oft noch unsicher. Aber sie lag jedes Mal richtig, wenn sie noch einmal nachfragte.

Er nickte und sah in ihren Gedanken wie sie verschiedene Blautöne an sich ausprobierte. Er amüsierte sich köstlich über ihre euphorischen Gedanken und genoss ihre Glücksgefühle. Allerdings wusste er, dass dieser Ball auch eine Entscheidung mit sich bringen würde. Und welche das sein würde war ihm noch völlig unklar.

Als sie das Café verließen und durch die Einkaufsmeile schlenderten, dämmerte es schon fast. Die untergehende Sonne schickte ihr rotes Licht zwischen die Häuser hindurch und leuchtete in Hilars blondem Haar. Sie sah ihn verträumt an und stellte sich vor, wie sie mit ihm stundenlang auf dem Ball tanzen würde. Sie konnte es kaum erwarten.

Doch dann jagte ihr plötzlich ein seltsames Gefühl durch den Körper. Es zwang sie regelrecht dazu, sich umzudrehen und über ihre rechte Schulter zu schauen. Und als sie es tat, blieb sie abrupt stehen und erstarrte. In einiger Entfernung spazierte ihre Schwester Chrissy an den Schaufenstern entlang. Sie hatte ihre gesamte Familie dabei. Die Kinder, die sie so lange nicht gesehen hatte. Sie erkannte sie kaum wieder. Sie waren so groß geworden. Miriams Gefühle stürzten ab. Ein unvorstellbarer Schmerz stach ihr wie ein Säbel mitten ins Herz und ihr schossen sofort Tränen in die Augen. Hilar legte einen Arm um ihre Schultern und drückte sie an sich.

»Geh zu ihr«, flüsterte er.

Sie schüttelte sofort wild mit dem Kopf.

Sie will mich nicht, gab sie ihm in Gedanken zur Antwort. *Ich erinnere sie daran, dass sie eine Familie hat, mit der sie nichts zu tun haben will. Sie beschuldigt uns für ihr ganzes Leid. Sie will nicht.*

Miriam sah zu, wie Chrissy unbeschwert lachte und wie die Kinder, die sie so sehr liebte, um sie herumliefen. Sie fühlte sich, als würde sie im nächsten Moment einfach umfallen und sterben vor Schmerzen. Dann kam ihr noch Carla in den Sinn, die sie ebenfalls seit einer Weile nicht gesehen hatte; weil sie es nicht verkraften konnte, dass Miriam schwer krank war und sich gegen die Chemotherapie entschieden hatte. Sie fürchtete, dass sie sterben würde und konnte und wollte sich Miriams Leid nicht mit ansehen, weil sie nicht damit zurechtkam. Sie alle waren so voller Kämpfe. So voller Ängste, Wut und Hass. Miriam wusste immer noch nicht, wie sie damit umgehen sollte. Aber sie wusste, dass sie nicht daran sterben wollte. Sie wollte leben. Und wenn sie jetzt, wie ihre Schwestern, gegen all den Schmerz ankämpfte, würde sie durch diesen Kampf womöglich ihre Krankheit neu aufflammen lassen. Die Krankheit, von der Chrissy immer noch nichts wusste.

Also atmete sie tief ein und akzeptierte alles so voller Inbrunst, dass sich ihr Körper sofort entkrampfte. Sie ließ Chrissy vorbeigehen, sah ihr traurig nach und wandte sich dann wieder Hilar zu.

»Manchmal wünschte ich, sie würden die Welt so sehen wie du, Hilar«, sagte sie leise. »Ohne Kampf und frei von Leid.«

Hilar sah sie voller Mitgefühl an und berührte ihr Gesicht

sanft mit seiner Hand. Es war ganz heiß vor Aufregung und feucht von ihren Tränen.

Das wünschte ich auch, dachte er. »Und eines Tages wird es auch so sein«, fügte er überzeugt hinzu. »Sie brauchen nur ihre Zeit, um zu erkennen, dass sie ihr Leid selbst beenden können.«

Miriam liefen erneut Tränen über die Wangen. »Und was ist, wenn sie das nie erkennen? Dann werden sie mit ihrem Leid immer mehr Leid verursachen. Dann wird es nie ein Ende haben«, weinte sie. »Und ich werde nie wieder …« Sie sprach nicht weiter, formulierte aber den Satz in ihrem Kopf zu Ende: *meine Schwester in den Arm nehmen können. Mit ihr lachen und Spaß haben – so wie früher. Ich werde nie wieder eine richtige Familie haben. Nur einen Trümmerhaufen von Menschen, die sich gegenseitig bekämpfen.*

»Hab Vertrauen«, sagte er und nahm sie jetzt fest in den Arm. »Vielleicht können wir ein bisschen nachhelfen.«

Er hasste es, wenn Miriam weinte. Er hasste es so sehr. Er wollte sie so glücklich sehen, wie zuvor in dem Café und es machte ihn wütend, dass sie so sehr litt. Aber er musste es akzeptieren. Ebenso wie sie akzeptieren musste, dass ihre Familie noch nicht soweit war, ihr Leid aufzugeben. Aber er sah sich schon vor Chrissys und Carlas Haus stehen und etwas mit ihnen und auch mit ihren Eltern tun, das er noch nie getan hatte. Er wollte ihnen helfen. Und wenn es nötig war, dass er seine Kraft opferte, um sie wenigstens für einen Moment durch seine Augen blicken zu lassen, würde er das tun. Nur, um ihnen zu zeigen, dass es ein Leben ohne Leid gab und es nur eine Entscheidung weit entfernt lag.

Er versuchte es zu ignorieren, dass ihm in diesem Moment Taro in den Sinn kam. Er hatte absolut nichts mit Taro gemeinsam und es verwirrte ihn, sein Gesicht in seinem Kopf zu sehen, während er über Miriam und ihre Familie nachdachte. Aber ihm wurde beigebracht, aufblitzende Gedanken, Bilder und Gefühle ernstzunehmen. Also folgte er dem Bild schließlich doch und spürte – wie schon unzählige Male zuvor – das bohrende Gefühl, dass etwas nicht stimmte und dass sich etwas seinem Bewusstsein entzog, das von äußerster Wichtigkeit war. Was dies mit Miriam und ihrer Familie zu tun hatte, war ihm nicht klar. Er konnte ja nicht einmal erkennen was dieses Gefühl zu bedeuten hatte. Aber da war etwas. Da war etwas, das sich nicht mehr ignorieren ließ. Und es schien direkt mit dem Leid verknüpft zu sein, das Miriam und ihre Familie empfanden. Und das auch er spürte.

22

Der Tanz der Götter

Langsam neigte sich der Tag dem Ende zu. Der Tag auf den sich Lucy mehr gefreut hatte, als auf alle Weihnachtsfeste gemeinsam. Er hatte einen geheimnisvollen Zauber gehabt, der jetzt – wo der Abend immer näher rückte – nur noch leuchtender, pulsierender und aufregender wurde. Ein Zauber, wie sie ihn noch nie erlebt hatte. Er hatte sich schon heute Morgen, als sie die Augen aufgeschlagen hatte, wie ein glitzernder Schimmer auf ihre Wirklichkeit gelegt. Es war ein magischer Tag gewesen. Und nun ging er mit voranschreitender Stunde gemütlich dem Höhepunkt entgegen. Dem Höhepunkt, dem dieser Tag seinen Zauber verdankte – Der Tanz der Götter.

Lucy betrachtete sich im Spiegel und lächelte zufrieden. Sich an Linns Liste zu halten war eine gute Idee gewesen. Ihr Körper hatte sich in ein strahlendes Abbild gesunder Schönheit verwandelt. Ihre Beine hatten noch nie so schön ausgesehen. Und ihr Teint war noch rosiger und frischer als jemals zuvor. Das Kleid schmiegte sich mit seinem dünnen Stoff weich und warm an ihre Haut und untermalte jede ihrer Bewegungen mit seinem schimmernden Glanz. Sie liebte dieses Kleid. Und sie liebte es deshalb so sehr, weil sie darin in ein paar Stunden mit Nikolas tanzen würde. Bei dem Gedanken daran hüpfte ihr Herz geradezu vor Freude. Es war bald soweit. Noch einmal drehte sie den Kopf hin und her, um zu sehen, ob ihre Frisur richtig saß. Die Locken, die sie sich in die Haare gedreht hatte, wippten mit den Bewegungen und schienen vor Freude schon den Tanz zu tanzen, auf den sie schon den ganzen Tag ungeduldig wartete. Sie hatte sich das Haar hochgesteckt und mit einem fliederfarbenen Seidenband geschmückt, dessen Enden sanft über ihren Rücken streichelten. Sie lächelte sich noch einmal zufrieden an und ging dann aus dem Zimmer.

Nikolas wartete schon am Ende der Treppe auf sie. Er trug einen Smoking und hatte sich das widerspenstige, lockige Haar erneut mit Gel in Form gebracht. Das zurückgekämmte Haar veränderte seine Gesichtsform völlig. So sah er viel maskuliner aus. Und unglaublich verführerisch. Ihr war, als würde sie sich ein weiteres Mal in ihn verlieben.

Langsam schwebte sie die Treppe hinunter auf sein Lächeln zu und mit jeder Stufe schlug ihr Herz wilder. Das Kribbeln in ihrem Bauch raubte ihr fast die Luft zum Atmen.

»Du siehst bezaubernd aus«, waren seine samtweichen Worte, als sie unten ankam. Er nahm ihre Hand und küsste sie wie in einem dieser uralten, romantischen Filme. Lucy schmolz dahin. Dann holte er etwas hinter seinem Rücken hervor und reichte es ihr. Es war eine flache, schwarze Schachtel. Lucy öffnete sie neugierig und seufzte, als ihr etwas aus der Schachtel entgegenzukommen schien. Es fühlte sich an wie eine warme Brise. Als habe sie eine Tür geöffnet, durch die ein kleiner, warmer Windstoß floh. Und er ging direkt von dem milchig-weißen Stein aus, der dort auf schwarzem Samt lag. Er war oval und hing an einer silbernen Kette. Lucy sah auf und strahlte.

»Sie ist wunderschön!«, sagte sie.

Nikolas griente glücklich, nahm die Kette und legte sie Lucy um den Hals.

»Ich sollte dir sagen, dass sie nicht nur deinen hübschen Hals ziert«, sagte er und küsste ihren Nacken.

Lucy wandte sich um und blickte ihn fragend an.

»Sie ist darauf programmiert, dich zu beschützen.«

Jetzt stieß sie ein leises Stöhnen aus und legte den Kopf schräg.

»Hast du immer noch Angst wegen Taro?«, fragte sie.

Er zuckte mit einer Schulter und senkte den Blick.

»Sie beschützt dich nicht nur vor Taro. Sondern vor allem, was dir schaden kann.«

Lucy berührte den Stein, der sich angenehm warm anfühlte und seufzte, als sie ihn noch einmal an ihrem Hals betrachtete.

»Na schön«, flüsterte sie und gab Nikolas einen Kuss. »Ich finde sie trotzdem wunderhübsch.« Dann schenkte sie ihm ein glückliches Lächeln, nahm seine Hand und tänzelte mit ihm aus dem Haus.

Es war warm und die Luft roch nach Blumen und Wiese. Es war ein wunderschöner Frühlingstag. Der Winter war schon lange vergessen. Und auch die Ereignisse, die er mit sich gebracht hatte. Miriam war fast vollständig geheilt und an Marius hatte sie schon sehr lange nicht mehr gedacht. Alles war einfach perfekt.

Die Fahrt zu Miriam dauerte nur ein paar Minuten. Als sie aus dem Wagen ausstiegen und auf das Haus zugingen, öffnete Hilar schon freudestrahlend die Tür. Er trug ebenfalls einen Smoking und sein Haar war zum ersten Mal nicht auf seine typische Weise in Stoppeln nach oben gestylt, sondern war nun locker und natürlich nach hinten gekämmt. Erst jetzt konnte man sehen, dass seine blonde Haarpracht leicht gewellt war.

Hilar begrüßte Nikolas mit einem Handschlag und nahm Lucy vorsichtig – als wolle er ihr Kleid nicht zerknittern – in den Arm.

»Du siehst toll aus!«, sagte er zu ihr.

»Du auch!«, entgegnete Lucy glücklich und deutete auf sein Haar, woraufhin er verlegen grinste und sie ins Haus schob.

Im Wohnzimmer saßen Miriams Eltern und die kleine Maja. Alle drei blickten Lucy mit offenem Mund an, als sie den Raum betrat.

»Meine Güte, das muss ja ein toller Tanzverein sein!«, sagte Miriams Vater und hob den Daumen.

Lucy lächelte beschämt. Es war ihr unangenehm zu lügen, aber sie konnten ihnen ja schlecht die Wahrheit erzählen.

»Du siehst wunderhübsch aus, Lucy!«, rief Miris Mutter aus und stand auf, um Lucy einen Kuss auf die Wange zu geben. Dann nahm sie sie in den Arm und flüsterte etwas in ihr Ohr: »Miriam ist noch gar nicht runtergekommen«, raunte sie. »Vielleicht braucht sie Hilfe mit dem Kleid. Schaust du mal nach ihr?«

Lucy nickte und ging sofort nach oben. Derweil setzte sich Nikolas mit Hilar zu der kleinen Maja, die sich wieder aufmerksam einem ihrer Hobbys widmete. Sie blickte gebannt in den Fernseher, in dem gerade ein Konzert flimmerte und den Raum mit klangvoller Musik und dem euphorischen Gekreische von Fans füllte.

»Wer ist das?«, fragte Hilar die Kleine erstaunt, woraufhin er einen solch empörten, fassungslosen Blick erntete, dass er sich sofort auf die Lippe biss, weil er dachte er habe schon wieder etwas Peinliches gesagt.

»Das *ist* auch peinlich!«, bestätigte sie entrüstet und schüttelte mit dem Kopf. »Jeder kennt doch Michael Jackson!«

Hilar starrte sie entgeistert an und hob dann den Blick zu Nikolas, der Maja ebenso verdattert anblickte, wie Hilar. Dann tauschten die beiden einen Blick und wurden sich schnell einig darüber, dass sie eine gedankliche Barriere aufbauen sollten. Maja war in der Lage ihre Gedanken zu hören.

Hilar hatte geahnt, dass die Kleine anders war, als die Menschen denen er bisher in dieser Welt begegnet war. Aber er wäre nicht darauf gekommen, dass sie Gedanken lesen konnte.

Normalerweise taten sich die Menschen in dieser Welt schwer damit.

Es muss an ihrer hohen Energie liegen, schickte Hilar seine Gedanken an Nikolas. *Sie hat ihr Bewusstsein ganz allein erweitert.*

Nikolas antwortete mit einem kaum merklichen Nicken und betrachtete Maja eine Weile. Von ihr ging ein unglaubliches Gefühl der Faszination aus und eine Begeisterung und Liebe, die ihn regelrecht ansteckte. Er wandte sich dem Fernseher zu und betrachtete gemeinsam mit Hilar den Mann der diese Gefühle bei ihr auslöste. Nikolas hatte ihn schon früher gekannt. Als er noch ein kleiner Junge war und in dieser Welt zu Hause gewesen war. Damals hatte er es geliebt, ihm beim Tanzen zuzusehen und seine Musik hatte eine vibrierende, energetische Anziehungskraft auf ihn ausgeübt. Damals war er sich nicht klar darüber gewesen, was es war, das diese Gefühle in ihm ausgelöst hatte. Erst jetzt erkannte er, was er mit seiner Musik und seinem Tanz tat. Denn erst jetzt konnte er es mit anderen Augen betrachten.

Maja war wie gefesselt. Sie folgte jeder seiner Bewegungen mit einem solchen Leuchten in ihrem Gesicht, dass es fast wirkte, als wäre sie hypnotisiert. Dabei stiegen ihre Glücksgefühle so weit an, dass sich die Energie des ganzen Raumes anhob. Hilar warf Nikolas erneut einen verblüfften Blick zu und schaute dann auch eine Weile bei dem Konzert zu. Und während er beobachtete, wie der Sänger so pulsierend zum Rhythmus über die Bühne wirbelte, wurde ihm endlich klar, was es mit der Faszination der Menschen in dieser Welt auf sich hatte.

Es ist das Göttliche, was sie sehen, dachte Nikolas für ihn, während er der Show aufmerksam folgte. *Das wahre Selbst.*

Das war es, was die Menschen faszinierte. Wenn es Menschen gab, die das Göttliche – ihren wahren Kern –

auslebten, löste das bei den Menschen Begeisterung aus. Ein Teil dieses göttlichen Inneren waren ganz offensichtlich Talente. Dinge, die man gerne tat und in denen man wirklich gut war. Wenn man mit Leidenschaft etwas tat, das man liebte, das *in* einem war und hinaus wollte, lebte man einen Teil des inneren Gottes. Ob es nun ein Bildhauer war, der mit leidenschaftlicher Präzision arbeitete, eine Konditorin, die mit Liebe und Hingabe zauberhafte Kreationen schuf oder ein Sänger, der im Klang seiner eigenen Musik aufging und seinen göttlichen Kern geradezu explodieren ließ. Das waren Menschen, die aufwachten. Menschen, die mit Leidenschaft etwas taten, das sie liebten, waren erwachende Götter. Und diese elektrisierende Kraft konnten die Menschen spüren. Sie begeisterte und faszinierte sie. Weil sie sich ebenso danach sehnten aufzuwachen und ihr göttliches Selbst herauszulassen.

Endlich sagte Hilar nun auch der Begriff *majestätisch* etwas. An sich selbst konnte er diese Eigenschaft nicht entdecken, aber wenn er einen anderen Menschen beobachtete, der sich seines göttlichen Selbst oder zumindest einem Teil davon so sicher war, konnte er sehen, was es bedeutete. Und jetzt verstand er auch, warum die Menschen von *ihm* fasziniert waren. Er war sich dieser Göttlichkeit bewusst. Er lebte dieses wahre Selbst. So wie jeder Lumenier. Und manchmal gab es auch in dieser Welt Menschen, die diesen Kern in sich entdeckten und ihn auslebten. Wenn auch nur für Momente. Aber diese Momente waren es, die faszinierend wirkten.

Während sie dasaßen und über Faszination und Begeisterung sinnierten, kümmerte sich Lucy um Miriam. Sie stand immer noch wie angewurzelt vorm Spiegel und zupfte an ihrem Kleid herum, obwohl sie genau wusste, dass nicht ihr Kleid der Grund war, warum sie sich nicht die Treppe hinunter traute.

Lucy spürte genau, was in ihr vorging und redete ihr gut zu:

»Es wird schon werden. Mach dir keine Sorgen.«

Miriam seufzte. »Aber wenn ich heute mit ihm tanze, kann ich doch nicht so tun, als würde ich ihn nicht ... lieben.« Jetzt ging sie in ihrem Zimmer auf und ab, hielt sich die Hand an den Kopf, als hätte sie Fieber und atmete mehrmals tief ein.

»Was mache ich, wenn er dort bleibt und nie wieder zurückkommt? Er wird seine Heimat bestimmt nicht verlassen wollen. Er ist nicht wie Nikolas.«

Lucy nahm jetzt ihre Hände und blickte ihr ermutigend in die Augen.

»Bleib ganz ruhig. Ihr werdet bestimmt eine Lösung finden. Er geht nicht einfach weg und verlässt dich. Dazu liebt er dich zu sehr. Das spüre ich genau.«

Ein Funke Hoffnung leuchtete in Miriams Gesicht auf.

»Wirklich? Du spürst, dass er mich liebt?«

Lucy nickte.

»So deutlich, dass ich mich manchmal dafür schäme, Gefühle spüren zu können. Du machst dir keine Vorstellung, wie schwer es für ihn ist, dir nahe zu sein und dich nicht küssen zu dürfen.«

Jetzt lachte Miriam. »Und wie schwer es erst für *mich* ist«, sagte sie mit zittriger Stimme.

Sie war fürchterlich nervös. Aber Lucy half ihr mit einem kleinen, entspannten Energieschubs, den sie in ihren Körper leitete. Nikolas hatte ihr gezeigt, wie das ging. Dadurch beruhigte sich Miriams Herz ein wenig und etwa fünf Minuten später hatte Lucy sie dann soweit, dass sie mit ihr hinunter ins Wohnzimmer ging.

Hilars Augen gingen über vor ergriffener Verzückung, als er sie in ihrem himmelblauen Kleid sah und sein Herz schien Purzelbäume zu schlagen. Aber er versuchte sich zusammenzureißen. Wenn er nach seinen Gefühlen gegangen wäre, hätte er sie sofort gepackt und geküsst und er spürte genau, dass es ihr mehr als gefallen hätte. Aber er hielt sich noch zurück.

Ein paar Minuten später waren sie bereits auf dem Weg zum Fluss. Nikolas parkte den Wagen ein kleines Stück weiter weg, so dass sie jetzt in ihrer Abendgarderobe über die Wiese laufen mussten. Es war ein kurioses Bild, wie sie in der Dunkelheit – mit einem zarten, blauen Schimmer des Mondlichts auf ihren Kleidern – über die Wiese rannten. Ihre Kleider wehten im lauen Abendwind und in Hilars Hand leuchtete bereits der Portalschlüssel. Als sie am Fluss ankamen, verharrten sie dort einen kurzen Augenblick in dem Lucy und Miriam ihre Energien noch einmal anhoben. Nikolas und Hilar halfen ihnen dabei. Und dann sprangen sie gemeinsam ins Wasser. Ein kurzer Blitz schnappte nach ihnen und ein lautes Rauschen ertönte bis in die entferntere Umgebung und dann waren sie verschwunden.

Glücklicherweise ging dieses Mal alles gut. Sie landeten wie aus dem Nichts leichtfüßig vor den Toren der Stadt. Es lag noch ein kleiner Weg vor ihnen, bis sie das Ballhaus erreichten. Es lag mitten im Park, in dem – wie Nikolas nebenbei erzählte – auch der Kristall aufbewahrt wurde. In einem großen Kuppelsaal. Lucy und Miriam konnten sogar die Spitze der Kuppel hinter einigen Bäumen herausragen sehen. Sie bestand aus Glas und leuchtete so hell in den Himmel, als beherberge sie eine eigene Sonne.

Als sie das von acht korinthischen Säulen gezierte schneeweiße Ballhaus erreichten, entfloh Lucy und Miriam fast gleichzeitig ein überwältigtes Seufzen. Das Gebäude erinnerte an eine Mischung aus einem römischen Badehaus und einem Märchenschloss. Es wurde mit gelben und violetten Scheinwerfern angestrahlt und wirkte fast wie ein Fantasiebild aus einem Traum. Hilar öffnete den anderen nun das Tor und schritt mit ihnen durch zwei große, mit Skulpturen und

Gemälden bestückte Hallen. Dann hörten sie bereits die Musik.

Lucy wurde vor Aufregung ganz unruhig und auch Miriam wurde etwas zappelig vor Nervosität. Als Hilar und Nikolas dann gemeinsam die großen, weißen Flügeltüren öffneten, hinter denen diese wunderbare, fröhliche Musik ertönte, strahlte ihnen ein Glanz und Prunk entgegen, der ihnen die Sprache verschlug. Von der Decke hingen vier gigantische Kronleuchter, die in ihrem eigenen Licht glitzerten, wie ein Meer aus Sternen. Der hell erleuchtete Raum war übervoll von tanzenden, stehenden, sich unterhaltenden und lachenden Menschen. Und einer war schöner gekleidet als der andere.

Nikolas nahm Lucys Hand und zwinkerte ihr neckisch zu. »Jetzt spielen wir«, sagte er und zog sie in den Ballsaal.

Hilar folgte ihm mit Miriam durch die Menge.

Das erste bekannte Gesicht, das ihnen begegnete, war Alea. Sie strahlte sofort, als sie ihre Freunde sah und umarmte sie stürmisch. Von ihr ging eine solche Freude aus, dass Lucy fast schwindelig wurde. Oder waren es gar nicht ihre Gefühle, sondern die *aller* Menschen in diesem Saal? Es war berauschend diese fröhlichen, euphorischen Emotionen zu spüren. Und wie es schien, spürte Miriam die hohe Energie in diesem Raum ebenfalls. Sie blickte sich sichtlich benebelt um und konnte ihren Mund gar nicht zu bekommen. Dann tauchte Linn neben Alea auf und lächelte erfreut. Sie war eine so zierliche Person mit einem ganz schmalen, femininen Gesicht, das von seidig glattem, goldenen Haar eingerahmt war. Ihr zauberhaftes Lächeln löste sofort eine Welle der Sympathie aus. Nachdem sie alle begrüßt hatte, wandte sie sich Miriam zu und blickte sie einen Moment lang nachdenklich an. Ihr Blick schien sich in ihrem Kopf zu verfangen und nach etwas zu suchen. Dann lächelte sie aber plötzlich wieder und machte ein erfreutes Gesicht.

»Gratuliere!«, sagte sie. »Du bist vollständig geheilt!«

Miriam entgleisten die Gesichtszüge.
»Was??«
Linn lachte ein zuckersüßes, helles Lachen. »Ich kann es fühlen. Du bist geheilt, Miriam.«

Lucy sah ihre beste Freundin an und konnte die Freudentränen nicht zurückhalten, die ihr nun in die Augen traten. Sie umarmte sie sofort und spürte, dass Miriam die Botschaft noch gar nicht richtig registriert hatte.

»Du hast es geschafft, Miri!«, sagte Lucy, um ihr die Tatsache bewusst zu machen. »Du bist wieder gesund!«

Jetzt kamen Miriam ebenfalls die Tränen. Sie drückte Lucy an sich und flüsterte ihr ein »Danke!« ins Ohr. Sie konnte ihr gar nicht sagen, wie dankbar sie war, sie als Freundin zu haben. Sie hatte sie mit ihrer Rettungsaktion im Winter dazu bewegt, sich nicht aufzugeben. Und sie war es, die Hilar in ihr Leben gebracht hatte. Hilar. Den Mann, der sie gerettet hatte. Sie blickte über Lucys Schulter in sein Gesicht und schickte ihm in Gedanken das inbrünstigste *Danke!* zu dem sie fähig war. Er lächelte und senkte dann den Blick. Aber sie konnte trotzdem genau sehen, dass sich in seinen Augen Tränen sammelten. Freudentränen. Und vielleicht auch … Abschiedstränen.

»Lasst uns tanzen!«, sagte Lucy unvermittelt. Sie wollte Miriam von ihren Sorgengedanken ablenken, die gerade anfangen wollten in ihr aufzukeimen. Und es funktionierte. Hilar nahm Miriams Hand und führte sie auf die Tanzfläche. Lucy sah ihnen glücklich nach und spürte dann Nikolas' Hand in ihre gleiten.

Seine Augen waren so erfüllt von Freude, dass sie vor Rührung am liebsten schon wieder geweint hätte. Lag es an all diesen Gefühlen in diesem Saal, dass sie plötzlich so sentimental war? Oder lag es einfach daran, dass sich ihr Leben gerade in diesem Moment in ein noch viel schöneres Märchen verwandelte, als sie es sich je erträumt hatte? Es war egal, woran es lag. Sie war einfach der glücklichste Mensch auf Erden. Und als Nikolas sie auf die Tanzfläche führte, sie sanft an sich heran zog und den ersten Tanzschritt mit ihr machte, verlor sie den Boden unter den Füßen und schwebte vor Glück einfach mit ihm davon.

Es war wie in einem Märchen. Ein Märchen, das Stunden um Stunden andauerte, in denen sie mit dem Tanzen gar nicht aufhören wollte. Und auch Nikolas wünschte sich, die Nacht würde nie zu Ende gehen. Sein Traum, diesen Ball eines Tages mit seiner Traumfrau erleben zu dürfen, war in Erfüllung gegangen. Und die Nacht war endlos. Wenn sie gerade nicht tanzten, standen sie an einem langen Tisch, an dem nichtalkoholische Getränke ausgegeben wurden. Manchmal standen sie irgendwo außerhalb der Tanzfläche und unterhielten sich mit Alea, Linn oder anderen Freunden von Nikolas. Und dann tanzten sie weiter. Es war eine Nacht, die Lucy für immer in Erinnerung bleiben würde. Zwischendurch suchte sie Miriam und Hilar in der Menge und manchmal sah sie, wie sie sich – endlich – küssten. Auch Paco war irgendwann aufgetaucht und stand nun mit Alea an einem hohen Tisch und unterhielt sich mit ihr. Alles war so vollkommen harmonisch und die Energie schien mit jeder Stunde, die verstrich, mehr anzusteigen. Lucy fragte sich, ob sie irgendwann einen Punkt erreichen würde, an dem es nicht mehr höher ging. Nikolas antwortete ihr mit einem ratlosen Schulterzucken.

»Ich weiß es nicht. Aber wir werden sie bis zum Höhepunkt des Abends ansteigen lassen.«

Und was ist der Höhepunkt des Abends?, fragte Lucy in Gedanken, während sie mit ihm zu einem romantischen, langsamen Lied tanzte und die Arme eng um seinen Hals schlang.

»Jedes Jahr wird jemand ausgewählt, der die Energie des ganzen Abends – also des gemeinsamen Spielens – zu dem

Kristall leitet«, antwortete er ihr. »Die Wahl ist sehr begehrt, weil man durch diese Aktion seine Kraft unter Beweis stellen kann und das ganze darauffolgende Jahr den Titel Ballkönig oder Ballkönigin trägt.« Nikolas lächelte amüsiert.

»Und wie wird man dazu ausgewählt?«, fragte Lucy neugierig. Sie fragte sich, ob Nikolas auch schon einmal Ballkönig gewesen war, aber er schüttelte mit dem Kopf.

»Es werden nur die Mächtigsten auserwählt. Die, die sich und ihre Macht am besten kontrollieren können.«

Lucy schaute ihn überrascht an. War er denn nicht einer von diesen Mächtigen, fragte sie sich und sah, wie er erneut mit dem Kopf schüttelte.

»Ich bin, im Vergleich zu manch anderen hier, nur ein Schuljunge.«

Lucy zog erstaunt die Augenbrauen hoch. Wenn Nikolas ein *Schuljunge* war, dachte sie, was waren dann die anderen? Wozu waren sie fähig? Lucy ließ den Blick durch den Saal schweifen und versuchte sich bewusst zu machen, wie mächtig all diese tanzenden Menschen waren. Und wie selbstverständlich diese Macht für sie war. Sie waren alle dazu in der Lage, Energieblitze aus ihren Händen schießen zu lassen. So wie Nikolas. Sie alle konnten sicherlich auch Gedanken lesen; wussten also auch in diesem Moment, was Lucy dachte. Und sie waren noch zu viel mehr fähig. Lucy fragte sich, ob sie auch wie Nikolas fliegen konnten; oder zumindest sehr weit springen. Sie wusste nicht, wie sie Nikolas' Sprünge aus Fenstern von sehr hohen Gebäuden bezeichnen sollte. Und während sie ihren Gedanken nachhing, entdeckte sie plötzlich auf der anderen Seite, dort wo die lange Fensterfront war und den Blick auf die Schwärze der Nacht freigab, wie Paco zielstrebig auf jemanden zuging. Lucy folgte mit dem Blick der Richtung, die er anvisierte und sah Linn, die mit Taro an einem der kleinen, runden Tische stand. Lucy hatte Taro an diesem

Abend noch gar nicht gesehen. Er sah beeindruckend aus! Dieses Mal trug er keine blaue Uniform, sondern eine weiße. So wie Alea sie sonst immer trug. Dann rückte Lucy auf einmal etwas ins Bewusstsein, das sie schon ganz vergessen hatte.

»Niko«, flüsterte sie beunruhigt und deutete mit einem Nicken auf Paco.

Sie hörten sofort beide auf zu tanzen. Paco sah aus, als würde er jemanden ermorden wollen. Und dieser jemand war – ganz wie es aussah – Taro.

»Entschuldige mich kurz«, sagte Nikolas schnell, ließ Lucy los und drängte sich hektisch durch die Menge in Richtung Paco, um ihn aufzuhalten. Was auch immer er vorhatte.

Lucy versuchte zwischen den sich bewegenden Menschen hindurch zu erkennen, was sich abspielte, aber sie hatte Paco aus den Augen verloren. Genauso wie Taro und Linn. Sie wollte sich nun erst mal aus der Menge herausbewegen und ging um die Menschen herum in die andere Richtung, um irgendwo weiter hinten auf Nikolas zu warten. Allein zwischen tanzenden Pärchen zu stehen, war nicht gerade angenehm. Am Ende des Saales gab es eine große, gläserne Flügeltür, die einen Spalt geöffnet war. Eine kühle Brise kam von draußen herein und Lucy nahm einen tiefen Atemzug frischer Nachtluft in sich auf, als sie davor stand. Dann blickte sie sich suchend um und als sie Nikolas nicht entdecken konnte, trat sie aus der Tür.

Die Nacht war ebenso bezaubernd wie der Ball. Am Himmel funkelten unzählige Sterne und die Luft roch nach süßen Blumen. Lucy atmete noch einmal tief ein, als sie über die Terrasse ging und in die Dunkelheit blickte, in der sich wohl der Park mit seinen hohen Bäumen verbarg. Hinter den schwarzen Spitzen einiger Tannen leuchtete die gläserne Kuppel unter der sich der Kristall befand. Lucy betrachtete sie eine Weile und versuchte sich vorzustellen, wie dieser Kristall wohl aussah. Der Kristall, von dem sie vor fast einem Jahr ein

Stück in ihrem Körper getragen hatte. Da die Terrasse riesengroß war, ging sie bis ans Ende, um vielleicht einen besseren Blick auf die Kuppel zu haben. Doch dann spürte sie plötzlich jemanden hinter sich.

Sie fuhr herum und blickte direkt in Taros versteinertes, emotionsloses Gesicht. Sie standen weit von den Fenstern und der Flügeltür entfernt, doch das Licht, das aus dem Ballsaal heraus leuchtete, ließ sein Züge wie eine erschreckende Maske aus der Nacht hervortreten. Sein Blick haftete so eindringlich an ihr, dass ihr ein kalter Schauer über den Rücken lief und seine gewaltige Größe jagte ihr plötzlich Angst ein. Was war nur mit ihr? Als sie das letzte Mal hier war, hatte sie sich doch gut mit ihm amüsiert. Warum bekam sie jetzt Angst vor ihm? Sie wollte den Gedanken gerade abwerfen, als ihr ein Gefühl von ihm entgegenkam. Es zeigte sich zunächst nur ganz zaghaft. Als würde es hinter einer Mauer hervorschauen und sich dann sofort wieder verstecken. Aber es wurde mit jeder Sekunde stärker. Schmerz. Ein tief sitzender Schmerz. Vermischt mit Sehnsucht. Lucy spürte es so deutlich, als würde sich sein Schmerz durch ihr eigenes Herz bohren.

Dann zeichnete sich in seinem Gesicht plötzlich ein solches Entsetzen ab, dass Lucy vor Schreck zurückwich.

Wieso spürt sie meine Gefühle?, kam es aus seinem Kopf. *Wie ist das möglich? Wie zum Teufel macht sie das?*

Lucy hob beruhigend die Hände. »Ist schon gut«, sagte sie leise. »Ich werde deine Gefühle niemandem verraten. Ich kann nichts dafür. Die Fähigkeit hat sich von ganz allein entwickelt«, erklärte sie entschuldigend.

Das Entsetzen in seinem Gesicht wurde durch ihre Worte nur noch schlimmer.

Meine Gedanken ... Wie kann sie meine Mauer überwinden? Sie ist doch nur ein Mensch! Ein ganz normaler Mensch!

Jetzt erst wurde Lucy klar, was er meinte. Er hatte eine Barriere um seine Gedanken und Gefühle aufgebaut und war offensichtlich erschrocken darüber, dass sie bei Lucy keine Wirkung zeigte. Wenn sie ehrlich war, war sie selbst erschrocken darüber.

Er versuchte jetzt krampfhaft seine Gedanken zu kontrollieren, um ihr nicht versehentlich etwas zu verraten, das sie nicht wissen durfte. Aber anstatt sie unter Kontrolle zu bringen, tobten sie jetzt so wild durcheinander, dass Lucy fast selbst eine gedankliche Barriere in ihrem Kopf aufbaute, weil sie das Chaos kaum aushielt. Aber sie versuchte stattdessen eine gewisse Ordnung in die Wortfetzen zu bringen, die sie hörte. Und als sie das tat, erschrak sie so sehr, dass ihr das Herz fast stehen blieb.

... darf nicht erfahren, was ich vorhabe ... sie sich erinnern kann, dass ich sie manipuliert habe? ... ihre Ahnungen gelöscht, dass ich mit Marius zusammenarbeite ... Warum haben sich ihre Fähigkeiten entwickelt, wenn ich sie blockiert habe? ... Was weiß sie? ... Sie ist gefährlich.

Als Taro den Schrecken in ihrem Gesicht sah, trat er blitzartig auf sie zu und umfasste ihr Gesicht mit beiden Händen. Dann traf ihn jedoch so etwas wie ein Schlag. Es blitzte an ihrem Gesicht, dort, wo er sie berührte und er zog rasch die Hände wieder weg. Dann verzog er schmerzverzerrt das Gesicht und blickte wütend ihre Halskette an.

»Nikolas«, flüsterte er mit einem rasselnden Zorn in der Stimme.

Lucy stand wie angewurzelt da und starrte ihn entsetzt an. Plötzlich kamen die Erinnerungen an ihren Traum zurück in ihr Bewusstsein. Es fühlte sich an, als wären sie nie fort gewesen. Sie sah erneut, wie Taro neben Marius vor ihr stand und sie sah auch noch einmal Miriam auf dem Dach stehen. Im selben Moment wusste sie, dass dies wirklich geschehen war, dass sie aber von Hilar gerettet worden war. Sie hatten ihr das verschwiegen. Sie hatten es in ihren Gedanken geheim gehalten, indem sie einfach nicht mehr daran gedacht hatten.

Und sie wusste in diesem Moment auch, dass es Miriam unendlich leid tat, was sie vorgehabt hatte und dass sie Lucy damit nicht verletzen wollte. Ihr kamen die Tränen. Schon wieder.

Taros Wut mischte sich in ihre Gefühle. Und auch sein Schmerz. Sein tiefer, endloser Schmerz. Er streckte die Hand nach ihr aus und deutete damit auf ihre Kette. In diesem Moment ließ er seine Energie so rapide und stark ansteigen, dass Lucy bei der Intensität seiner Kraft fast schwarz vor Augen wurde.

Es muss sein. Es muss sein, dachte er unentwegt.

Dann sah sie Bilder in seinem Kopf. Bilder davon, wie er Marius für seine Zwecke benutzte und ihm zum Dank für seine Hilfe ein Stück von dem Kristall versprach. Lucy hielt die Luft an. Er hatte Hilar und Miriam manipuliert! Sie konnte es deutlich sehen! Und sie konnte sogar den Schmerz fühlen, den Hilar erlitten hatte, als Taro ihn außer Gefecht gesetzt hatte. Ihr liefen unentwegt Tränen über das Gesicht. Je mehr Bilder sie sah und je mehr Emotionen sie von Taro spürte, umso wütender schien er zu werden. Er jagte seine Energie so hoch, dass sich vor Lucys Augen das Gebäude zu wölben schien. Sie wusste von Nikolas, dass dies nur eine Illusion war. Eine Nebenwirkung, wenn einem zu schnell zu viel Energie in den Körper geleitet wurde. Es war eine Überreaktion der Sinne. Eine Überbelastung.

»Hör auf!«, sagte sie zu ihm. Ihre Stimme klang in ihren Ohren, als ertöne sie aus weiter Entfernung aus einer Blechbüchse. »Warum tust du das?«

Die Antwort kam aus seinen Gedanken: *Es ist besser für uns. Für uns alle. Und für dich ebenfalls.*

»Du musst mich nicht manipulieren!«, flehte sie. »Ich sage niemandem etwas.«

Ein verzweifelter Versuch ihn davon abzubringen. Ihr war

klar, dass er nicht funktionierte. Aber was sollte sie tun? Er lachte herzhaft.

Selbst wenn du nichts sagen würdest, muss ich davon ausgehen, dass Nikolas es durch deine Gedanken erfährt. Oder durch deine verfluchten vorhersehenden Träume.

Er ließ seine Energie noch weiter ansteigen und verstärkte den Schild, den er um die Terrasse aufgebaut hatte, damit niemand etwas mitbekam. Die Muskeln an ihrem ganzen Körper fingen plötzlich an zu zittern und ihr Herz raste. Und dann spürte sie noch ein alt bekanntes, tiefes Surren in ihrem Bauch, das ihr jetzt blitzartig zu Kopf stieg und ihr den Verstand auszuknipsen schien. Alles wurde mit einem Mal still. Nur ein Rauschen ertönte noch in ihren Ohren. Aber ihr Herzschlag wurde auf einmal ruhiger, ihre Muskeln entspannten sich wieder und das Surren in ihrem Bauch weitete sich in ihrem ganzen Körper zu einer angenehmen Wärme aus. Sie hatte das Gefühl, als würde sie abheben. Oder, als würde sie etwas hochheben. Irgendetwas zog an ihrem Kopf und hob sie in etwas hinein. In etwas Helles. Aus Taros Hand kam nun eine flirrende Welle aus Energie und flog auf Lucys Halskette zu.

Als sie den Blick auf ihre Halskette senkte – um zu sehen, was geschah – bemerkte sie jedoch, dass irgendetwas mit der Zeit nicht stimmte. Sie schien verzerrt zu sein. Sie selbst bewegte sich ganz normal. Normal schnell. Aber Taros Energiewelle schwebte so langsam zu ihr hinüber, dass sie einfach zur Seite treten konnte, um seinem Angriff auszuweichen. Und das tat sie auch. Im nächsten Moment starrte Taro auf die Stelle, an der sie gerade gestanden hatte, und machte ein verwirrtes Gesicht. Dann wandte er sich in Zeitlupe zu ihr um und blickte sie erschrocken an. Im nächsten Moment schien die Zeit aber wieder einzurasten, denn sein verwirrtes Wimpernschlagen war plötzlich wieder normal schnell.

Das ist unmöglich, dachte er. *Wie kann das sein? Sie ist doch nur ein einfacher, völlig unbewusster Mensch!*

Sie spürte, dass diese Gedanken mit Abscheu behaftet waren. Aber sie trugen auch etwas Gegenteiliges in sich. Etwas, das sich sanfter anfühlte. So sanft wie ... Zuneigung. Sie fühlte genau seinen Schrecken darüber, dass er für jemanden wie *sie* etwas empfinden konnte. Jemanden von der anderen Seite. Von der Welt, die er so sehr verabscheute und hasste. Er wollte diese Welt zerstören. Ihr Dasein vernichten. Das war sein Plan. Und *sie* funkte ihm dazwischen. Nicht nur, weil sie offenbar im Begriff war mindestens ebenso mächtig zu werden, wie er es war und sie ihn womöglich aufhalten konnte. Sondern – und das machte ihn nur noch rasender vor Wut – weil er sie mochte. Sie. Ein unbedeutendes Wesen aus einer kaputten, unbewussten Welt, die nicht einmal die Mühe verdiente, die er auf sich nahm. Diese Welt, die weniger Wert war als ein Haufen Dreck. Aber nur auf Grund der Menschen, die in ihr lebten. Diese verabscheuungswürdigen Wesen. Schlafende Götter nannte Quidea sie. Für Taro war in ihnen aber nichts Göttliches mehr zu erkennen. In keinem von ihnen. Bis er ... Lucy begegnet war.

Er trat auf sie zu und stellte sich so nah vor sie, dass sich sein Atem warm auf ihre Stirn legte. Er war so groß, dass sie weit zu ihm aufblicken musste. Aber sie wich ihm nicht aus. Sie hatte plötzlich keine Angst mehr vor ihm. Sie wusste nicht, ob es daran lag, dass sie all seine Gedanken gehört und seine Gefühle dazu wahrgenommen hatte oder ob es einfach ihre immer noch ansteigende Energie war. Sie wusste nur, dass ihr nichts passieren würde. Egal, was er versuchte.

»Bist du dir da sicher?«, fragte er leise und senkte den Kopf zu ihr hinunter.

Lucy erwiderte seinen starren Blick und wich ihm auch nicht aus, als sich seine Lippen langsam den ihren näherten.

»Was hast du vor?«, fragte sie flüsternd. Ihm musste doch

klar sein, dass eine Manipulation beim zweiten Mal vielleicht wieder nicht funktionieren würde.

In seinem Mundwinkel zuckte ein Schmunzeln.

»Ich werde mir wohl mehr Mühe geben müssen.«

Dann riss er ihr mit einem heftigen Energiestoß die Kette vom Hals und ließ sie über die weiße Mauer fliegen, welche die Terrasse eingrenzte. Er brauchte, um ihren Kopf zu manipulieren, nur ihr Gesicht zu berühren. Es war egal, ob er dies mit seinen Händen tat oder mit seinen Lippen. Es würde in beiden Fällen funktionieren.

Plötzlich kam Lucy eine Idee.

»Wird es nicht«, sagte sie leise, aber selbstsicher. Und dann hob sie die kleine, zarte Barriere, die sie sich im Laufe der letzten Monate aufgebaut hatte, um ihre eigenen Gefühle von denen anderer Menschen zu unterscheiden, mit einem Schlag auf. Sein ganzes Sein brach sofort wie eine gigantische Welle über sie herein. Es fühlte sich an, als wäre sie *er*. Die Art und Weise wie er die Welt betrachtete, war ihr nun so deutlich, als sähe sie direkt durch seine Augen. In Bruchteilen von Sekunden übernahm sie alles, was ihn ausmachte. Es gab keine Grenze mehr zwischen ihnen.

Aber sie beließ es nicht dabei. Sie sortierte die Dinge aus, die sie nicht wollte. Wie zum Beispiel die negativen Gefühle und Gedanken, die inneren Kämpfe, die er mit sich und der Welt austrug und sein fast unerträglicher Schmerz. All das warf sie aus sich hinaus als würde sie ihren Körper entrümpeln. Und es fiel ihr unwahrscheinlich leicht. Übrig blieben nur seine Stärken. Seine Kräfte und seine Macht. Diese unglaubliche Macht, die er besaß und die er nutzen wollte, um die Welt, die er so sehr hasste, zu zerstören. Und die er einsetzten wollte, um sie zu manipulieren. Sie hatte sie übernommen. All seine Kraft hatte sie sich jetzt einverleibt. Und endlich wurde ihr klar, dass ihre Fähigkeit kein Fluch war, mit dem sie lernen musste umzugehen. Sie war ein Segen. Ein Segen, mit dem sie ihn jetzt genauso beeinflussen, manipulieren und außer Gefecht setzen konnte, wie er es mit ihr vorhatte. Und diese Tatsache wurde ihm jetzt, wo er ihre Gedanken hörte, ebenfalls bewusst. Er wich von ihren Lippen zurück, bevor er sie berühren konnte und sah sie mit einem warnenden Funkeln in den Augen an.

»Lucy«, flüsterte er. »Wage es nicht, dich mit mir anzulegen. Diesen Kampf willst du nicht.«

»Ich lege mich mit *niemandem* an«, entgegnete sie selbstsicher. So selbstsicher, dass es sie erschreckte. Oder zumindest einen Teil von ihr, der plötzlich nicht größer war, als eine Rosine und irgendwo in ihrem Unterbewusstsein schlummerte und langsam verkümmerte. Der Teil von ihr, der jetzt ihrem neuen Ich, ihrer wahren, göttlichen Persönlichkeit weichen musste. »Und ich kämpfe nicht. Ich kämpfe nie. Nie wieder.«

In diesem Moment wurde Taro klar, dass er ihr nichts mehr anhaben konnte. Ihre Energie war so sehr angestiegen, dass eine Manipulation keine Wirkung mehr zeigen würde. Und selbst wenn, würde sie die Wirkung sofort wieder aufheben können. Ihm blieben zwei Möglichkeiten: Entweder wartete er, bis sie wieder zurück in ihrer Welt war und ihre Energie wieder absackte oder – und diese Variante gefiel ihm gar nicht – er würde mit ihr verhandeln müssen. Umbringen konnte und wollte er sie nicht. Er hatte noch nie einen Menschen wie sie gesehen. Einen Menschen, der sich in kürzester Zeit so rasant entwickelte und die Fähigkeit besaß, die Macht anderer Menschen einfach zu übernehmen. Nein, sie war zu wertvoll, um sie einfach aus dem Weg zu räumen. Er wollte sie kennenlernen. Herausfinden, was es war, das sie so mächtig machte. So besonders. Aber er würde sich dennoch nicht von ihr aufhalten lassen. Er würde eine Möglichkeit finden, wenn sie sich ihm in den Weg stellte. Schließlich waren nicht alle

Menschen, die sie kannte und liebte, so mächtig wie sie. Und es würde ihr sicher nicht gefallen, wenn einem dieser Menschen etwas zustieß. Diesen Gedanken schickte er ganz bewusst an sie weiter.

Wenn du deine Familie liebst und dir Nikolas etwas bedeutet, dann wirst du vergessen, was hier passiert ist, erklang seine drohende Stimme in ihrem Kopf.

»Was hast du vor?«, flüsterte sie und versuchte in seinem Kopf mehr Bilder von seinem Plan zu erhaschen. Aber er hatte seinen Kopf vollständig geleert und dachte ausschließlich an sie. An ihr Gesicht, an ihre Augen und an ihre unglaubliche Macht.

Das braucht dich nicht zu interessieren. Es betrifft dich nicht.

»Aber ich will nicht, dass ...«

Du hast ein Jahr, um dich von dieser Welt zu verabschieden. Von der Welt, die dich krank gemacht hat.

Erneut lag Abscheu in seinen Gedanken. Aber in Lucy breitete sich Erleichterung aus. Sie hatte ein Jahr Zeit. Ein Jahr, in dem sie versuchen konnte, ihn von diesem verrückten Plan abzubringen. Sie versuchte diese Gedanken hinter einer Mauer in ihrem Kopf zu verstecken, aber offenbar gelang es ihr nicht. In seinem Gesicht las sie deutlich ab, dass er sich sehr darüber amüsierte.

»Was wird dann passieren?«, versuchte sie ihn von ihrem Vorhaben abzulenken.

Sein Gesicht bekam jetzt einen gequälten Ausdruck und sie spürte eine Traurigkeit von ihm ausgehen, die sie fast in ein emotionales Loch stürzte. Aber sie war gemischt mit Entschlossenheit und Wut. Dann entdeckte sie in seinem Blick fast so etwas wie eine Entschuldigung. Er biss die Zähne zusammen, trat ein paar Schritte zurück und verabschiedete sich mit den Gedanken: *Ich habe mich emotional mit dir verbunden. Ich werde es also sofort merken, wenn du etwas verrätst. Denke daran.*

Und als er wieder durch die Tür ging und den Ballsaal betrat, fügte er hinzu: *Weder Nikolas noch deine Familie werden dieselbe Behandlung genießen, die ich dir zuteil werden ließ, Lucy. Du trägst die Verantwortung für sie.*

Er war sich sicher. So sicher, dass sie nichts sagen würde. Und leider musste sich Lucy eingestehen, dass seine Selbstsicherheit berechtigt war. Er würde jeden ihrer Gedanken verfolgen, jede Gefühlsregung sofort mitbekommen und womöglich sofort vor ihr stehen, wenn sie von dieser Zukunft träumte, die er für ihre Welt vorgesehen hatte. Und dann wäre sie dafür verantwortlich, wenn ihrer Familie oder Nikolas etwas zustieß. Würde er seinem Bruder wirklich etwas antun? Sie erinnerte sich an die Szene, als er sie das erste Mal manipuliert hatte und beantwortete sich die Frage damit selbst. Er hasste Nikolas. Er hasste ihn so sehr, wie er Lucys Welt hasste. Sie musste also einen Weg finden, diese Informationen vor allen Menschen, die sie liebte, zu verbergen. Und als sie sah, wie Nikolas mit Panik im Gesicht – weil er sie die ganze Zeit gesucht hatte – auf die Terrasse stürzte, empfand sie dieselbe Entschlossenheit wie Taro. Sie liebte Nikolas. Sie liebte ihn mehr als ihre ganze Welt. Und sie würde nicht zulassen, dass ihm etwas zustieß. Niemals.

Sie atmete tief ein und vergrub die letzten Minuten unter allem, was sie aufbringen konnte und verbot es sich selbst, Taro und seinen Plan je wieder ans Tageslicht ihres Bewusstseins treten zu lassen.

Fortsetzung folgt in Band 3: »Euphoria – Die Welt der Götter«

Mehr Informationen zu diesem Buch, zu den Charakteren, dem Spiel der Götter und weiteren Büchern gibt es auf der Euphoria-Seite:

euphoria.ninanell.de